U0570170

孙昌武文集

3

韩愈散文艺术论

中华书局

图书在版编目(CIP)数据

韩愈散文艺术论/孙昌武著. —北京:中华书局,2019.8
(孙昌武文集)
ISBN 978-7-101-13099-7

Ⅰ.韩…　Ⅱ.孙…　Ⅲ.韩愈(768~824)-古典散文-古典文学
研究-文集　Ⅳ.I207.62-53

中国版本图书馆 CIP 数据核字(2018)第 038634 号

书　　名　韩愈散文艺术论
著　　者　孙昌武
丛 书 名　孙昌武文集
责任编辑　齐浣心
出版发行　中华书局
　　　　　(北京市丰台区太平桥西里 38 号　100073)
　　　　　http://www.zhbc.com.cn
　　　　　E-mail:zhbc@zhbc.com.cn
印　　刷　北京市白帆印务有限公司
版　　次　2019 年 8 月北京第 1 版
　　　　　2019 年 8 月北京第 1 次印刷
规　　格　开本/920×1250 毫米　1/32
　　　　　印张 8　插页 2　字数 210 千字
印　　数　1-2000 册
国际书号　ISBN 978-7-101-13099-7
定　　价　58.00 元

孙昌武文集
出版说明

孙昌武先生，一九三七年生，辽宁省营口市人。南开大学教授，曾在亚欧和中国港台地区多所大学担任教职和从事研究工作。

孙先生治学集中在两个领域：中国古典文学和中国宗教文化。孙先生学术视野广阔，熟谙传统典籍和佛、道二藏，勤于著述，多有建树，形成鲜明的学术特色。所著《柳宗元传论》(人民文学出版社，1982)、《佛教与中国文学》(上海人民出版社，1988)、《道教与唐代文学》(人民文学出版社，2001)、《中国佛教文化史》(中华书局，2010)、《禅宗十五讲》(中华书局，2017)等推进了相关学术领域研究，在国内外广有影响；作为近几十年来中国传统文化研究成果，世所公认，垂范学林。

孙先生已年逾八秩。为总结并集中呈现孙先生学术成就，兹编辑出版《孙昌武文集》。文集收录孙先生已出版专著、论文集；另增加未曾出版的专著《文苑杂谈》、《解说观音》、《僧诗与诗僧》三种；孙先生在国内外学术刊物发表的论文未曾辑入论文集的，另编为若干集收入。孙先生整理的古籍、翻译的外国学者著作，不包括在本文集内。中华书局编辑部对文字重新进行了审核、校订，庶作为孙先生著作定本呈献给读者。

北京横山书院热心襄助文化公益事业，文集出版得其资助，谨致谢忱。

中华书局编辑部

二〇一九年五月

目　　录

序　言

　　笔者准备在这本小册子里,对我国唐代文学家、思想家韩愈的散文创作艺术,做以初步的探讨和评介。

　　韩愈(七六八—八二四),字退之,河南河阳(今河南孟州市)人,生活于中唐时期的代、德、顺、宪、穆宗朝。他在整个中国文化史上,算是一个有重大影响、有突出贡献的人物。作为文学家,他的成就是多方面的。他诗、文兼擅;在诗歌创作上取得了独特成绩,而尤以散文创作成就更大。他处于中唐那种矛盾丛生、世道渐衰的大变动时代,思想上、政治上都显得矛盾、复杂。因此,后人对他的评论,也是异说歧出。但不管这些评价如何不同,对他在散文上的成就一般是给予肯定的。他在生前就受到"学浪词锋压九州"(王建《寄上韩愈侍郎》,《全唐诗》卷三〇〇)的赞誉。苏轼更说他"文起八代之衰"(《韩文公庙碑》,《经进东坡文集事略》卷五十五)。这虽然都不无溢美的成分,但也确实表明了他引领一代文坛、改变一代文风的巨大贡献,以及他在时人、后人心目中的地位。在散文上,他不仅有卓越的创作成果,而且有较系统的理论建树。他更诱掖后学,倡导"古文"。在他与柳宗元等人的努力之下,把唐代已有长期发展历史的文体改革和散文革新推进到一个新阶段,造成了中国散文史上的一个高峰。他们倡导的"古文",一时间形成了席卷文坛的声势,出现了名家辈出、名作如林的局面。而他本人的散文创作,更影响当代,沾丐后人,成了宝贵的艺术财富流传至今。

从而他也就成为一代文坛宗师、中国散文史上里程碑式的人物。

　　韩愈创作散文，倡导"古文运动"之得以取得成功，主、客观因素很多，其中一个重要条件，也是他的很大的长处，就是他十分重视散文写作艺术，努力于散文艺术的完善与提高。他的文章千余年来代代相传，影响深远，原因也很多，而一个主要原因就是它们具有高度的艺术水平和巨大的美学价值。在一定意义上说，他的散文是达到了思想性与艺术性、内容与形式的完美的统一的。韩愈追求"文以明道"。对于他所"明"之"道"的内容与价值，历来就有争议，今天批评更多。但他的文章的艺术技巧，一般总是得到承认并被给予很高评价的。鲁迅先生论及文学创作中艺术方面的重要，曾精辟地指出："其实，口号是口号，诗是诗，如果用进去还是好诗，用亦可，倘是坏诗，即和用不用都无关。"（《致蔡斐君》，一九三五年九月二十日，《鲁迅全集》第十三卷第二〇二页，一九八一年人民文学出版社版）这就意味着，文学作品之作为艺术创作，首要的它得是文学，它得具有文学特有的艺术特征。这与评价文学作品的政治效果首先要看它的思想内容好坏是两码事。韩愈是主张张扬儒道的，他对于卫道有极高的热忱；但他写的多是文学散文，又很讲究写作艺术。结果尽管他思想上有很多局限，但他在散文创作上却取得了巨大成功。这样，研究韩愈，就必须重视研究他的散文艺术。然而从韩愈生前到如今，对他的散文推重的人很多，学习的人也很多，从理论上对它们的写作艺术加以细致分析、评价的却不多。明、清以来不少人评点韩文，评点人不乏见解精审者，评点内容也不乏真知灼见，但他们用的不是科学的方法，所见也多在枝枝节节。这样，研究韩愈散文创作的艺术方面，就是古典文学研究中的一件十分重要的工作。这方面，近年已引起学术界的注意，并出现一些有价值的成果。笔者不揣浅陋，拟在前人与今人研究成果的基础上，对韩愈散文艺术加以探讨。见解肯定是浅薄粗疏的，但愿与喜读韩文者共同赏析、商量，愿向前辈与同道请益。这是笔者动笔的第一个用意。

再者,韩愈作为中国散文史上的杰出的代表人物,他的创作所表现出的艺术特征及其内在矛盾具有很大的典型性。认识和理解这些特征与矛盾,对于加深理解中国古典散文的特点与规律,会有一定的助益。中国散文形成、发展的历史,在整个世界文学中显然有其独特处。因此它在艺术形式与创作方法上,与另一些国家的散文,如西欧各国的就很不相同。譬如,早期中国散文是与学术、政令结合在一起的,从而形成了以后发展中高度政治性与实用性的传统。这就造成了一个按现代文学观念如何区划中国散文界限的问题。具体到韩愈研究上,首先碰到的一个问题就是:他的"古文"哪些算作文学散文?《原道》那样的哲学著作是不是散文? 大量的碑、传、书、序等实用文章算不算散文? 这也涉及到六朝以来对"文"的看法的长期纷争。直到清末,阮元提倡新"文笔论",还在否定"古文"之可以称为"文"。他说过:"凡说经讲学,皆经派也;传志记事,皆史派也;立意为宗,皆子派也。惟'沉思'、'翰藻',乃可名之为文也。非文者,尚不可名为文,况名之'古文'乎!"(《书梁昭明太子〈文选序〉后》,《揅经室三集》卷二)这就完全否定了"古文"作为文学散文的价值。而清初桐城派古文家方苞则认为"至唐,韩氏起八代之衰,然后学者以先秦盛汉辨理论事、质而不芜者为'古文',盖六经及孔子、孟子之书之支流余肆也"(《古文约选序例》,《方望溪先生全集·集外文》卷四)。后来的姚鼐更提出义理、考据、辞章并重的文章观。这就又把"古文"视为中国"文"的正统。近年来,人们用形象思维的标准来衡量古典散文,对韩文的文学价值又提出了各种各样的看法。研究一个课题,明确它的对象是个根本出发点。散文界限不搞清楚,也就谈不到研究散文艺术,而这就关系到中国散文特点的根本问题。结合韩愈这样有代表性的作家的创作实际,我们来分析他的散文的艺术特征,对于认识整个中国散文的特殊规律,会是有益的。涉及到中国古典散文的文体问题、语言问题、表现方法问题，也是如此。所以，分析韩愈散文艺术的成就，将有助于探讨中国古典散文的规律。笔者想在这方面做点工作。这是写作本书的第二个用意。

第三，中国散文的悠久而优秀的历史传统，是近、现代散文发达的前提条件之一。正是在这种传统的哺育下，才出现了鲁迅那样伟大的散文家。现代和当代文坛上的代表人物，如茅盾、郭沫若、巴金等人，几乎无一不是卓越的散文大师。"五四"以来，散文在中国人民的精神生活中起着巨大的作用，对革命事业产生过重大影响。直到现在，散文仍是广大群众喜爱的文学形式之一，发挥着巨大的社会作用与教育作用。今天，提高散文的艺术水平，有一个批判地继承历史传统的问题。通过对韩愈这样取得高度艺术成就的散文大师的研究，会为当代散文创作实践提供很好的借鉴。从中国新文学史发展看，现代散文创作受到西欧与日本散文的影响。连"散文"一语也是从外语翻译过来的，和中国传统上与骈文对待的"散文"意思上完全不同。这种西方的影响对于中国散文的发展自然是积极的、有益的。但中国现、当代散文，从根本上说，是古代散文的历史的发展。它也应当在历史传统中更多更好地汲取营养。我们读鲁迅《纪念刘和珍君》等哀祭文字，从中自然会体认出韩、欧等人哀祭文字的影响。所以，研究韩愈散文艺术，会有利于我们更好地继承中国散文的历史经验，发展今天的散文创作。这是写作本书时的又一个想法。

以上三个方面，涉及的问题太广了，题目是太重大了。完成这些任务，对于笔者来说，只能是一个奢望，一次初步的尝试，或者，只是提出一些问题，抛砖引玉，求得指教。

笔者对古典散文有点"偏爱"。宋代以前，诗与文一直是中国文学的两大主流。宋代以后，小说、戏曲等渐趋繁荣，古典诗文逐渐僵化与衰落。但是，后者也并不是没有成绩。在衰落的潮流中是有曲折、有反复，也时有高潮激起的。但从近年来的古典文学研

究看,对散文所做的工作,比例太不相称了。就是韩愈这样的大
家,从作品的出版与普及到专门的研究,成果还是很有限的。与地
位相似的诗人、小说家以至戏剧家的情形简直不可比拟。笔者虽
然学疏才浅,但有志于在这方面略尽绵薄。谨以这本拙作奉献给
读者,期望有更多的人对古典散文艺术加以关注,并写出更好的论
著来。这也算做笔者写作本书的最后一个用意罢。

第一章 "文以明道"，卫道重"文"

　　笔者在拙著《唐代古文运动通论》中曾提到，唐代"古文运动"之所以取得重大成就，重要原因之一就在于它的领导者们在理论上具有高度的自觉性。韩、柳等人针对当时文坛的实际，结合自己的创作经验，探讨了自先秦以来中国散文长期发展的历史规律，提出了相当明确、相当系统的革新文体、改进文风、进行散文创作的主张。这些主张，作为一种理论纲领，在指导文坛、诱掖后学上起着巨大的号召、动员、教育作用，也是他们自身从事创作活动和理论宣传的思想支柱。所以"古文"之造成统治文坛的声势并被后人视为"运动"，以及"古文"创作水平的提高与扩大影响，都直接得益于韩、柳诸人在"古文"理论方面的创获。这也是韩、柳等唐代"古文"家们文学活动的一个重大优点。

　　在这个方面，韩愈在整个唐代"古文运动"的历史发展中做出了他人不可比拟的杰出贡献。正是他，第一个明确提出并阐发了"文以明道"的理论，从新的角度与高度，比较正确地解决了"文"与"道"的关系问题，重新确定了作为文学散文的"文"的性质、作用与地位；同时，他又大力探讨"文"的艺术特征，把"古文"当作艺术创作来加以重视。他以"文"来明道，因此又为卫道而重"文"。仅就这两点说，韩愈就抓住了当时文坛面临的主要矛盾，并提出了创新的主张；而这些主张，又符合文学发展的历史实际，反映了时代思想发展的潮流。在同时代人中，例如与他并列为"古文运动""双

璧"的柳宗元,不仅在理论的明确性与系统性上不如他,而且整个
理论思想的发展可以说是在他的影响之下的。柳宗元同样提出
"文以明道",但从时间看就远在韩愈以后。

因此,探讨韩愈的散文艺术,我们应首先讨论韩愈对作为文学
散文的"文"的看法。

一

韩愈评价柳宗元一生业绩,说过这样一段话:

> 子厚前时少年,勇于为人,不自贵重顾藉,谓功业可立就,
> 故坐废退。既退,又无相知有气力得位者推挽,故卒死于穷
> 裔,材不为世用,道不行于时也。使子厚在台、省时,自持其
> 身,已能如司马、刺史时,亦自不斥;斥时,有人力能举之,且必
> 复用不穷。然子厚斥不久,穷不极,虽有出于人,其文学辞章,
> 必不能自力,以致必传于后如今,无疑也。虽使子厚得所愿,
> 为将相于一时,以彼易此,孰得孰失,必有能辨之者。(《柳子
> 厚墓志铭》)①

这里结论故作疑词,韩愈显然认为"文学辞章"的历史价值是高于
"为将相于一时"的实际功业的价值的。大家知道,韩、柳在政治观
点上有分歧,所以表现在文章中,也有不少意见相左。但在这段议
论里,韩愈尽管对柳宗元的一生活动隐含微词,却高度赞扬了他的
文章。实际上,理解这段话的意思,不应只看作是对柳宗元本人功
过的评价,而且包含着强调"文"的地位与意义、强调"文人"的价值

---

① 本书引用韩文,除特别注出者外,均据《韩昌黎集》,商务印书馆一九五八年
排印本。以下不再注出书名、卷次。

与作用的新看法。

再看看韩愈的另一篇文章《送孟东野序》。其中提出的"不平则鸣"的看法，是欧阳修"文穷而后工"主张的先声。但是在文章逻辑思路上有一个问题：讲"不平则鸣"，从物说到人；讲人，又从唐虞说到当代；作为例子的，则从咎陶、禹到周、孔、诸子百家，直到孟郊、李翱、张籍，因而宋人洪迈指出："韩文公《送孟东野序》云：'物不得其平则鸣。'然其文云：'在唐虞时，咎陶、禹其善鸣者，而假之以鸣。夔假于韶以鸣，伊尹鸣殷，周公鸣周。'又云：'天将和其声，而使鸣国家之盛。'然则非所谓不得其平也。"（《容斋随笔》卷四）近人杨树达先生在《汉文文言修辞学》中亦列此为文病。确实，韩愈这篇文章在立意上以"不平则鸣"为主干，但使用"不平"一词却含义歧出。"不平"之"平"如果是平正、平静的意思，那么喜、怒、哀、乐都是"不平"，"不平则鸣"就是"感物而动"、"缘事而发"的意思；但韩愈在文章末后归结到孟郊，却又说到"穷饿其身，思愁其心肠，而使自鸣其不幸"，则又用了愤郁"不平"的内涵。但今天我们分析他的这个观念会看到，正是在这种逻辑上的矛盾中，韩愈把一个穷诗人与历史上那些著名的政治家、思想家等同起来了。林云铭解释说："篇中从物声说到人言，从人言说到文辞，从历代说到唐朝，总以天假善鸣一语作骨，把个千古能文的才人，看得异样郑重。然后落入东野身上，盛称其诗，与历代相较一番，知其为天所假，自当听天所命。"（《韩文起》卷五）韩愈文章是否以"听天所命"为主旨，容后另议；文章中反映了韩愈的唯心主义天命观，也是不可否认的。但在今天看来，韩愈把一个"文人"看得那么重要，他的言辞意义那么重大，却是一种新观念，反映了他对于"文"的认识。值得注意的是，他所举出的唐代的"能鸣"者，除上列三人外，还有陈子昂、苏源明、元结、李白、杜甫、李观。九个人，全是文学家。

意思是"能文之人"的"文人"一语，出现在汉代以后。《诗·大雅·江汉》："厘尔圭瓒，秬鬯一卣，告于文人。"毛《传》："文人，文德之人也。"孔《疏》："汝当受之,以告祭于汝先祖有文德之人。"(《毛诗正义》卷十八,《十三经注疏》本)《尚书·文侯之命》："用会绍乃辟,追孝于前文人。"孔《传》："言汝今始法文、武之道矣,当用是道合会继汝君以善,使追孝于前文德之人。"(《尚书正义》卷二十,《十三经注疏》本)《诗经》的《大雅·江汉》作于西周,《尚书》的《文侯之命》属今文,可信为早出。在当时,"文人"只是"文德之人"的意思。这也反映了那时候"文"还没有形成为独立的意识形态的历史实际。到了汉代,才出现了"能文之人"的"文士"、"文人"。如《韩诗外传》卷七:"君子避三端:避文士之笔端,避武士之锋端,避辩士之舌端。"王充《论衡·超奇》:"能说一经者为儒生,博览古今者为通人,采掇传书以上书奏记者为文人,能精思著文连结篇章者为鸿儒,故儒生过俗人,通人胜儒生,文人逾通人,鸿儒超文人。"但在当时,"文人"所能还被视为技艺。以司马迁之宏才,不过被"俳优畜之";扬雄则自悔少年作赋是"雕虫篆刻"。王充把"文人"提高到儒生、通人之上,颇有高自标帜之意,但仍不出"士"的一列。到了汉、魏之际,鲁迅所提出过的"自觉的文学观念"形成了,文人的地位也大大提高。出现了也是鲁迅提过的曹丕的"文章经国之大业,不朽之盛事"(《典论·论文》,《全上古三代秦汉三国六朝文·全三国文》卷八)那样的主张。但同时代的曹植却又说:"辞赋小道固未足以揄扬大义,彰示来世也……吾虽薄德,位为藩侯,犹庶几戮力上国,流惠下民,建永世之业,流金石之功,岂徒以翰墨为勋绩,辞颂为君子哉!"(《与杨德祖书》,同上卷十六)这显然表现出轻视文人和文才的意思。对这一点,鲁迅在《而已集》的《魏晋风度及文章与药及酒之关系》一文中分析,曹植是作"违心之论",说他一是文章作得好,不满于自己所作而羡慕他人之所为;二是其活动"目标在于政治方面"。这就表明了,在那个时代,不论"文"与"文人"是如何受重视,但文事在人们的观念中,地位与意义远在实际的政治事功以下。通观六朝及其以前,"文人"也确乎只能"帮忙"与"帮闲",

作为贵族阶层的附庸而已。

这样，再来对比前述韩愈文章的看法，则韩愈显然把文章与事功、道德、思想放到了同等重要的地位。他本来是主张以儒道济世的，但他在《师说》中却把"传道"与"授业"并列。正如朱熹所解释的，这里的"业"就是"六艺"之业，包括写文章的技能。他的《进学解》是以解嘲的形式自我肯定、自我揄扬的文章，其中也是儒学、文章、道德并称，重点称扬自己的文章技能。他说自己"性本好文学"（《上兵部李侍郎书》）；"愈少驽怯，于他艺能，自度无可努力，又不通时事，而与世多龃龉。念终无以树立，遂发愤笃专于文学"（《答窦秀才书》）。这里的"文学"即指"古文"之学。他中进士后，制举不利，三上宰相书，大讲自己如何会作文章，"其业则读书著文"，"其所著皆约六经之旨成文，抑邪与正，辨时俗之所惑；居穷守约，亦时有感激、怨怼、奇怪之辞，以求知于天下"，又夸耀自己的文章如何与流行的"绣绘雕琢之文"不同。他的《与孟尚书书》，表白自己的心迹，以孟子为楷模。孟子在杨、墨交乱之后，"空言无施，虽切何补，然赖其言，而今学者尚知宗孔氏，崇仁义，贵王贱霸而已"。这样，要"使其道由愈而粗传"，实际靠的还是文章。所以，他一再表示，文章可以"诛奸谀于既死，发潜德之幽光"（《答崔立之书》），君子"处心有道，行己有方，用则施诸人，舍则传诸其徒，垂诸文而为后世法"（《答李翊书》）。总之，在他看来，文章的作用绝不在道德、事功之下；从事文章写作的意义起码不次于从政作官。

韩愈对"文人"的这种看法，反映了客观现实的变化。一方面，到了唐代，阶级关系发生了有利于一般地主阶级知识分子的转变，不少没有等级特权的文人可以凭借政能文才取得政治地位，文才受到普遍的重视；另一方面，文学作为独立的意识形态又有新的巨大发展，它的社会作用，特别是干预政治的作用更为突出。如白居易等人写"新乐府"，就把诗当作比朝廷章奏更为犀利有效的政治工具。这样，韩愈的新的"文人"观念，反映了现实的变化，也反映了当时"文人"阶层的要求。

　　韩愈如此大力肯定"文人"的作用与地位,也反映了他作为一个散文家的事业心与责任感。在他看来,文章不再是"小道",不再是"雕虫小技";文学事业的价值也不次于政治事功。他用这个观点动员文坛,教育后学,使更多的人自觉地穷精力于文章。这对于"古文"的大普及、大发展是有重大作用的。宋代以后,有人从儒学的角度批评韩愈为"文人",如张耒说:"韩退之以为文人则有余,以为知道则不足。"(《韩愈论》,《张右史文集》卷五十六)王守仁说:"退之,文人之雄耳。"(《传习录》卷上,《王文成公全书》卷一)这些话本意都在贬低韩愈在儒学上的地位。韩愈在儒学上的得失是另外一个值得讨论的问题,但这也确实透露了历史真相:韩愈重视"文人",并努力作一个"文人",完成他所理想的"文人"的事业。

<h2 style="text-align:center">二</h2>

　　与这种新的"文人"观念相联系的,是一种新的文章观念,即"文以明道"、卫道重"文"的"古文"观。

　　"古文"观念不自韩愈始[①],在当时亦非仅他一人提倡;但在理论上大力宣扬,并系统提出"文以明道"新观点的却是他。这种观点的提出,使"古文"理论得到了质的提高,在指导创作实践上也是一种新的有力的思想武器。

　　李翱《与陆傪书》说:"又思我友韩愈,非兹世之文,古之文也;非兹世之人,古之人也。其词与其意适,则孟轲既没,亦不见有过于

―――――――――――

①参见拙著《唐代古文运动通论》序章《"古文"的含义与渊源》,百花文艺出版
　社,一九八四年版。

斯者。"(《李文公集》卷七)据李《祭韩吏部文》，他贞元十二年(七九六)与韩在汴州定交，则当时韩的朋辈中已有大力倡导"古文"的。稍后，李又有《荐所知于徐州张仆射书》，其中说到"昌黎韩愈，得古文遗风，明于理乱根本之所由"(《李文公集》卷八)。这又可以看出韩愈"古文"的影响。

韩愈的"古文"最重要的特点是"明道"；他在理论上的最大建树之一是提出了"文以明道"。明确提出这个观念，最早可追溯到他贞元九年(七九三)二十六岁时所写的《争臣论》，其中说：

> 君子居其位，则思死其官；未得位，则思修其辞，以明其道。我将以明道也。

这样，就在文章写作与散文创作中清楚地规定了"文"与"道"的位置和它们二者的关系。而且，这里的"道"指儒道，是当时社会上占统治地位的思想体系，用它作为理论口号又是有号召力的。

韩愈所要"明"的"道"的具体内容是什么，应如何评价，容后文专章论述。这里先讨论他在"文"、"道"关系问题上的创见。

首先，"文以明道"，是一种"文道结合"论，是对魏、晋以来日渐发展的在散文中的形式主义、唯美主义文风的批判与清算。

本来，在魏、晋之前，中国人还没有清晰的文学观念。虽然文学创作已相当发达了，但文章(包括散文)还没有与一般著述分开，"文"还是指教化之文、学术之文、文章之文，人们的观念中还是立言为教、修辞成文的。正如前已提及的，魏、晋以后，进入了"文学的自觉时代"。在文章体制上，"四部"分，文集立，"文"与经史著述分途；在创作实践上，强调"文"的"缘情"、"体物"、"沉思"、"翰藻"的特征；在创作队伍上，则儒生之外另有一批以"文"为业的专业"文人"出现，所以史书上"儒林"之外另要为"文学"立传。这在文学发展上，是一个具有重大意义的进步。但是，这种文学的巨大进展适逢六朝动乱时期，当时文坛的领导权又操在日渐腐败的门阀贵族阶层手里,因而文学创作走入了片面追求形式、拒斥严肃思想内容的歧途。具有代表性的现象就是文章的骈俪化。骈偶本是一种文章修辞技巧,但发展为骈体文并逐渐统治了文坛,这却是文章形式的一种畸形发展。在骈文中,形式与内容相脱节了。例如萧统编《文选》,顾名思义,所选当然是"文"。但从他给"文"的内容立的标准看,搞得非常之狭隘。他不仅把经学排斥到"文"之外,而且把"以立意为宗,不以能文为本"的诸子之文,和记载"贤人之美辞,忠臣之抗直,谋夫之话,辩士之端"的记事述史之文统统排斥出"文"的范围。他认为只有"综辑辞采"、"错比文华"、"事出于沉思,义归乎翰藻"的才称得上"文"。萧绎不但严分"文"与"儒",而且严分"文"与"笔",规定只有"绮縠纷披,宫徵靡曼,唇吻遒会,情灵摇荡"(《金楼子》卷四《立言》)的才叫做"文"。这种观点,在今天看来,当然也不能完全否定它们在文学思想发展上的一定意义。例如其中强调文学作为一种独特意识形态的形式美,要求它发挥对人的美感的感发作用等等,都有一定的合理内容。但当时这样区分"文"与非"文",却没有抓住文学作为艺术创作在思维方式上的根本特征(如创作过程中的典型化、表现方式上的形象化等等),而是一方面,强行在内容上给文学划定界限,把严肃的思想、社会内容排斥到文学之外;另一方面又在形式上划出界限,把不用韵的散体文划到文学之外。这样,空洞地追求骈四俪六的形式,"文"就走入了一条死胡同,越来越僵化,越来越空洞,就成了韩愈说的那种"绣绘雕琢"的"无用"之文了。"文以明道",作为一种以"复古"面貌出现的主张,就是要否定魏、晋以来文坛的形式主义倾向,强调文章要以一种"道"为内容与指导思想。其实际意义则是要恢复先秦盛汉文章写作的高度思想性与现实性的传统。

　　另一方面,从历史发展看,虽然在韩愈以前有过不少人在理论上或实践上反对骈文的形式主义,但却没有人把问题提到是否"明道"这样简洁明快、有号召力、具有理论体系的高度。例如,最早有声势地进行文体改革的尝试，是在西魏末年宇文泰掌朝政的时期。当时宇文泰、苏绰、柳庆诸人，不满于"文章竞为浮华"，思革其弊，有柳虬著《文质论》、《上文帝疏论史官》等，提出了文须"直笔"、"鉴诫"的主张，并有意识地辨别古、今文体。但他们所注意的主要是行文体制与文风。苏绰仿《尚书》作《大诰》，刻意模古，不达时变，成为一个历史教训（见《周书》卷二十三《苏绰传》，卷三十八《柳虬传》）。后来的裴子野、颜之推也有改革文体的主张，他们所提出的也主要限于文章表达与语言风格等方面。到隋文帝杨坚，为屏黜轻浮，遏止华伪，普诏天下公私文翰，并宜实录；时有李谔上疏朝廷，请革正文体，对魏、晋以下，特别是齐梁文风猛烈抨击，并把文风问题与政治联系起来，说是"文笔日繁，其政日乱，良由弃大圣之轨模，构无用以为用也"（《隋书》卷六十六《李谔传》）。这次改革文体的尝试，也有相当的声势，但其着眼点，主要在"公私文翰"的实际效用的发挥，目的主要是提高文字的行政效能。到了唐代，从陈子昂开始，萧颖士、李华、元结、独孤及，直到梁肃、权德舆诸人，都在改革文体上作出了巨大努力，也取得一定成绩。这些人直接、间接地影响了韩、柳，可称为韩、柳的前驱。他们也已有不同程度的宗经、明道的主张。然而，他们的思想观念多又相当驳杂，多接受佛、道的宗教观念。这样，指导他们的文体改革的，必然就缺乏一套严整的理论纲领。就是说，他们搞文体改革，没有与当时思想意识形态领域的重大斗争结合起来，没有从更高的理论角度来处理文体问题。

　　韩愈提出"文以明道"，从长时期改革文体的历史发展看，确实是一个质的提高。他给"古文"充实一个严密的、统一的理论体系，他为"古文运动"树立了一个正大的、有号召力的旗号。特别是他的时代，佛教势力膨胀，宗教唯心主义猖獗，僧侣地主与朝廷、与世俗地主的矛盾正十分尖锐。他明道以反佛，把文体改革与当时重大思想斗争与政治斗争结合起来，更给这种改革以生命力，并有力地扩大了它的影响。笔者在另文中曾提出过浅见,以为"古文"与反佛并没有必然的、直接的联系,佛教的译经甚至给"古文"的发展以刺激;但是,韩愈用"古文"反佛,把文体问题与思想斗争更紧密地结合起来,也确实增强了"古文运动"的力量,给运动提供了新内容。所以,韩愈提出"文以明道",从历史发展角度看,又是对历代改革文体的成果的总结和提高。

这样,韩愈"文以明道"的具体内容如何,应怎样评价,可以有各种认识,可以做更具体的分析;但这个观念本身,在文章内容与形式的关系上,就与六朝以来笼罩文坛的形式主义潮流划清了界限;在文体改革的内容与指导思想上,比起前代与当代进行文体改革的人们也有很大进步。这成为一个有战斗力与号召力,有理论高度的口号,因此在当时起到巨大的作用,对后代也产生了深远的影响。

三

所谓"文以明道",即指文章写作的目的在阐扬儒道。韩愈一生以承继、发扬圣人之道为己任,立志颇高,立言颇壮。他声称自己要济儒道于已坏之后,"使其道由愈而粗传"(《与孟尚书书》);又以当世圣人自居,自负"世无孔子,不当在弟子之列"(《答吕毉山人书》)。但是,"明道"所依靠的是"文",没有好的文章也就谈不到"明道"。这样,在他看来,"文"虽然是手段,却又是相当重要的。"明道"实际是一个总的标的,它是否能"明",还是在"文"的优劣。所以韩愈一方面说"愈之所志于古者,不惟其辞之好,好其道焉尔"(《答李秀才书》),"愈之为古文,岂独取其句读不类于今者耶?思古人而不得见,学古道则欲兼通其辞;通其辞者,本志乎古道者也"

(《题哀辞后》);另一方面他又说"愈之志在古道,又甚好其言辞"(《答陈生书》)。两种议论,形似矛盾,实则是说出了"文以明道"的两个侧面。这就是朱熹所批评的"裂道与文以为两物"(《读唐志》,《晦庵先生朱文公文集》卷七十)。韩愈不视"文"为"道"的附庸,也不把它作为"道"的简单的表现形式,而认为它独立于"道"之外,有其特殊的地位与价值。这是"文"与"道"的二元论。这种观念与汉代以前那种文章与学术、文化不分的旧观念不同,也与后来宋人"文以载道",以道学包融文学的观念不同。这实际上表明韩愈继承了魏、晋以来的"自觉的文学观念",强调在儒学、道德等等之外,有独立的"文学"之文。

他的基于这种认识建立起来的"古文"观,又是重"文"的。在"文"与"道"二者之中,他所努力的多在"文"的方面;他继承历史传统,也比较清晰地分辨出文学发展与一般学术、文章的不同的脉络,并努力发扬前人在文学上的成果。这也表明他的文学观不是单纯复古的,而是接受了魏、晋以来发展起来的进步的观念的。

在这一点上韩愈与他以前唐代那些努力于改革文体的人形成一个鲜明的对比。那些人反对骈文的浮靡文风,大抵单纯追求复古,对文学发展历史的看法是相当混乱的。例如李华论及文学发展时说:"屈平、宋玉,哀而伤,靡而不返,六经之道遁矣。论及后世,力足者不能知之,知之者力或不足,则文义浸以微矣。"(《赠礼部尚书清河孝公崔沔集序》,《全唐文》卷三一五)贾至说:"三代文章,炳然可观。泊骚人怨靡,扬、马诡丽,班、张、崔、蔡、曹、王、潘、陆,扬波扇飚,大变风雅,宋、齐、梁、隋,荡而不返。"(《工部侍郎李公集序》,《全唐文》卷三六八)柳冕则说:"自屈、宋以降,为文者本于哀艳,务于恢诞,亡于比兴,失古义矣。"(《与徐给事论文书》,《全唐文》卷五二七)这样的议论,显然是把文学的发展与文风的浮靡混同起来了。例如屈原,本是中国历史上第一位伟大的文学家,他留存下第一部具有个人风格的文学创作,绝不能以"诡丽"、"哀艳"

的罪名论定它是以后形式主义文风的滥觞;把他的创作与齐、梁文风并列起来更是荒谬的。但这种看法却反映了当时的一种相当普遍的认识,就是许多人提倡文体复古,没有看到文学之逐步形成为独立意识形态的发展趋势及其特点,没有认识文章大体上是由朴趋华、离质向文的发展趋势。这还是一种守旧的文学观念。与此相联系的,他们也没有看到文学内容的扩大及其特质。他们机械地要求恢复古代著述之文的传统。例如独孤及称赞李华,是"非夫子之旨不书,故风雅之指归,刑政之本根,忠孝之大伦,皆见于词"(《检校尚书吏部员外郎赵郡李公中集序》,《全唐文》卷三八八)。梁肃主张:"文之作,上所以发扬道德,正性命之纪;次所以财成典礼,厚人伦之义;又其次所以昭显义类,立天下之中。"(《补阙李君前集序》,《全唐文》卷五一八)柳冕则提出:"夫文章者,本于教化,发于情性。本于教化,尧舜之道也;发于情性,圣人之言也。"(《答徐州张尚书论文武书》,《全唐文》卷五二七)按这样的看法,最好的文章是圣人经典之文,因此作文就要以先圣经典为楷模,以"君子之儒"来写"君子之文"。这是一种经学与文学合一的观点。李华又说:"化成天下,莫尚乎文。文之大司,是为国史,职在褒贬惩劝,区别昏明"(《著作郎厅壁记》,《全唐文》卷三一六)。萧颖士自负"平生属文,格不近俗,凡所拟议,必希古人",而他所推重的是《春秋》"褒贬之文"(《赠韦司业书》,《全唐文》卷三二三)。这与他们以前史学家刘知几的以"著述"自命,认为最好的文章是史学著作的看法又是一致的,是一种史学与文学合一的观点。这些看法与六朝形式主义的文学观是对立的,但二者在"文"、"道"关系的理解的思想方法上又是相通的。六朝人把"文"与"道"相割裂,因此要创作一种离开了"道"的束缚的纯粹的"文";而这些人要把"文"消融到经、史著述之中,实际也是把二者对立起来。他们都否定在儒与史之外有"文"的独立存在的价值。

韩愈的看法与这些人不同。一方面,他的视野非常之广阔,如上面提到的《送孟东野序》，列举古今之“善鸣”、“能鸣”者，从《诗》、《书》、“六艺”、诸子百家，直讲到当代的同辈文人。另一方面，在他的意识中，显然明确区分出了历史上的学术传统与文学传统。而他论文章和自己的实践，又显然重视后者而不是前者。在著名的《进学解》中，谈到他的文章师承：

> 沉浸酝郁，含英咀华，作为文章，其书满家。上规姚、姒，浑浑无涯，周《诰》、殷《盘》，佶屈聱牙。《春秋》谨严，《左氏》浮夸，《易》奇而法，《诗》正而葩。下逮《庄》、《骚》，太史所录，子云、相如，同工异曲。先生之于文，可谓闳其中而肆其外矣。

仅从这段文章看，他在创作中所效法的，并不只限儒家经典；而且即使讲到儒家经典，着眼点也不在经学，而在文章。他在《读〈仪礼〉》一文中解释孔子“吾从周”一语，以为是“谓其文章之盛也”，又说“奇辞奥旨著于篇，学者可观焉”。特别是他把被视为治世大法的“经”与《庄》、《骚》、两司马并列，并对《尚书》、《左传》略有微辞，这显然不是以儒学为标准。他更注意的是屈原、庄周以下到汉代的文学遗产，当时文学与学术已逐渐分离。总之，他重视的是文学，而不是儒学。他批评当时的骈文说：“诚使古之豪杰之士，若屈原、孟轲、司马迁、相如、扬雄之徒进于是选，必知其怀惭乃不自进而已耳。”(《答崔立之书》)这清楚表明了他不像李华等人那样以“圣人”之文为评文标准。他很推重屈原，多现于言辞之表，有人评论“观其《感二鸟赋》，悲激顿挫，有骚人之思”(苏舜钦《答马永书》，《苏舜钦集》卷十)。确实，他在创作上承受了屈原的不少影响。这不只局限于辞赋体的写作；他的整个尚“奇”的追求与那位古代伟大的浪漫主义诗人很有相通的地方。他又多学《庄子》。古人评论他的《送高闲上人序》，“恢诡放荡，学《庄子》文”(《文章轨范》，转引《全唐文纪事》卷七十)；清人吴德旋说《庄子》文章最灵脱，而最妙于宕，读之最有音节。姚惜抱评昌黎《答李翊书》，以为善学《庄子》,此意须会。能学《庄子》,则出笔甚自在"(《初月楼古文绪论》)。在先秦诸子中,《庄子》的文章是最富于文学性的。在汉代,韩愈特别推崇司马迁、司马相如、扬雄。他说:"汉朝人莫不能为文,独司马相如、太史公、刘向、扬雄为之最。"(《答刘正夫书》)柳宗元说他的文章可比司马迁。这个评价是后人所公认的。刘埙就指出其"碑铭妙处,实本太史公"(《隐居通议》)。但司马迁先黄、老而后六经,崇货殖而尚游侠,绝非醇儒。方成珪又指出其"《集》中屡称扬雄"(《韩集笺正》卷三)。方东树也指出:"退之论文屡称扬子,而不及董子。盖文以奇为贵,而董子病于儒。余闻之刘先生(指刘大櫆——笔者)说如此。然窃以为退之所好扬子文,亦谓其赋及他杂文耳。若《法言》、《太玄》,理浅而词艰,节短而气促,非文之工者也。退之所好不在此。"(《书〈法言〉后》,《仪卫轩文集》卷六)韩愈在汴州,曾"西望商丘,东望修竹园,入微子庙,求邹阳、枚叔、司马相如之故文,久立于庙陛间"(《题李生壁》)。汉代文人,已显然分出了儒生与文学家两种人,这也是文学之独立于经学而发展的表现。所以隋任城王杨偕致杨遵彦书中就有"经国大体,则贾生、晁错之俦;雕虫小技,殆相如、子云之辈"(《隋书》卷四十二《李德林传》)的话。而董仲舒、刘向、匡衡、王充等人,著作也并不少,但他们以思想家面貌出现,所以韩愈在作文方面并不推重。朱熹很欣赏韩愈文章,但不满于他的儒学,说:"若夫所原之道,则亦徒能言其大体,而未见其有探讨服行之效,使其言之为文者,皆必由是以出也。故其论古人,则又直以屈原、孟轲、马迁、相如、扬雄为一等,而犹不及于董、贾。"(《读〈唐志〉》,《晦庵先生朱文公文集》卷七十)他又说韩愈取屈、荀、马、扬与孟轲同论,为无见识,为不成议论(见《朱子语类》卷一三七)。方孝孺批评说:"唐之士,最以文为法于后世者,惟韩退之。而退之之文,言圣人之道者,舍《原道》无称焉。言先王之政而得其要者,求其片简之记,无有焉……汉儒之文,有益于世,得圣人之意者,惟董仲舒、贾谊;攻浮靡绮丽之辞,不根据于道理者，莫陋于司马相如。退之屡称古之圣贤文章之盛，相如必在其中，而董、贾不一与焉。其去取之谬如此，而不识其何说也。苟以其文未粹耶？则艰险之元结，俳谐之李观，且在所取矣，如之何其去二子也？苟以其所述者王霸之道，不敢列之于文人之后邪？则孔子、孟子固与荀卿、屈原、李斯并称矣，安在其能尊二子也？退之以知道自居，而于董、贾独抑之，相如独进之，则其所知者，果何道乎？"（《答王秀才书》，《逊志斋集》卷十一）这种指责，当然是出于卫道的偏见，但所举事实则是真实的。这正反映了韩愈在文学上的企向，表明了他对文学的重视。后来曾国藩也指出："韩、柳有作，尽取扬、马之雄奇万变，而内之于薄物小篇之中，岂不诡哉！"（《圣哲画像记》，《曾文正公文集》卷二）实际上韩愈正是继承了汉人发展文学散文的传统，而较轻视它的经学传统。对于六朝骈文成就，韩愈也并不排斥，这在下文论文体一章中还将专门讨论。袁枚就曾指出过："唐以前，未有不熟精《文选》者，不独杜少陵也。韩、柳两家文字，其浓厚处，俱从此出。宋人以八代为衰，遂一笔抹杀，而诗文从此平弱矣。汉阳戴思任《题文选楼》云：'七步以来谁抗手，六经而外此传书。'"（《随园诗话》卷七）韩愈也确实吸取了《文选》为代表的六朝文学的传统。后来，阮元批评"古文""以立意、纪事为本，非沉思、翰藻之比也"，"立意之外，惟有纪事，是乃子、史正流，终与文章有别"（《与友人论古文书》，《揅经室三集》卷二），并强作"文"与"笔"[1]的划分，实则韩愈已充分消化了六朝"文"的成就，只是如焦竑说的像花在蜜，蘖在酒，脱弃陈骸，自标灵采，把骈文艺术消溶到"古文"之中了。这样，韩愈所谓"古文"，绝不再是古代的著述之文、文化之文、文章之文的复活，而是继承文学散文独立发展成果的艺术创作。从理论与实践上看，韩愈在这个问

---

①关于南朝"文"与"笔"的区别，详见刘师培《中国中古文学史讲义》第五课《宋齐梁陈文学概略·总论》。

题上认识是明晰的。这是他比起以前以至以后许多"古文"家们显得更为杰出的地方。

韩愈对当代文学的看法,也反映了他对"文"的重视。虽然说唐代并不重经术,但也颇有几位有成就的经师,也有如刘知几那样卓越的著作家。而且下文还将谈到,韩愈在思想上也受到中唐以后发展起来的啖助、赵匡、陆质等新《春秋》学的影响。可是除了他曾问学的施士丐而外,这些人在他的作品中都没留什么痕迹。他所推尊的是陈子昂、李白、杜甫等人。不言而喻,这些人的成就主要在文学。陈子昂喜言王霸大略,并非章句之徒;李白好道求仙,佯狂纵酒,思想面貌十分复杂,绝不受经学羁束;杜甫倒是以儒生自命的,但他愤世嫉俗,对现实抱清醒批判态度,这亦非醇儒的表现。特别是在本章开头提到的韩愈对柳宗元的评价。他不但在政见上与这位友人不同,而且在理论观点上差异更大。对比一下韩愈《原道》与柳宗元《封建论》这两篇各自的纲领性文章,就会看到其中表现了完全对立的世界观和历史发展观。韩、柳一生中进行过关于"天"、关于佛教、关于修史等几次论战,文字中枘凿不合处更多。但这些并没有影响韩对柳的推重。柳贬永州,为流囚,韩在长安官职虽不高,但其时已确立了有影响的地位,却能热情向后学揄扬、推荐柳。柳死后,他慨叹"子之文章,而不用世"(《祭柳子厚文》),所写祭文、墓志都大力推崇柳的文章。柳对韩也是一样。这样的互相对待上的分析的、弘通的态度,也使他们二人在提倡"古文"中长期合作、互相学习,对整个"运动"的发展起着积极作用。相对比的是李翱,他与韩愈定交很早,在韩的同辈与弟子中是儒学成就最高的人,但如范浚所说:"昔李翱在唐诸儒中言道最纯,然其用心勤甚,而时人莫之知,后世亦莫之知。翱从韩愈为文章,辞采虽下愈,而议论浑厚,如《复性书》三篇,贯穿群经,根极理要,发明圣人微旨良多,疑愈所不逮。而愈但称翱学文颇有得耳。翱亦自谓与人言未有是我者。是当时莫之知也。"(《答徐提干书》,《范香

溪先生文集》卷十六)这实际上反映了韩愈所倡导的当时的文坛风
气。到了宋代，人们从儒学角度并提"韩、李"，认为韩、柳道不同不
相与谋，与唐代当时的风气则很不相同了。这些事实，也都清楚表
明了韩愈所重视的是什么。

　　正因此，自宋代以来，就有"因文见道"之说。程颐就指责韩愈
不是"有德然后有言"，是"倒学了，因学文，日求所未至，遂有所得"
(《二程遗书》卷十八)。陆九渊则说是"因学文而学道"(《语录》上，
《象山先生全集》卷三十四)。进一步以至有人认为他道并未见，如
朱熹说，"只是要作好文章，令人称赏而已"(《沧州精舍谕学者》，
《晦庵先生朱文公文集》卷七十四)，"韩文公第一义是去学文字，第
二义方去穷究道理"(《朱子语类》卷一三七)。寥燕说："昌黎则见
道未彻。《原道》、《原性》诸篇，肤浅已甚。要之，起衰救弊，则其文
不可诬也。"(《与魏和公先生书》，《二十七松堂集》卷九)"世亦有道
未至而文至者，如孟轲、荀卿、扬雄、韩愈之徒是也。"(《答谢小谢
书》，《二十七松堂集》卷七)蔡世远评《答李翊书》："公生平刻苦肆
力，本期至于古之立言者，因而有见于道，遂居然以传道自命。然
自叙其躬行实践之功，少有见焉。至自道为文工夫本领，亲切有味
如此。"(《古文雅正》卷八)这些批评，当然是出于道学的偏见，但也
透露出一定的道理：韩愈在"文"与"道"二者关系的认识与处理上，
确乎与以后的道学家不同。他当然还不能如我们今天这样辩证地
认识文学与其他意识形态如政治、思想、宗教等等的关系以及文学
本身内容与形式、思想性与艺术性的关系，但他确实一方面纠正了
否定思想内容、单纯追求形式的偏颇，一方面又注意到文学的独立
价值。这样，向前，他与六朝形式主义文风划清了界线；向后，他没
有走入理学家重道轻文以致认为"因文害道"的歧途。这是他理论
认识的明晰和接近科学之处。这对他的实践也起了积极指导
作用。

四

这样，韩愈张扬儒道，义正辞严，常常以忠诚的卫道士的面貌出现。他的卫道的态度是真诚的，也有相当的贡献。对这一方面还可以另做分析。而他一生着力却在于"文"，他要通过杰出的"文"来捍卫纯正的"道"。所以他一再表白："虽愚且贱，其从事于文，实专且久"（《上襄阳于相公书》）；"性本好文学，因困厄悲愁，无所告语，遂得究穷于经传史记百家之说，沉潜乎训义，反复乎句读，砻磨乎事业，而奋发乎文章"（《上兵部李侍郎书》）。早年，他上书宰府，说自己"名不著于农工商贾之版，其业则读书著文，歌颂尧舜之道，鸡鸣而起，孜孜焉亦不为利，其所读皆圣人之书，杨、墨、释、老之学，无所入于其心。其所著皆约六经之旨而成文"（《上宰相书》）。这里后一句话很值得注意。《旧唐书》作者说他是"经诰之指归，迁、雄之气格"。就是说，文章宗旨是明道的，但形式并不是模拟六经，而是继承司马迁、扬雄的文风。所谓"约六经之旨"，是指遵循宗旨，而不是模拟文字；"成文"，则是要成就称得起"文"的有艺术力量的文章。

韦绚《刘宾客嘉话录》记载刘禹锡讲的一个故事："韩十八愈直是太轻薄，谓李二十六程曰：'某与丞相崔大群同年，往还，直是聪明过人。'李曰：'何处是过人者？'韩曰：'共愈往还二十余年，不曾共说著文章，此岂不是敏慧过人也。'"韩愈为人好作讥戏之言。但在这种讥戏中正表现了他对"文"的自负。他的重视文学，后人也看到了。胡震亨说："退之亦文士雄耳。近被腐老生因其辟李、释硬推入孔家庑下，翻令一步那动不得。"（《唐诗音癸签》卷二五《谈丛》一）程廷祚则是从反面讲的："退之以道自命，则当直接古圣贤

之传，三代可四，而六经可七矣。乃志在于沉浸酝郁，含英咀华，作
为文章，戛戛乎去陈言而造新语，以自标置，其所操亦末矣"，因而
说"以退之之才，而使天下唯知有记诵词章"，也评他为"文人之雄"
(《复家鱼门论古文书》，《青溪集》卷十）。近人张伯桢记载康有为
的一种相似意见："……时朱先生次琦力尊昌黎先生，独谓昌黎道
浅无实。言道当如庄、荀，言法当如申、韩，即《素问》言医，固亦自
成一宗。若昌黎不过工为文耳，与道又何曾与？"(《南海康先生
传》）这类议论，未免偏激。说韩愈完全不懂儒学，也并不合乎实
际。但韩愈一生努力于文章，在散文艺术上下了更大的力量，则是
确实的。

　　这里又涉及两个理论问题。一个是艺术目的与手段的关系问
题。艺术所要达到的目的是十分重要的，是第一位的，例如韩愈要
卫道；但重要与第一位并不意味着要人们下主要力量。艺术终究
是艺术。没有艺术技巧与艺术力量谈不到达到什么目的。因此艺
术手段在很多时候是创作的主要矛盾。例如韩愈，为了卫道则要
把主要精力放在"文"上。另一个是艺术本身有其独特的规律，研
究和掌握这个规律要下大力量，是非一朝一夕所能臻于完善的。
韩愈在这方面是做出巨大努力的。

　　总之，不管韩愈在政治上、思想上有哪些弱点和局限，他的"文
以明道"的"古文"创作纲领在理论上是有科学内容的，在实践上也
是积极进步的。

第二章　传道明理，兴功用世

艺术的发展，有它独自的规律与依据；但创造出艺术发展的条件，对这种发展提出要求与刺激的，还是社会现实生活。对于唐代"古文运动"来说，它之所以到中唐时期，在韩、柳手下形成了高潮，与"安史之乱"以后这一充满复杂社会斗争与思想斗争的社会时期的形势发展紧密相关。就韩愈本人来说，改革文体、写作"古文"，首先是出于表达一定内容的需要。一定的内容要求适应它的形式来表现；形式总是一定内容的形式。骈文的形式主义，也并不是只讲形式，不要内容。它主要以六朝以来贵族阶层的腐败、空虚的精神世界为内容。韩愈"古文"的成就之取得，从根本上说还由于他在新的时代条件下具有新的社会意识，促使他去创造表现这种新意识的形式。所以，我们研究韩愈散文艺术，不能忽视其思想基础，不能割裂内容与形式的关系。这一章，就讨论韩愈"古文"思想内容的特征及其与艺术形式的关系。

一

如上一章所指出，韩愈是信仰与提倡儒道的。他一再提出一个传道的统绪，即后来所谓的"道统"说：

　　曰：斯道也，何道也？曰：斯吾所谓道也，非向所谓老与佛之道也。尧以是传之舜，舜以是传之禹，禹以是传之汤，汤以是传之文、武、周公，文、武、周公传之孔子，孔子传之孟轲。轲之死，不得其传焉。荀与扬也，择焉而不精，语焉而不详。由周公而上，上而为君，故其事行；由周公而下，下而为臣，故其说长。（《原道》）

而他自己，则立言行事"务使合于孔子之道"（《与少室李拾遗书》），以发扬儒道为己任，以当世圣人自居。这决定了他的儒学复古的倾向，以及思想与政治上的保守、落后的方面。例如他在世界观上讲"天命"，在政治观上重等级名分等等，都是儒学的落后方面，对形成他保守的政治态度起了决定性的作用。

　　但是一种思想、观点、学说，只有随着时代的发展而变化、改造，才能够适应不同时代的需要，也才能传继与生存。儒学也是如此。在它长期的历史发展中，在保存着基本面貌的基础上，随着现实社会的变化，不断在补充、改变着它的内容，甚至形成了一些对立的观点学派。中唐以后的儒学复古，也是一定时代条件下的思想运动的一部分。它实际上已不同于汉儒"章句"之学，而开始冲破那种专守训诂、严守家法、相信天人感应与谶纬迷信的旧传统，对繁琐的、教条的"章句"开始批判，下开两宋"义理之学"的先河。特别是当时的啖助、赵匡、陆质的新《春秋》学，空言说经，以经驳传，专以己意解释"圣人之意"，提倡"一家独断"的学风，在学术上是从旧章句束缚下的解放，在政治上则为当时的改革斗争提供了理论武器。德宗、顺宗之际"二王（王叔文、王伾）刘（禹锡）柳（宗元）"的政治革新，就是以这种新《春秋》学为理论基础的。儒学上的这种变化，对韩愈也产生了一定的影响。

　　另外，从唐代"古文"的发展看，韩、柳的先行者大都有轻章句、重事功的传统。唐代第一位在革新文风上做出成就的陈子昂，就慷慨有经世志，"经史百家，罔不该览"（卢藏用《陈子昂别传》，《全唐文》卷二三八），自负有管、乐之才，热心于政治事业；在陈子昂之后另一位在改革文风上有所贡献的张说，也主张"博学吞九流之要"（《洛州张司马集序》，《张燕公集》卷二十二）；被称为开元贤相的姚崇，批评"庸儒执文，不识通变，凡事有违经而合道者，亦有反道而适权者"（《答捕蝗奏》，《全唐文》卷二〇六）。元结被认为是"笔力雄健，意气超拔，不减韩之徒"的"特立之士"（欧阳修《唐元次山铭》，《集古录跋尾》卷七），是陈子昂以后、韩愈以前写作"古文"的第一人，但他却"不师孔氏"（李商隐《容州经略使元结文集后序》，《樊南文集详注》卷七），自称"元子"，即自列于百家中为一家。"古文运动"的先行者萧颖士、李华、独孤及、梁肃等人，都是提倡尊经重道的，但他们之所重也不在先儒章句，而重在道德仁义、礼乐刑政、褒贬惩劝等实用之学。如独孤及就"遍览五经，观其大义，不为章句学"（崔祐甫《朝散大夫使持节常州诸军事守常州刺史赐紫金鱼袋独孤公神道碑铭》，《毗陵集》附录）。梁肃亲承他的指教，韩愈则是梁肃所汲引的。这可以说是"文人"对待儒学的传统，韩愈也继承了这种思想倾向。

韩愈论"圣人之道"，以为孟子以后，"大经大法，皆亡灭而不救，坏烂而不收"，"汉氏以来，群儒区区修补，百孔千疮，随乱随失，其危如一发引千钧，绵绵延延，浸以微灭"（《与孟尚书书》）。这样的论断，除了表明他对孔、孟之道的推尊与卫道的热情而外，还包含有一举扫荡两汉以来一切儒家繁琐章句的意思。这与柳宗元批评那些"陋儒""党枯竹，护朽骨"（《唐故给事中皇太子侍读陆文通先生墓表》，《柳河东集》卷九）的教条主义，在精神上是相通的。他把近千年的经学史的发展说成是一片衰敝和混乱，这才替自己改造和重建儒学体系建立了条件。在孟子以后，他大力推崇的是扬雄。这除了因为扬雄在文章方面的成就被他重视外，恐怕还由于扬雄在思想与学风上的特点。扬雄的"太玄"是一套唯心主义的哲学体系，但在他的思想中却多有批判宗教迷信、神仙方术的内容。

例如，他认为"天"是"无为"的(《法言》卷四《问道》)，神怪是"茫茫"的(《法言》卷十《重黎》)，都闪现着理性主义的光辉。他在治学方法上，也是否定章句注疏的繁琐学风的。他虽然努力模拟"圣人"，却又企图建立自己的思想体系。在这方面韩愈与他精神相通。韩愈在《读皇甫湜公安园池诗书其后》一诗中又说:"《春秋》书王法，不诛其人身，《尔雅》注虫鱼，定非磊落人。"明确表示不满于注疏之学，而注重微言大义的阐发。何焯评论这段诗说:"此类是《春秋》大义，忽自韩公发之，殷员外及啖氏三家，岂得以其专门骄公哉?"(《义门读书记·昌黎集》卷一)殷员外指殷侑，啖氏三家即啖助、赵匡、陆质，都是当时倡导新学风的经学家。陈沆则解释说:"言君子学务其大，则不屑其细，苟诚知道，则衡盱古今……"(《诗比兴笺》卷四)韩愈称赞友人卢仝"《春秋》三传束高阁，独抱遗经究终始"(《寄卢仝》)。也指的是那种以经驳传、一家独断的治经方法。他的另一个友人樊宗师著《魁纪公》、《樊子》、《春秋集传》等书，他称赞它们是"必出于己，不袭蹈前人一言一句"(《南阳樊绍述墓志铭》)。以前人们理解这个评价，只强调主张造句矜创的一面，而忽略了还有称赞思想内容不循章句的意思。韩愈曾就学于当时著名经师施士丐。从韦绚记录的《刘宾客嘉话录》看，施士丐讲《毛诗》，纯粹是缘词生训，主观臆断。后来唐文宗李昂评价他的《春秋》学是"穿凿之学，徒为异同"(《新唐书》卷二○○《啖助传》)。而韩愈写《施先生墓铭》，却称赞"先生之兴，公车是召，纂序前闻，于光有耀。古圣人言，其旨密微，笺注纷罗，颠倒是非"，也明确否定繁琐注疏，要求不拘章句，直探奥旨。他在《县斋有怀》中说:"少小尚奇伟，平生足悲咤。犹嫌子夏儒，肯学樊迟稼?"在经学发展史上，孔子弟子"诸儒学皆不传，无从考其家法;可考者，惟卜氏子夏"(皮锡瑞《经学历史》卷二)。相传子夏作《易传》、《诗序》、《仪礼·丧服》等，公羊高、穀梁赤都是他的门人，所以后人以为《诗》、《书》、《礼》、《乐》，定自春秋，发明章句，始于子夏。那么韩愈"犹嫌子夏儒"一句的反章句、反传统的意义就很明显了。他在《此日足可惜赠张籍》一诗中又说:"孔丘殁已远,仁义路久荒。纷纷百家起,诡怪相披猖。长老守所闻,后生习为常。少知诚难得,纯粹古已亡。"他要人们在习以为常的"长老"传授的教条之外去探寻"纯粹"的经义,这就再一次表明了他反对一切繁琐章句的态度。

　　韩愈重视《论语》。据张籍《祭退之》诗:"《鲁论》未讫注,手迹今微茫。"(《全唐诗》卷三八三)而李汉《昌黎先生集序》也记载他"注《论语》十卷"。现存《论语笔解》二卷,内容是他与李翱讨论《论语》某些章节的片段意见,或许就是他准备为《论语》作注的残稿。《论语》的记载重于政治伦理、人生哲学,被宋儒大力推重,朱熹列之为"四书"之首,开风气之先的就是韩愈。《论语笔解》中所使用的完全是臆断的方法,与韩愈一贯主张的学风是相一致的。如解释孔子"温故而知新"一语,说:"先儒皆谓寻绎文翰,由故及新。此是记问之学,不足为人师也。吾谓'故'者,古之道也;'新'谓己之新意,可为新法。"(《论语笔解》卷上)实际上,反对"记问之学",要求出"己之新意",这与孔子"述而不作"的精神正相反对,而恰是唐代啖助一派的治学态度。又如其中解释《雍也》篇"君子博学于文,约之以礼,亦可以弗畔矣夫",释"畔"为"偏","弗畔"就是不流于一偏,与历来释为"违畔"截然不同;解释《先进》篇"赐不受命而货殖焉"时,认为"货殖"是错字,是"资权"之讹,即资于权变,更是出以臆说。李翱很赞扬他的这种态度,说:"古文阔略,多为俗儒穿凿,遂失圣人经旨。今退之发明深义,决无疑焉。"(《论语笔解》卷上)而李翱也正是宋学的前驱者。韩愈在论及一些具体问题时,更常常表现出突破传统章句教条的精神。他的《复仇状》,分别引述了《公羊》、《礼记》、《周官》对"复仇"的主张,得出结论说:"然则杀之与赦,不可一例,宜定其制曰:凡有复父仇者,事发,具其事申尚书省,尚书省集议奏闻,酌其宜而处之,则经、律无失其指矣。"这显然是把经与律区分为二,与当年董仲舒以《春秋》断狱的态度不同,并进而要求行事断以当世之"宜"。唐代"三礼"之学比较发达，而韩愈却认为"《仪礼》难读"，并把它等同于百氏杂家之列（《读〈仪礼〉》）。他的《子产不毁乡校颂》，谈到"以礼治国，人未安其教"，显然对儒家礼治表示不满。他的《与李秘书论小功不税书》，对《礼记·擅弓》记载曾子说的"小功不税"表示怀疑，并论定"礼文残缺，师道不传"。他的《石鼓歌》提到《诗经》，说"陋儒编《诗》不收入，二《雅》褊迫无委蛇。孔子西行不到秦，掎摭星宿遗羲娥"，对孔子所删定的经书并不那么恭敬。他曾表示过"曾经圣人手，议论安敢到"的恭慎态度，但一接触实际则完全不是那样一回事了。

总之，时代变了，学术不能不变。韩愈讲"圣人之道"，也要适应现实要求，提出自己当时的理解。当然，对古代一种思想理论体系的发展和运用，也要反映一定阶级、阶层的利益，会是各种各样的。如韩愈的儒学与柳宗元的儒学就有很大的不同。韩愈较多保留和发扬了原始儒学的唯心主义内核，加之他保守的政治态度，他的儒道也有保守、落后的倾向。但他处于时代矛盾中，思想上也是矛盾的。他的儒学后来产生了那么深刻的影响，总有其合理的符合时代潮流的方面。

后来不少人对他的儒道不纯提出批评。除了宋代理学家外，如王令说："今其书具存而可考。其它亦多与孟子不合。然则愈之视杨、墨以排释、老，此愈之得于孟子者也。至于性命之际，出处致身之大要，而愈之与孟子异者固多矣。"（《说孟子序》，《广陵先生文集》卷十四）汪琬说："顾先儒必言文为载道之器，琬窃谓此惟'六经'、《语》、《孟》足以当之。他如退之之《原道》、永叔之《本论》，则犹举其粗而遗其精，沿其流而未溯其源也。夫当其去陈言、辟邪说，毅然以起衰立教为己任，亦岂遂督督于道者。然其中之踦驳疏漏支离而附会者，已为不少矣。"（《与曹木欣先生书二》，《尧峰文钞》卷三十二）章学诚则说："后代辞章之家，多疏阔于经训。韩昌黎文起八代之衰，乃云'凡为文辞，宜略识字'。'略识'云者，不求

甚解，仅取供文辞用也。又云'《尔雅》注虫鱼，定非磊落人'，又苦
'《仪礼》难读'，盖于经学不专家也。"（《报谢文学》，《文史通义》外
篇卷三）实际上，韩愈经学上的踳驳不纯，往往是他的新鲜思想的
表现；而表达这些思想，也就需要新的语言形式。他在文章上以
"复古"为名行"创新"之实，与他的这种思想倾向是密切相关联的。

二

　　韩愈在文章上对前人是旁推交通，含英咀华，在思想上也有恕
于百家，多取众人之所长的一面。他在一定程度上汲取各家学说，
丰富了自己的儒学，从而也丰富了自己的文章。这是他的创作内
容上的又一个长处。表面上他独尊儒术，拒斥异说十分坚决，实际
上在某些时候态度是相当阔通的。
　　这也与当时一定的思想环境有关。唐代统治阶级采取儒、佛、
道三教调和的思想统制政策，在思想界，诸子学说也得到了普遍的
重视。这样，经学就没有建立起一统独尊的地位；在儒学内部，也
没有形成严守家法的师弟子关系。韩愈标举"圣人之道"，主要是
鉴于佛、道宗教唯心主义的猖獗。其社会基础则是世俗地主阶层
与僧侣地主阶层的斗争。而在实际运用方面，则不能不受到百家
杂学的影响，从各家各派汲取一些有益的东西。
　　韩愈自诩"生平企仁义，所学皆孔、周"（《赴江陵途中寄赠三学
士》），"所读皆圣人之书，杨、墨、释、老之学，无所入于其心"（《上宰
相书》），这些说法很有自我标榜的意味。但他又说过，自己年轻时
"非三代、两汉之书不敢观"（《答李翊书》），这三代、两汉之书就不
只是儒书；他还说"仆少好学问，自五经之外，百氏之书，未有闻而
不求、得而不观者"（《答侯继书》），"性本好文学，因困厄悲愁，无所

告语,遂得究穷于经传史记百家之说"(《上兵部李巽侍郎书》),这
就说出了他广取博收的实际。历史上任何一点思想上的突破,除
了要有实践做基础之外,还要善于借鉴前人的思想成果。因袭旧
说,抄袭教条,把自己局限在一家一派的框子里,是不能有所发现、
有所前进的。

墨家在春秋战国之际是与儒家对立的显学。韩愈文章中一再
表扬孟子距杨、墨之功。但他在《读〈墨子〉》一文中却说:"孔子必
用墨子,墨子必用孔子,不相用,不足为孔、墨。"严有翼曾指出这一
矛盾,说:"《墨子》之书,孟子疾其兼爱无父,力排而禽兽之。其言
曰:'杨、墨之道不息,孔子之道不著,能言距杨、墨者,圣人之徒
也。'今退之谓'孔子必用墨子,墨子必用孔子',抑何乖刺如是耶?"
(转引韩集《读墨子》篇注)实际上韩愈在一些文章中,颇借用了某
些墨家理论,来改造儒家的传统观点。例如他的《原人》,主张"圣
人一视而同仁,笃近而举远",这种普遍的仁爱观,是墨子的兼爱,
而不是儒家严于等级名分的仁爱;他的《杂说》第四篇,以千里马喻
人才,讲的也不是儒家的世官世禄,而是重能重才的尚贤的人才
观;他的《原鬼》,也受墨子《明鬼》的影响。所以陈善在《扪虱新话》
里,说他"多入于墨氏"。

对于道教,韩愈和对佛教一样严加批判;但对于老、庄道家哲
学,他却很为宽容。他在《师说》中谈到"圣人无常师",承认孔子曾
师老子。他的《赠别元十八协律诗六首》,一般认为是送隐士元克
己的,其中称赞元"治惟尚和同,无俟于謷謷。或师绝学贤,不以艺
自挽"。"和同"即"和光同尘",是道家的人生哲学。老子又受到
"槌提仁义,绝灭礼学"的批评,"绝学"即"绝灭礼学"的老子学说。
按孙汝听注解,这几句诗意是"言师老子之贤,务为隐约,不以才艺
自推挽也"。这是对道家的人生哲学表示赞许。《庄子》的文章他
很赞赏,这在上文中已指出过。他的《祭柳子厚文》说:"人之生世,
如梦一觉,其间利害,竟亦何校? 当其梦时,有乐有悲,及其既觉,

岂足追惟？凡物之生，不愿为材，牺尊青黄，乃木之灾。"这不但在
形象与词藻上是用了庄子的，观念也是庄子的。他称赞友人郑群：
"自少及老，未尝见其言色有若忧叹者，岂列御寇、庄周等所谓近于
道者邪？"(《唐故朝散大夫尚书库部郎中郑君墓志铭》)这里的"道"
也是老、庄之道。他曾说老、庄是坐井观天地道其所道，而他自己
恰好犯了同样的过失。《鹖冠子》一书，汉、唐以来被列入道家，韩
愈也说"其词杂黄、老、刑名"，但却称赞："使其人遇时，授其道而施
于国家，功德岂少哉！"(《读〈鹖冠子〉》)也并不简单否定。柳宗元
对诸子之学造诣很深，对诸子百家多所汲取，却认为《鹖冠子》尽浅
鄙言，在这一点上反不如韩愈之多能包容。

　　管仲和商鞅一向被视为法家的先驱。在《进士策问》中，韩愈
提出："所贵乎道者，不以其便于人而得于己乎？当周之衰，管夷吾
以其君霸，九合诸侯，一匡天下，戎狄以微，京师以尊，四海之内，无
不受其赐者，天下诸侯，奔走其政令之不暇，而谁与为敌！此岂非
便于人而得于己乎？秦用商君之法，人以富，国以强，诸侯不敢抗，
及七君，而天下为秦。使天下为秦者，商君也。而后代之称道者，
咸羞言管、商氏，何哉？庸非求其名而不责其实欤？"后世"羞言管、
商氏"，是出于儒家贵王贱霸、重义轻利的观念；韩愈则要求循名责
实，肯定法治，这是法家思想。

　　韩愈又认为荀子是"大醇而小疵"(《读荀》)；《进学解》中更说
"荀卿守正，大论是弘……吐辞为经，举足为法，绝类离伦，优入圣
域"，把他的地位抬得很高。韩愈在作品中表现出强调纪纲、法制
的思想，也是来自荀子的。

　　对于佛教，韩愈辟之甚严，是中国历史上有名的反佛健将。但
对于佛教哲学，他并非一无所取。他一生中与名僧多有交往，如文
畅、澄观、广宣上人等；贬潮州，他还与大颠和尚往还论道。他主张
对佛徒要"人其人，火其书"，告以儒家之说；实际上他反而接受了
一些佛说。例如他的《原性》离性而言情，显然有取于禅宗"明心见

性"之说，不同于儒家传统的"天命之谓性"的观点。从而他发展了"正心诚意"的理论，又给宋儒调和儒释的心性学说开了先河。他在《送高闲上人序》里，称赞高闲师浮屠法，能一生死，解外胶，其为心泊然无所起，其于世，必淡然无所嗜，讲的是禅师的修证方法，与柳宗元称赞佛徒"不爱官、不争能，乐山水而嗜闲安"、"其于性情奭然不与孔子异道"（《送僧浩初序》，《柳河东集》卷二十五）的观点相似。后人说"观此言语，乃深得历代祖师向上休歇一路"（马永卿《懒真子》卷二）。后来从李翱到宋儒，也都反佛，又都同样接受禅宗学说，是韩愈的这一倾向的进一步发展。

此外，韩愈在《后汉三贤赞》里颂扬唯物主义者王充等人；在《圬者王承福传》中对杨朱之道有所肯定，说"其贤于世之患不得之而患失之者，以济其生之欲，贪邪而亡道，以丧其身者，其亦远矣"。这都表现出他的"学无不该贯"（张籍《祭退之》，《全唐诗》卷三八三）的治学态度。

韩愈说过："吾常以为孔子之道，大而能博。"（《送王秀才序》）这是他对"孔子之道"的特点的一个重要见解。他又说："古圣人言通者，盖百行众艺备于身而行之者也。"（《通解》）他要做精于百行众艺的通人。后代有人把他塑造为一个忠于先圣传统的"贤人之卓"。如石介说，孔子之后，千余年不生圣人，"道屡废塞，辟于孟子，而大明于吏部"（《尊韩》，《石守道先生集》卷下）。孙复说他是"天俾夹辅于夫子者"（《上孔给事书》，《孙明复小集》）。实际上，他既没有把"圣人之道"当作严格的封闭的思想教条，又能兼容百家，博取众艺。所以，古代又有不少人指出其儒学的驳杂，如苏轼说他"于圣人之道，盖亦知好其名矣，而未能乐其实……论至于理而不精，支离荡佚，往往自叛其说而不知"（《韩愈论》，《经进东坡文集事略》卷八）。但这恰恰表明他思想上并没有完全被"道统"所桎梏的长处，是他与那些迷信教条的经学家们不同的地方。当然，我们看到这一点，绝不能否定他尊儒重道的主要倾向和他因此而受到的思想局限。

三

　　文学作品既然是现实生活通过作家头脑反映的产物，那么，研究、评价一个作家的作品内容，就要抓住两个主要方面：一是作家的主观观念，他的思想认识的高度；一是他所表现的现实生活的深广程度。前面，我们讨论了韩愈所主张的"道"的内容，谈的主要是他的主观认识的境界。说明他并不是完全拘守先圣教条，在现实的影响和教育下，思想上颇有积极、现实的因素。也正因此，他的散文在反映现实上，也有一定的广度与深度。在某些方面还是很有成绩的。

　　儒家之道，基本是一套唯心主义体系。因此，如果像韩愈所说真的是"约六经之旨以成文"，那么文章就只能是经学义疏，散文只能是教条图解。如此限制作家只去表现一种既定的概念，作品就会成为先验理念的派生物，这是根本违反艺术创作的规律的。清人汪琬就指出过："夫文之所以有寄托者，意为之也；其所以有力者，才与气举之也。于道果何与哉！"（《答陈蔼公论文书一》，《尧峰文集》卷三十二）但正如前已指出的，韩愈名为遵奉儒学正统，实则恕于百家，往往标显其所长，这就使他能接受一些现实矛盾提供的新鲜思想。在此思想指导下，他也能认识、反映现实中的一些问题，从而充实了他的作品的内容。

　　在"明道"的总要求下，他主张求"实"。他的《答李翊书》说：

　　　　……将蕲至于古之立言者，则无望其速成，无诱于势利，养其根而俟其实，加其膏而希其光。根之茂者其实遂，膏之沃者其光晔。仁义之人，其言蔼如也。

《答尉迟生书》说：

> 夫所谓文者，必有诸其中。是故君子慎其实。实之美恶，
> 其发也不掩。本深而末茂，形大而声宏，行峻而言厉，心醇而
> 气和。昭晰者无疑，优游者有余。体不备不可以为成人，辞不
> 足不可以为成文。

这里所谓"实"，首先是个人世界观的实际。他要求作文章要加强
作者的主观道德修养，这是看到了只有诚于中才能发于外的道理。
因而他又说："苟行事得其宜，出言适其要，虽不吾面，吾将信其富
于文学也。"(《送陈秀才彤序》)这实际上说明了文品与人品的关系
问题。写文章不能虚饰、说假话，当然与作品内容的真实性有关。
韩愈本人是一个有强烈功名心、事业心的人。他并不满足于一身
的道德涵养，还有志于化人及物、裨补时缺。他所谓"无诱于势
力"、"行峻而言厉"的"成人"的要求，都涉及到对社会实践的态度。
他一生中有两个重大功绩，一个是反佛以批判宗教唯心主义，一个
是参与平藩以维护国家统一。在这两个斗争中，他都表现出坚定
的、大无畏的气概。他在《守戒》中敢于痛斥强藩"暴于猛兽穿窬"，
上《论佛骨表》敢触逆鳞，就是在"立言"上做到了养根竢实，本深
末茂。

在这种求"实"的基础上，又提出文章要切事明理。这是他对
明"道"的一个独特的发挥。韩愈论"道"，与先秦儒家在内容上有
一个重大区别，就是他受到六朝以来佛教义学的影响，不只把"道"
看作是一种政治、伦理原则，还看作是一种精神本体，一种"理"。
因此在《原道》中他说：

> 夫所谓先王之教者，何也？博爱之谓仁，行而宜之之谓
> 义，由是而之焉之谓道，足乎己无待于外之谓德。其文《诗》、
> 《书》、《易》、《春秋》；其法礼、乐、刑、政；其民士、农、工、贾；其
> 位君臣、父子、师友、宾主、昆弟、夫妇；其服丝、麻；其居宫、室；

　　其食：粟米、蔬果、鱼肉。其为道易明，而其为教易行也。

这样，人生日用是"道"的表现；"道"则是"易明""易行"的"相生养之道"。换一句话说，在事功之中就包含着"圣人之道"。因此，韩元吉批评他："韩愈之作《原道》，可谓勇于自信者也，非有假于他人之说也，其所见于道者如此也。然愈者，能明圣人之功，而不能明圣人之道。能明其功，故曰'古之无圣人，人之类灭久矣'；不能明其道，故以仁为博爱。若仁仅止于'博爱'，颜子所谓非礼勿视听、勿言动者，果何事哉！"（《韩愈论》，《南涧甲乙稿》卷十七）这种批评，从反面说明了韩愈重事功的思想。他在《谢自然诗》中说："人生处万类，知识最为贤。奈何不自信，反欲从物迁。……人生有常理，男女各有伦。寒衣及饥食，在纺绩耕耘。下为保子孙，上以奉君亲。苟异于此道，皆为弃其身。"在《进士策问十三首》中又说："人之仰而生者谷帛。谷帛丰，无饥寒之患，然后可以行之于仁义之途，措之于安平之地。此愚智所同识也。"由此可见，在他的理解中，民生是仁义的基础，其中有"理"在。他不是超越现实来论道的。在《论语笔解》卷下，他论及"卫灵公问阵于孔子，对曰：俎豆之事则尝闻之矣，军旅之事未之学也"一条，与一般注疏解释为重礼仪轻戎事、讥卫灵公本未立不可教以末事不同，提出："俎豆与军旅，皆有本有末。何独于问阵为末事也？……吾谓仲尼因灵公问阵，遂讥其俎豆之小尚未习，安能讲军旅之大乎？"在他看来，"道"之大本正体现在俎豆、军旅等所有礼仪日用之中，而戎事比礼仪更为重要，因为它牵涉到广泛的民生问题。黄震评论说："自昔圣帝明王所以措生民于理，使其得自别于夷狄、禽兽者，备于《原道》之书矣。"（《黄氏日抄》卷五十九《读文集·韩文》）韩愈注重"措生民于理"，因此他所主张的"明道"在写文章时又表现为明理述事。他的《送陈秀才彤序》说：

　　　　读书以为学，缵言以为文，非以夸多而斗靡也。盖学所以为道，文所以为理也。

在《上襄阳于相公书》中他借称赞于頔表达自己的主张：

> ……文章言语，与事相侔。悍赫若雷霆，浩汗若河汉，正声谐韶濩，劲气沮金石。丰而不余一言，约而不失一辞。其事信，其理切。

这都主张文章要表现"事"与"理"。这"事"和"理"当然要体现"道"的精神，但也有它的现实内容。这也与他本人的人生观相关联。他在《争臣论》中说：

> 自古圣人贤士，皆非有求于闻用也。闵其时之不平，人之不义，得其道，不敢独善其身，而必以兼济天下也。

他举孔、墨为例，说他们都是"畏天命而悲人穷"的人。而他自己也正富有这种"兼济"之志。他在《与凤翔邢尚书书》中自述平生企向时说：

> 愈也，布衣之士也。生七岁而读书，十三而能文，二十五而擢第于春官，以文名于四方。前古之兴亡，未尝不经于心也；当世之得失，未尝不留于意也……

他在《答崔立之书》中又说：

> 方今天下风俗，尚有未及于古者，边境尚有被甲执兵者。主上不得怡，而宰相以为忧。仆虽不贤，亦且潜究其得失，致之乎吾相，荐之乎吾君，上希卿大夫之位，下犹取一障而乘之。若都不可得，犹将耕于宽闲之野，钓于寂寞之滨，求国家之遗事，考贤人哲士之终始，作唐之一经，垂之于无穷。诛奸谀于既死，发潜德之幽光。二者将必有一可。

这样，文章乃是干预现实的手段。特别当立功不成，退而立言，则是以文章实现自己的人生理想。正是实践他的这种观点，他也写了些反映现实的文章,除了前述反佛、反藩镇割据作品之外,如《赠崔复州序》、《送许郢州序》以及《御史台上论天旱人饥状》等,对民生疾苦都有所表现。《原毁》、《讳辨》以及《师说》、《送李愿归盘谷序》等,则从不同侧面反映社会现实的矛盾与弊端。

在切事明理的基础上,韩愈又提出"不平则鸣"的主张。前一章论"文人"已提到他的这个见解。这里再从他的创作内容角度做些补充。早在《诗大序》里就有"情动于中而形于言"的理论;《礼记·乐记》更指出感物才能动情,才有了艺术;到司马迁更提出"发愤著书"说。韩愈的"不平则鸣",是这种理论的进一步发展。他在《送孟东野序》中说:

> 大凡物不得其平则鸣:草木之无声,风挠之鸣;水之无声,风荡之鸣。其跃也或激之,其趋也或梗之,其沸也或炙之;金石之无声,或击之鸣。人之于言也亦然,有不得已者而后言。其歌也有思,其哭也有怀,凡出乎口而为声者,其皆有弗平者乎?

尽管人们指出其中有矛盾:"不平"可以有不平正与愤郁不平两种含义,韩愈的论述是"以一意起而两意终"(王楙《野客丛书》卷十九)。但联系他的其他说法,他在这里主要是强调感于现实压迫而发出不平之声的。他并不信守先儒"安贫乐道"、"独善其身"的人生哲学。他在《与李翱书》中表示自己不能学孔门第一大弟子颜回:"孔子称颜回'一箪食,一瓢饮,在陋巷,人不堪其忧,回也不改其乐'。彼人者有圣者为之依归,而又有箪食瓢饮足以不死,其不忧而乐也,岂不易哉?若仆无所依归,无箪食,无瓢饮,无所取资,则饿而死,其不亦难乎?"在《闵己赋》中,他又说:"昔颜氏之庶几兮,在隐约而平宽。固哲人之细事兮,夫子乃嗟叹其贤。"这样,他认为颜回的乐天安命之道是"哲人之细事",采取不赞同的态度。他评论被称为千古隐逸之宗的陶渊明和以隐居著名的王绩说:"吾少时读《醉乡记》，私怪隐居者无所累于世，而犹有是言，岂诚旨于味耶？及读阮籍陶潜诗，乃知彼虽偃蹇不欲与世接，然犹未能平其心，或为事物是非相感发。"（《送王秀才序》）这也是他解释"不平则鸣"的实例，即认为陶、王的创作出于对现世的不满。他称赞李白、杜甫："惟此两夫子，家居率荒凉。帝欲长吟哦，故遣起且僵。翦翎送笼中，使看百鸟翔。平生千万篇，金薤垂琳琅。"（《调张籍》）再联系他评论柳宗元，认为柳由于斥久穷极，困守荒裔，才使之作出了好文章，从而取得了卓越的文学成就。这都表明他看到了对现实的不满、批判与反抗是优秀文学作品产生的条件。这种"不平则鸣"的理论，实际上反映了他那种政治地位较低的知识分子不满现实的意识。王建说他"不以雄名殊野贱，唯将直气折王侯"（《寄上韩愈侍郎》，《全唐诗》卷三〇〇），张籍说他"荐待皆寒羸，但取其才良"（《祭退之》，《全唐诗》卷三八三）。由于他本人的经历与处境，他对当权者的不满是很强烈的。这样，他写了不少描写地位较低的知识分子受压抑、受打击、怀才不遇、有志难申的作品，如《柳子厚墓志铭》、《杂说》第四篇、《毛颖传》等；他也写过一些慨叹自己身世、发抒内心愤懑的作品，如《进学解》、《送穷文》等。王夫之批评说："愚尝判韩退之为不知道，与扬雄等。以《进学解》、《送穷文》悻悻然怒，潸潸然泣，此处不分明，则其云尧、舜、禹、汤相传者，何尝梦见所传何事？"（《姜斋诗话》卷二）这种批评，拘守于儒家道理，恰恰表明韩愈在作品中表现出的反抗传统、批判现实的精神。这类作品由于有其切身体验，在他全部作品中所占比重较大，而且写得也是很好的。

由"不平则鸣"又引申出对"穷苦之言"的赞赏。他在《荆潭唱和诗序》中说：

> 夫和平之音淡薄，而愁思之声要妙；欢愉之辞难工，而穷苦之言易好也。是故文章之作，恒发于羁旅草野……

这就是后来欧阳修"文穷而后工"理论的滥觞。他要求文章倾诉穷苦,而不是主要去歌功颂德;他看到好文章多产生于社会下层,而不是出在浮于荣华富贵之中的"帮闲"文人之手。这也是他个人的经验之谈。他大半生处于困顿颠踬之中。少年时期随长兄韩会贬官岭表,然后亲经"建中之变"的流离动乱,度过很长一段"零仃孤苦"的生活;后来踏入仕途,在宦海中浮沉,长期屈身下僚,"公不见信于人,私不见助于友,跋前踬后,动辄得咎",以至"冬暖而儿号寒,年丰而妻啼饥"(《进学解》),连温饱都不能维持。他对现实苦难的某些方面感受痛切,才能对社会黑暗与政治混乱有一定了解。欧阳修把他与李翱相比,说:"凡昔翱一时人,有道而能文者,莫若韩愈。愈尝有赋矣,不过羡二鸟之光荣,叹一饱之无时尔,此其心使光荣而饱,则不复云矣。"(《读李翱文》,《居士外集》卷二十三)这里批评的是韩愈文集开卷第一篇——《感二鸟赋》,是贞元十一年三上宰相书不报东归,路遇献白鸟而西者感愤之作,欧阳修指责他是不能"易其叹老嗟卑之心",这是受宋人理学观点影响的偏见。而王若虚又批评他:"韩退之不善处穷,哀号之语,见于文字,世多讥之。"(《臣事实辨》,《滹南遗老集》卷二十九)实际上,能写出这种"哀号之语"、"穷苦之言",正是他对现实有所认识,有所不满的表现。

　　从主张切事明理,到赞赏"不平则鸣"、"穷苦之言",表明韩愈思想中有关心现实、有意识地干预现实的方面。这也是他的"文以明道"的一种具体的运用。这决定了他的作品中有一部分能相当深刻地反映出现实生活中的某些问题。这也就使他的"古文"具有一定的社会内容。

四

　　由以上论述可见,"古文运动"不只是文章形式的变革,而且是基于由现实矛盾激发的文章内容的变革而发展起来的。"古文运动"在一定意义上说是进步的思想运动。韩愈能成为这个运动的领袖，创造出代表它的高峰的成就，主要是因为在思想上是符合这一潮流的。

这里就涉及一个矛盾，即韩愈卫道的唯心主义世界观和他的保守的政治观点与其文学成就的矛盾。对这个问题，应加以分析。韩愈思想上、政治上确实有保守的、唯心的方面，特别是在哲学上主张"天命"观，在政治上反对"永贞革新"，是他一生的重大局限。应当承认，这对他的创作是有影响的。这也大大限制了他的作品的反映现实的广度与深度。由于他是"古文运动"的代表人物，甚至限制了整个运动的水平。例如"古文运动"的思想性、现实性就远没有达到同时期诗歌上"新乐府运动"的高度。另外在艺术上也有影响。他的有些作品空疏缺乏形象性，有些作品流于追求形式。这在下面还将提到。但另一方面也应看到，韩愈的政治观点是矛盾的、变化的。他早年反对"永贞革新"，但晚年积极参与平藩，正是继续了革新派的事业；他曾支持政治上的保守派，但大半生又受到当权者的排斥和压制。另外，更应当认识到，一个作家的理论宣言是一码事，他的作品中以艺术形式反映的内容是否与之相符合是另一码事。韩愈常常表示自己忠于先儒的"圣人之道"，但正如前面分析的，创作实际并不如此，他的创作常常突破他宣扬的理论，表现出更为开阔、更为丰富的社会现实内容。

总之，韩愈散文是一定现实生活的反映的产物。他的创作的内容的变化对形式提出了要求，成为形式改革的动力。把"古文运动"仅看作是文章形式的改革运动是非常不够的。

第三章　革新文体

　　李翱《韩文公行状》说:"自贞元末以至于兹,后进之士,其有志于古文者,莫不视公以为法。"(《全唐文》卷六三九)李汉《唐吏部侍郎昌黎先生讳愈文集序》说:"至后汉、曹魏,气象萎薾;司马氏已来,规模荡尽……先生于文,摧陷廓清之功,比于武事,可谓雄伟不常者矣。"(《全唐文》卷七四四)稍后的赵璘则指出:"元和中,后进师匠韩公,文体大变。"(《因话录》卷三)

　　革正文体,创造一种精炼生动、接近口语、富于表现力的新型"古文",取代了雕绣藻绘、鱼馁而肉败、无益于实用的骈体,是韩愈在文章上最为明显、影响也最为巨大的成就。这首先是行文体制问题,是一般文章的表达方式问题,因而其意义远在文学之外;但从文学史的角度看,这种"古文"作为一种更适用于记叙、描写、议论、抒情的灵活的、富于表现力的语言手段,又成了文学散文的更好的表达工具。有了这种工具,古典散文才解脱了骈体的桎梏,得到了广阔的发展天地。从具体创作实践看,韩愈以后,用"古文"写作的作品成为中国艺术散文发展的主流,创造出唐宋及其以后文学上的一个主要成就。所以,这次文体改革在文学上的意义更值得特别重视。

一

　　关于"古文"一语词义的演变，作为文体的"古文"的发展源流，笔者在《唐代古文运动通论》中已提出过浅见，兹不赘述。概括起来说，提倡"古文"、改革文体不自唐代始，但提出"古文"文体这个具体概念是在唐代，而"古文运动"之得到质的提高，取得远远超出骈文的艺术成就并取而代之，功绩首推韩愈，还有他的协作者和赞同者们。而韩愈之得以成功，则决定于他认识的明晰、态度的坚决和方法的正确。

　　对于认识的明晰，本书第一章已讨论到了。这里可再做些补充。在韩愈以前，提倡改革文体的人都有不同程度的片面性。一个最主要的表现就是单纯追求"复古"。不顾及社会的发展与语言的变化而要求文体和语言追摹古人；不顾及思想的发展而要求在观念上规仿古人。例如在西魏，"时人论文体者，有古、今之异"（《周书》卷三十八《柳虬传》）。当时所谓古体，就是在遣词用语、口吻声气上都与先秦文字一致的假古董。苏绰因魏帝庙祭，仿《尚书》作《大诰》，就是这种文体的典型。这样不通时变，脱离实际，诚如后人所批评，是"属词有师古之美，矫枉非适时之用"的。刘宋时代的史学家范晔"耻为文士文"；梁裴子野撰《雕虫论》，抨击"摈落六艺"、"箴绣鞶悦"的江右文风，也都没能从正面确立新文体到底应是什么样子。隋末大儒王通，在《文中子中说》里，首次提出了文章"必也贯乎道"的主张，要求做到"上明三纲，下达五常"，对于六朝文人包括谢灵运这样有贡献的人物都猛烈加以攻击，他本人写文章则正是在行文遣词上都模拟经典的。例如《中说》就在形式与语言上完全模仿《论语》。他的这种作法之不能被人接受，从他的作品绝大部分失传即可证明。在唐代,可以作为一种倾向的代表的是元结。他是早期"古文"的代表人物,思想、艺术上都取得了不少成就,一般认为他是韩、柳以前对"古文运动"贡献最大的人。但他在艺术观上是保守的。他写《水乐说》,认为自然的流水声音是最美的音乐。他遵循的是道家还醇返朴的观念。因此,他的散文尽管思想内容很丰富,反映现实有相当深度,语言表达上却有意追求生涩古奥,得不到应有的艺术效果。这些都是形式上的复古。还有前面讲过的思想上的复古。不少人以为挽救文章的内容,只能表现古先圣王的"六经之志"和"儒家之道"。实际上,"儒家之道"要想占据思想领域,也是要适应时代而变化的。用僵死的语言来表达陈旧的道理,其不被时代接受是必然的。韩愈以前"古文"之不能取得大的进展,原因主要在这里。而韩愈在这方面认识是明晰的,联系前两章的分析,这一点就更清楚。

再是态度坚决。唐初沿袭六朝文风,经"四杰"、陈子昂,特别是开、天以后,这种文风逐渐有所改变。但尽管"古文"取得了一定成绩,却一直未能在文坛上取得主导地位。特别是由于唐代的科举考试,如进士科的策问与律赋,制科试中的对策与判词,都用骈体;朝廷中的诏诰制命、表章奏议也都用骈体。骈文乃是当时读书人干进求仕的基本功。这样一种普及实用的文体,文人们相沿成习,又与每个人的切身利禄相关,要想改变它是不容易的。柳宗元早年以文章得"奇"名,他就特别擅长写骈文;后来到长安作官,每天有不少人向他登门求教,他传授的是骈文技巧。贞元、元和之际,自白居易、元稹登上文坛,在诗歌方面倡导"新乐府运动",这是诗歌的一个重大革新,但他们为准备制科考试而写作《策林》,所用的也是骈体。这已是韩愈倡导"古文"以后的事。在韩愈稍前,有陆贽那样的人,他作为杰出的政治家,所写章奏内容充实、观点鲜明,但却冲不开骈体的束缚。而韩愈在批判骈文上却一反流俗。他在早年求进士时,就深恶骈体"俗下文字"的文风。他说:

……及来京师,见有举进士者,人多贵之,仆诚乐之。就求其术,或出礼部所试赋、诗、策等相示,仆以为可无学而能。因诣州县求举。有司者好恶出于其心,四举而后有成,亦未即得仕。闻吏部有以博学宏词选者,人尤谓之才,且得美仕。就求其术,或出所试文章,亦礼部之类。私怪其故,然犹乐其名,因又诣州府求举。凡二试于吏部,一既得之,而又黜于中书。虽不得试,人或谓之能焉。退自取所试读之,乃类于俳优者之辞,颜忸怩而心不宁者数月。(《答崔立之书》)

这是他早年举进士时的想法。骈文的"长处"就在于表达上的雕琢细密,但他却说这类"人多贵之"的文体可以"不学而能",就是说,这不是真正的艺术本领;又说它类于俳优者之辞,文品低下,无益实用,只是供当道者玩赏的对象。因此,为应付科举考试而写作这类文字,竟使他数月之间心怀惭沮。后来他写《上宰相书》,批评当时考试所用骈文:"试之以绣绘雕琢之文,考之以声势之逆顺、章句之短长,中其程式者,然后得从下士之列。"他说这种文章是一种"程式",即限于词藻、声韵、句式的一种凝固的形式。"程式"一语,是对骈文形式主义的一针见血的批评。到了贞元十六、十七年,他先后写出《送孟东野序》和《答李翊书》,系统地提出了"古文"理论。以后即大力宣传"古文"、创作"古文"。在当时,是受到相当大的阻力的。他慨叹说:

仆为文久,每自测意中以为好,则人必以为恶矣;小称意,人亦小怪之;大称意,即人必大怪之也。时时应事作俗下文字,下笔令人惭,及示人,则人以为好矣。小惭者亦蒙谓之小好,大惭者即必以为大好矣。不知古文直何用于今世也。(《与冯宿论文书》)

但就是这样,他仍独抗流俗,奋力斗争。特别是他还广泛召引后学,作《师说》以为行事依据。《师说》的思想内容下文将另讨论,其中有一点是可以注意的,就是他认为"师"不仅"传道",还要"授业"、"解惑",这也就包括教授文章。所以他写了那么多论文的书信,宣传"古文",谆谆告谕,深刻亲切,其中确有一些长期实践取得的切身体会,往往比他的论道的文字给人以更多启发。社会上为此加给他"好为人师"的罪名。连柳宗元都说他强颜为师,得狂怪名。柳宗元后来热情宣传"古文",与他的态度并无大的不同;但柳宗元有所避忌,一再表示不愿为师。有人以为这是因为柳身为流囚,地位所限,不得不如此。但实际上韩愈大半生仕途并不得意,长期在学府、卑位间流转,他召引后学,造成影响,是靠了自己的才智与毅力,在这一点上他显然比柳宗元信心更足,勇气更旺。他自己说过:"愈不幸独有接后辈名。名之所存,谤之所归也。有来问者,不敢不以诚答。"(《答刘正夫书》)"愈也道不加修而文日益有名。夫道不加修,则贤者不与;文日益有名,则同进者忌。"(《与陈给事书》)但是就在这种攻击与阻力中,他号召同道,培养起一批所谓"韩门弟子"(见李肇《国史补》)。如李翱、张籍、皇甫湜、樊宗师等人,都在他的影响下,为"古文"的发展做出了各自的贡献。他与柳宗元之间的互相推挽、学习、影响就不必说了。在建设"古文"这种新文体上,他确实有一种"直百世以俟圣人而不惑,质诸鬼神而不疑"(《与冯宿论文书》)的坚定性,有一种独抗逆流、无所畏惧的战斗精神,也有一种善于团结同道、乐贤好善的领袖风度。所以,他以一个"文人"资格,却能领导一代文坛,改变了文坛的潮流,这与譬如三曹的以帝王身份号召文坛不同;他又组织起一个队伍,造成一种运动,这与譬如陶潜之孤立雄视一代不同。当然,个人的成功有其时代的原因,韩愈也只是时代要求的体现者而已。但是,韩愈之成为韩愈,他个人的意志力量的作用也是不可否定的。

二

认识明晰,态度坚定之外,在改革文体上要真正取得实效,还得有正确的方法。

韩愈的方法是正确的。简单地说,他善于总结、继承中国散文(包括骈文)长期发展所取得的积极成果,含英咀华,旁推交通,在此基础上根据时代的要求,进行艺术创新。

韩、柳等人倡导与创作"古文",是与"俗下文字"的骈文相对立的。"古文"散体单行,与骈文的讲究对偶声韵截然不同。这是恢复秦汉以前的行文体制,所以称"古"文。但是后来有人强调韩愈文章只是复古,"同于三代,驾乎两汉",致使"《空桑》、《云和》千数百年希阔泯灭已亡之曲,独唱于万千人间"(石介《上赵先生书》,《石守道先生集》卷上)。以至清代桐城派认为"古文"是"六经及孔子、孟子之书之支流余肆"(方苞《古文约选序例》,《方望溪先生全集·集外文》卷四)。这种认识则过于偏狭。宋人还有个定义:"子之言,何谓为'古文'?'古文'者,非在辞涩言苦,使人难读诵之,在于古其理,高其意,随言短长,应变作制,同古人之行事,是谓古文也。"(柳开《应责》,《河东先生集》卷一)这样,又把"古文"的特征归结为内容的复古,忽视形式的意义,也根本不合乎实际。这都涉及到对中国散文发展历史的看法,涉及到对韩愈以"复古"行"革新"的文体改革的本质的认识。

刘开曾指出过:"非尽百家之美,不能成一人之奇;非取法至高之境,不能开独造之域。此惟韩退之能知之,宋以下皆不讲也。"(《与阮芸台宫保论文书》,《孟涂文集》卷四)韩愈标榜学习先秦盛汉以前文章,但他并不是字模句拟,原样照搬;他否定骈文,也不是一股脑儿抛弃。实际上是辩证地"扬弃",去其僵死的形式,取其艺术精华。如古人说:"前辈说作诗作文,记事虽多,只恐不化。一化则说出来都融作自家底。不然,记得虽多,说出来未免是替别人说话了也。故韩昌黎读尽古今,殊无一言一句仿佛于人。此所以古今善文,一人而已。"(佚名《西轩客谈》,《重校说郛》卷二十九)韩愈不能说是"古今善文"的第一个人,但他学习古人,广取博收,达到了化境,则是确实的。这也是他能够遵循艺术发展的客观规律的表现。

人们研究唐诗,往往承认六朝诗在形式、音律以及整个艺术表现方法上为唐诗的大繁荣做了准备。例如,没有齐梁体就不会产生唐代的近体诗,尽管唐代一些近体诗大家是批判齐梁诗风的。人们评价杜甫是"集大成",其中也包括承认他汲取了六朝诗歌所取得的艺术成就的意思。例如元稹就说他"掩颜、谢之孤高,杂徐、庾之流丽,尽得古今之体势,而兼人人之所独专"(《唐故工部员外郎杜君墓系铭并序》,《元氏长庆集》卷五十六)。但是,论及"古文",那种"八代之衰"的观念在人们的意识中却根深蒂固,往往认定韩、柳等人是跨越魏、晋而直接三代、秦、汉的。这不仅不符合历史事实,而且在对整个散文的发展的看法上是狭隘的、错误的。

阮元评论南朝骈文,说它们"文体不可谓之不卑,而文统不得谓之不正"(《书梁昭明太子〈文选序〉后》,《揅经室三集》卷二)。他提倡新"文笔论",为骈文争正统,仍是偏狭的门户之见;但把骈文放到中国散文发展长河之中,把它看作是一个历史发展阶段(尽管这是个有曲折、有逆流的阶段)的产物,阮元的说法又是不无道理的。正如前文已指出的,骈文内容多空虚陈腐,艺术表现形式化、程式化,不适应现实需要。但是,中国独立的艺术散文,却是在骈文这个框架之中形成起来的。正是在东汉以后的骈俪化的发展中,出现了"别于经传子史,通于诗赋韵言"(章学诚《文史通义》外篇卷三《杂说》下)的"文"。后来还有人认为:周、秦文体未备,魏、晋以后渐备,至唐、宋乃全(见包世臣《复李迈堂书》,《艺舟双楫·论文》卷三)。这是从文章体裁着眼,也确实说明了文学散文发展的一个重要方面。例如韩愈擅长的碑志、序记等等散文体裁,都是魏、晋以后发展起来的。正如袁中道所说:"昔昌黎文起八代之衰,亦非谓八代以内都无才人,但以辞多意寡,雷同已极。昌黎去肤存骨,荡然一洗,号谓功多。"(《解脱集序》,《珂雪斋文集》卷一)韩愈否定了六朝骈文,但他的"古文"又是这种骈文的发展。他是在六朝人形成的文学观念的基础上,充分汲取了前代散文艺术的成果来创作"古文"的。这是一种真正的艺术创新。所以清人王铁夫说:"古文之术,必极其才而后可以裁于法,必无所不有而后可以为大家。自非驰骛于东京、六朝沉博绝丽之途,则无以极其才。而所谓法者,徒法而已。以徒法而语于文,尤羊之鞹而已。自宋以后,欧、曾、虞、范数公之文,非不古也。以视韩、柳,则其气质之厚薄,材境之广狭,区以别矣。盖韩、柳皆尝从事于东京、六朝。韩有六朝之学,一扫而空之,融其液而遗其滓,遂以复绝千余年……"(引自凌扬藻《蠹勺编》卷三十八)韩愈对于六朝文这种复杂的艺术成果,有分析,有鉴别,做到了死者活之,实者虚之,腐臭者神奇之,终能脱弃陈骸,自标灵采。这要有一种开阔的艺术视野,也要有一种深刻敏锐的艺术眼光。

　　袁枚下过这样一个定义:"骈体者,修词之尤工者也。"(《胡稚威骈体文序》,《小仓山房文集》卷十一)这是有一定道理的。骈体是一种极其精致、极其严格的行文与表达技巧,它是在汉语文特有的语文技巧中提炼出来、发展起来的。同时这又是极端化、绝对化的发展。所谓"骈",原指双马驾车,取其骈比之意,把偶体双行的文字名为骈文。它的基本特征是讲究对偶;连带着形成另两个特征,即讲求藻饰与使典用事。而这些,本都是语言的形式技巧。不能认为讲究对偶等等就是形式主义。例如,由古体诗的不限对偶到近体诗的讲求对偶,就是诗歌艺术的丰富与发展的表现。但在散文中问题就显得复杂了,过分地、绝对地追求形式,特别是这种追求又与一种不健康的思想倾向结合起来,则形成为艺术发展的形式主义逆流了。正确对待六朝骈文,就是要从形式主义潮流中把艺术形式上的成果区别开来。韩愈正是这样做的。

汉文单音独体的文字,为使用声韵、组织对偶创造了条件。句式的整齐、语音的和谐,又是语言美的一种表现。所以,"古人文章,自应律度"(沈括《梦溪笔谈》卷十四)。对偶是古已有之的行文技巧。吴可早曾指出:"《尚书》文法……至于《伊训》、《太甲》、《咸有一德》、《说命》、《无逸》等篇,皆平正明白,其文多整,后世偶句盖起于此。"(《荆溪林下偶谈》卷四)这是说殷商文章已用对偶。阮元说:"凡文者,在声为宫商,在色为翰藻,即如孔子《文言》'云龙'、'风虎'一节,乃千古宫商、翰藻、奇偶之祖;'非一朝一夕之故'一节,乃千古嗟叹成文之祖;子夏《诗序》'情文声音'一节,乃千古声韵、性情、排偶之祖。吾固曰:韵者即声音也,声音即文也。然则今人所便单行之文,极其奥折奔放者,乃古之笔,非古之文也。"(《文韵说》,《揅经室续集》卷三)其子阮福《文笔考》举例说:"孔子《十翼》、《系辞传》、《文言》皆多用偶语,而《文言》几于句句用韵。《系辞》虽是传体,而韵亦非少(《系辞传》上、下篇用偶者三百二十六,用韵者一百一十,与家大人所举《文言》中偶句韵语之义相合)。"阮氏父子提倡新"文笔论",限制有韵文字才叫作"文",认为"声音"即"文",这是走了极端。但他们举的例子却是事实。近人马叙伦也说:"秦、汉以上,文无骈、散之分,《书》之二《典》,《易》之十《传》,佶屈聱牙之中,有妃黄俪白之句,惟《春秋经》及《周髀》、《算经》之类,无偶词者,势使然也。左氏内、外传,即骈、散兼布矣。广搜周秦诸子及两汉词赋,盖莫不然。"(《读书小记》卷一)这样,骈偶实际上是自古以来就有的行文艺术,而且随着文章的由朴趋华、由质而文,越来越多地被使用。这就表现为文章逐步的骈俪化。由于辞赋文学的发展,特别是汉赋大量使用排比铺叙的手法,加快了散文骈俪

化的过程。而赋，作为一种诗体散文，又可以看作是脱离文史著述
而独立成"文"的一种独特文体。宋人汪藻指出："左氏传《春秋》，
屈原作《离骚》，始以文自成为一家，而稍与经分。汉公孙宏、董仲
舒、萧望之、匡衡，以经术显者也；司马迁、相如、枚乘、王褒，以文章
著者也。"(《鲍吏部集序》，《浮溪集》卷十七)章学诚则说："《国策》、
《骚》、赋，乃后世文章之祖也。""六代辞章，全出《骚》、《策》。"(《文
史通义》外篇卷三《答大儿贻选问》)他们都把骈俪化程度很严重的
辞赋视作古代文章的主要源流。这样的历史发展，也就造成了中
国散文讲究对偶的特点，以至到一定时期形成了骈文。这中间，又
有佛典的输入，刺激了对于声韵的研究，出现了"声病"说。在对偶
中又加入了声韵的限制，终于出现了晋、宋以后那种骈四俪六、高
度程式化的文体。前已指出，韩愈以前的不少试图革正文体的人，
大体对屈宋以下的辞赋文学以及骈俪化的发展取否定态度；而另
有不少人，溺于旧习，又打不开骈俪的旧格。韩愈实际上是克服了
这两个偏向。他文用散体，坚决扫荡骈文形式主义积习，但又善于
把偶对声韵技巧灵活多样地运用于散体之中。一方面，他散行之
中巧用排偶。他的有些文章，如《送穷文》、《进学解》、《子产不毁乡
校颂》等，句式整齐，多用骈句；又有些文章如《原毁》、《师说》、《送
李愿归盘谷序》，虽然用的基本是散句，但大量使用排比和偶对；至
于一般地把对偶化用到文章之中，更比比皆是。而且他使用对偶
方法多种多样，不只取其形式严整，又注意运用的巧便，造成流丽
的语气文情。他有时使用严格的对偶，但有时文对意不对，或意对
文不同；有时用四、六句，更多的情况是用大体整齐又富于变化的
句式，取得整饰与流畅相结合的效果。另一方面，他又驱使音节于
自然之美。韩愈作文章是讲究"引物连类，穷情尽变，宫商相宣，金
石谐和"(《送权秀才序》)的。但骈文的声韵是程式的、凝固的，是
人为的美，因而也是缺乏艺术表现力的。韩愈在使用对偶时，注意
语气的自然、音调的合谐，真正发挥对偶中音节短长、声调抑扬、语

气缓急高下的表现作用。这样,运排偶于散行,驱音节于自然,韩愈就取得了中国散文长期使用对偶的精华。后人总结骈偶的艺术功能,包世臣说:"凝重多出于偶,流美多出于奇。体虽骈必有奇以振其气,势虽散必有偶以植其骨。仪厥错综,至为微妙。"(《文谱》,《艺舟双楫·论文》卷一)刘开说:"骈之与散,并派而争流,殊途而合辙。千枝竞秀,乃独木之荣;九子异形,本一龙之产。故骈中无散,则气壅而难疏;散中无骈,则辞孤而易瘠。"(《与王子卿太守论骈体书》,《刘孟涂文集·骈体文》卷二)这总结的实际上是包括韩愈在内的中国散文的写作经验。韩愈把六朝的对偶艺术消化了、升华了、灵活运用了。后来有些"古文"家们一概排斥六朝骈偶,如方苞,就认为"古文"不可入"魏晋六朝人藻丽俳语"(转引董芳莲《书方望溪先生传后》),则是出于一种偏见,在艺术上远不及韩愈的眼界与气魄。而创作上一概拒斥六朝的艺术成果,也就难免落入偏枯散漫的弊端了。

　　再谈骈文的另一个特征——多使典用事。中国古典诗文中的使典,实际包括两个方面的技巧。一是运用古代的故事或事实,这也可称为用事;二是用语有出处,这是广义的使典。无论是哪一种情形,这都是基于中国长期文化积累所形成的语言表现方法。善于使典用事,会使文章精粹、凝炼、有深意。但是,不恰当地字字讲求出典,就会形成对古人的模拟;而处处堆砌史实,虚引故事,每有形容,德必周、孔,文必子建,则使得文章虚夸、含混、艰深,只适于那些溢美隐恶或空洞无物的文章。按萧统《文选序》,"事出于沉思,义归乎翰藻"被认为是"文"的根本特征。朱自清《〈文选序〉"事出于沉思,义归乎翰藻"说》一文认为,这里"事"与"义"对举,均指用事。他又引李善对《文选》中潘岳《射雉赋》"敷藻翰之陪鳃"一句的解释:"藻翰,翰有华藻也。"以为"昭明借为'辞采'、'辞藻'之意"(《朱自清古典文学论文集》上册第四十八页)。萧统的观点,反映了当时的创作实际。在当时流行的骈文中,事典被作为一种词藻即修饰性的字面而被滥用，这就失去了使典用事的艺术力量，而变成对空洞腐朽的内容的掩饰和技巧的玩弄了。韩愈作为前代文章的"集大成者"，作为一位具有渊博学识和文化素养的人，在文章中也十分重视事典的使用。但他不是为用典而用典，而是服从内容的需要，运用得贴切自然，不露痕迹，而且十分具有表现力。例如《杂说》第四篇"世有伯乐"一篇，全篇立论在古代伯乐传说的典故上，反说正说，讽谕兼施，写出了"以摇曳之调继斩截之词，兼'卓荦为杰'与'纤徐为妍'"（钱钟书《管锥编》第二卷第六一九页）的好文章。这是一种用典方法。他的另一名篇《送董邵南游河北序》，开头一句"燕、赵古称多感慨悲歌之士"，历来被认为起得凝练矜重，独创奇格，实际上是化用《史记·刺客列传》荆轲与高渐离在燕市击筑悲歌和《汉书·地理志》写赵、中山地薄人众、丈夫相聚游戏、悲歌慷慨一段文意。这个开头引申出下文与今日情形的对比，很富深意。这又是一种用典方法。还有大量使用古人词语，例如他的《送李愿归盘谷序》，前人指出其"'坐茂树，濯清泉'，即《选》诗'饮石泉'、'荫松柏'也；'飘轻裾，翳长袖'，即《洛神》'扬轻袿，翳修袖'也"（《全唐文纪事》卷四十八）；而"粉白黛绿"几句蜕化自《战国策·楚策》及《楚辞·大招》。又如《进学解》、《送穷文》等作品，许多词语都可以找到出处。这样，韩愈在使典用事上，也是克服了六朝人的偏颇，而保留了他们的长处。

　　至于另一个骈文极端重视的表现手段——辞藻，韩愈也是很重视的。韩愈反对绣绘雕凿，空事华饰，而并不反对文章修饰。文学本来在一定意义上说是语言的艺术；文学语言必须是艺术化的、富有美感的语言。说六朝骈文在运用词藻上有形式主义倾向，是因为它脱离内容变成雕章琢句，无病呻吟；同时又过分地、片面地追求华艳繁缛。艺术本身就要求修饰，讲究词藻也是文学发展的大势所趋，只是不能离开语言为内容服务的原则；同时语言的修饰，可以有各种方法和风格，不一定只走华艳繁缛一途。韩愈十分重视辞藻的丰富与优美,在修饰文句上下过很大工夫。他要求"去陈言",其中就有造新语的意思。他对"奇辞奥旨"也很有兴趣,对"瑰怪之言,时俗之好"也不排斥。像《柳州罗池庙碑》,用楚骚的语言,很适合悲悼没于南荒的友人柳宗元的内容;他的《殿中少监马君墓志》,用了华艳字面来形容墓主——贵公子马继祖,写得形象生动而传神。他的词语,有各种各样的风格色彩,很有效地促进了内容的表达。这种语言,与秦、汉以前的浑朴少藻饰很不相同,是从六朝文的进一步发展。后来明人指责"古文之法亡于韩"(何景明《与李空同论诗书》,《何大复先生全集》卷三十二),说他追随汉、魏诸子的"繁巧险靡之习"(李梦阳《与徐氏论文书》,《空同集》卷六十二),并倡"文必秦、汉"之说,则是一种不达时变,忽视语言发展的偏见了。袁枚说过一段相当深刻的话:"韩、柳琢句,时有六朝余习,皆宋人之所不屑为也。惟其不屑为,亦复不能为,而'古文'之道终焉。"(《答友人论文第二书》,《小仓山房文集》卷十九)

　　韩愈在文章中确实很少称赞骈文(如《新修滕王阁记》中赞扬王勃《滕王阁序》,只是个别例外),对骈文的批判更是坚定、尖锐的。这与他改革文体的斗争目标有直接关系。但在实践上,他却注意从正反两个方面汲取骈文的艺术经验。他不只彻底否定了骈文的缺点,又吸收了它在畸形发展中取得的成绩。对于韩愈的消化八代之长,以后不少人指出过。如刘熙载说:"韩文起八代之衰,实集八代之成。盖惟善用古者能变古,以无所不包,故能无所不扫也。"(《艺概》卷一《文概》)这里讲"无所不包"方能"无所不扫",清楚地说明了摧陷廓清与广取博收的关系。刘开说:"夫退之起八代之衰,非尽扫八代而去之也,但取其精而汰其粗,化其腐而出其奇。其实八代之美,退之未尝不备有也。"(《与阮芸台宫保论文书》,《刘孟涂文集》卷四)蒋湘南则说:"浅儒但震其起八代之衰,而不知其吸六朝之髓也。"(《与田叔子论古文第二书》,《七经楼文钞》卷四)这都指出了,韩愈的创作成果,得之于他对前代遗产采取了比较辩证的态度。我们看唐诗的发展，认识到没有对六朝诗歌艺术的批判和继承，就不会有唐诗那样高度精美的艺术。实际上散文也是一样的。不能汲取六朝骈文的成果，就不会有唐代"古文"那样高度的写作艺术水平。

关于骈、散之辩，许多有成就的散文家都取比较阔通的态度。李翱在《答朱载言书》中历叙当时论文诸说，溺于时者则曰文章必当对，病于时者则曰文章不当对。他以为本无所谓当对不当对，论者是情有所偏，滞而不流。欧阳修说："偶俪之文，苟合于理，未必为非，故不是此而非彼也。"（《论尹师鲁墓志》，《欧阳文忠公集》卷七十三）袁枚说："古之文不知所谓散与骈也。《尚书》曰'钦明文思安安'，此散也；而'宾于四门，纳于大麓'，非其骈焉者乎？《易》曰'潜龙勿用'，此散也；而'体仁足以长人，嘉会足以合礼'，非其骈焉者乎？……足下云云，盖震于昌黎'起八代之衰'一语，而不知八代固未尝衰也。何也？文章之道，如夏、殷、周之立法，穷则变，变则通。西京浑古，至东京而渐漓，一二文人，不得不以奇数之穷，通偶数之变。及其靡曼已甚，豪杰代雄，则又不屑雷同，而必挽气运以中兴之。徐、庾、韩、柳，亦如禹、稷、颜子，易地则皆然者也。"（《答友人论文第二书》，《小仓山房文集》卷十九）这后一段话，否定六朝骈文之为散文发展的低潮，以为纯粹时势使然，恐难以使人心服。但袁枚与李翱、欧阳修一样，肯定骈文有一定成绩，还是符合实际的。历史上真正的艺术创新，不能割断与前代的历史联系，不能存偏狭的宗派之见。在文学发展中，要想真正否定形式主义逆流，必须取得它在艺术形式上的成就，并等而上之。韩愈倡导"古文"，在这方面做出了典范。不管他的"古文"有什么缺点，也不管晚唐五代"四六"文曾再次兴起，回光返照，但这种"古文"作为文体，到底取骈文而代之，占据中国散文统治地位千余年。直到今天，仍在发挥它的影响。仅从文体改革角度讲，韩愈批判地吸收了前代散文文体的艺术成就，创造出新型的"古文"文体，是成功的。所以徐邻唐说:"……马迁之文,法具矣,体裁有未备也。备之者其昌黎、柳州、庐陵、眉山诸子乎?"(转引周亮工《书影》卷四)施德操说:"先觉论文,以为退之作古,子厚复古。"(《北窗炙輠录》)如此在韩柳间分高下,还值得讨论;而韩愈自我作古——在文体上实现了创新,则是应该肯定的。

三

刘师培《论文杂记》分析汉、魏之际的文章变迁,归纳为四点:一是逐渐向排偶化发展,开"四六"的先河;二是言词句法由简趋繁;三是表达上走向藻绘相饰,靡曼纤冶;四是文义渐趋简明。这个描述很细密,也是符合实际的。但这还是从行文与表现方法上着眼,而没有从作为独立的意识形态的文学发展的角度分析文学散文的演化。文学区别于其他实用文字的根本特征在于它是一种艺术概括,是现实生活通过作家头脑的再现,是形象化的艺术创造。正是在魏、晋以后,作家们对其自觉性提高了。例如陆机的《文赋》,已经相当深刻地描述了创作中形象思维的特点。又例如《文心雕龙》,论创作方法的《神思》等篇,实际上多讲的是艺术概括的方法;就是论文体,虽然还多是讨论一般著述和应用文字一类,但已经出现了"杂文"、"谐隐"等纯文学创作;即使是对于应用文体如"史传"、"书记"的分析,也已经注意它们的文学性。所以六朝文体的变化,除了体制、体裁方面之外,还有意义更为重大的,就是散文作为艺术创作的"纯文学"的特征得以发展了。韩愈在这个方面,也是继承了六朝传统的。他的散文,有不少正是真正的文学散文;有些虽然还是实用文体,但大量使用文学概括的形象化的方法;还有些就是应用文,但也很有文学性。例如《论佛骨表》是奏章,《原道》是哲学论文,由于它们在语言和表现手法上的艺术性,也可作为文学作品读。所以,他写的这类作品已不再是先秦辩理述事的哲理、史传文章,而是表现出鲜明的文学自觉的文学散文。这也是他在文体革新中的一大成就。

关于这一点,古人论文有虚、实之说。扬雄《法言》就曾说:"或问屈原、相如之赋? 子曰:原之过以浮,如之过以虚。"袁宏道说:"古之为诗者,有泛寄之情,无直书之事;而其为文也,有直书之事,无泛寄之情。故诗虚而文实。晋、唐以后,为诗者有赠别,有叙事,为文者有辩说,有论叙,架空而言,不必有其事与其人,是诗之体已不虚,而文之体已不能实矣。"(《雪涛阁集序》,《袁中郎全集》卷一)扬雄对赋取否定态度,袁宏道在诗、文二者间加以对比,都可商榷。但他们讲的文章向"虚"的方向发展,实际上透露出文学散文的特征。"实"即质实、实事、实用;相对的,"虚"则是虚饰、虚构,超离实用。从这样的角度看,韩愈是用"虚"的。皇甫湜说:"韩吏部之文,如长江秋注,千里一道,冲飙激浪,瀚流不滞,然而施于灌溉,或爽于用。"(《喻业》,《全唐文》卷六十七)朱熹说:"然今读其书,则其出于诡谀戏豫、放浪而无实者,自不为少。"(《读唐志》,《晦庵先生朱文公文集》卷七十)二者的态度褒贬不同,实际上都涉及韩文用"虚"的特点。后来的李邺嗣则说得更明确:"盖文自东汉而后,作者俱用实,而退之独用虚。"(《王无眄先生七十序》,《杲堂文钞》卷三)这里把韩愈与东汉以后他人分开,恐不合史实,但也指出了韩的善用"虚"。朱宗洛更在评文中具体说明了韩文如何用"虚":"行文须知避实击虚之法。如题是《送温处士序》,便当赞美温生。然必实讲温生之贤若何,便是呆笔。作者已有送石生文,便从彼联络下来,想出'空'、'群'二字,全用吞吐之笔,令读者于言外得温生之贤,而乌公能得士意,亦于笔端带出。此所谓避实击虚法也。"(《古文一隅》卷中)茅坤评《考功员外卢君墓铭》:"篇中并虚景,总只是以李栖筠辟从事为案"(《唐宋八大家文钞·韩文公文钞》卷十四)。

评《送杨少尹序》："以二疏美少尹，而专于虚景簸弄，故出没变化不可捉摸。"（同上卷六）恽敬评《新修滕王阁记》："韩公通篇从未至滕王阁，用意笔墨皆烟云矣"（《答来卿》，《大云山房文稿》卷二）这说的都是同样的意思。可以补充的是，正是这样一种避实击虚的艺术构思，使作品的立意与意义也都"虚"了：它们不再是一篇普通的应酬文章，而是出于艺术虚构的创作，有了一定的典型意义，成了一篇有社会价值、艺术感染力的文学作品。

所以，我们研究韩愈在中国文体发展史上的贡献，在行文体制的改革即以"古文"取代骈文的成绩之外，值得重视的，更有文学散文发展上的成就。刘开曾指出："文之义法，至《史》、《汉》而已备；文之体制，至八家而乃全。"（《与阮芸台宫保论文书》，《刘孟涂文集》卷四）据通行本《韩集》，文章分十类，即杂著、启、书、序、哀辞、祭文、碑志、杂文、行状与状、表状等。这大体是《文心雕龙》与《文选》著录的六朝时发达起来的文章体裁。但从作品实际看其文学性却更突出了。例如《文心雕龙》有《杂文》篇，其中说"或典诰誓问，或览略篇章，或曲操弄引，或吟讽谣咏，总括其名，并归杂文之区"。这里所谓"杂文"，主要是指多样繁杂、不入正体的文字。而韩愈的杂文则多是形象化的议论文，因事立议，借题生发，取譬设喻，与今天的杂文已经很相近。碑志是东汉末发展起来的应用文体，但经六朝到唐代再到韩愈，已经发展为较完美的传记散文。书信体散文是魏、晋以后普遍发展起来的，赠序则是南朝文人中兴起的新的散文形式，到了韩愈手下，都成了能自由灵活地记事、抒情以至议论的散文文体。以下，就这些文章体裁略加说明。

首先谈碑志。韩愈所写碑志铭赞，在全部文字中占相当大的比重，正集文三十卷，碑传就占了十二卷。历来有"韩碑杜律"之称。刘大櫆以为碑文韩愈独擅，墓志则与欧阳修、王安石并称。六朝与唐初的碑志不但用骈体，而且在内容上"称美而不称恶"，只是记述阀阅，铺叙历官，歌功颂德，虚饰不实；表现方法则铺排事典，讲求藻饰,格调低下。但韩愈的碑志,却发展了《左》、《国》、《史》、《汉》优秀历史散文的传统,对墓主及其生活的社会环境加以艺术概括,创造出鲜明生动的人物形象,成为优秀的传记文学作品(当然也有"谀墓"之作,另议)。李涂指出:"退之诸墓志,一人一样,绝妙。"(《文章精义》)陶宗仪引述卢挚《文章宗旨》评论说:"碑文惟韩公最高,每碑行文,言人人殊,面目首尾,决不再行蹈袭。"(《南村辍耕录》卷九)这都指出了韩碑的独创性和刻画人物的成就。近人钱基博又指出,韩碑"随事赋形,各肖其人。其气浑灏以转,其辞铸炼以巍。气载其辞,辞凝其气。奇字奥句,不见滞笔,毫曲快字,不见佻意。骨重气驶,章妥句适,一集之中,此为第一……奇字奥句不免滞笔者,龚自珍、魏源、章炳麟是也;豪曲快字出以佻意者,苏轼、陈亮、袁枚是也。"(《韩愈志》卷六)这又通过对比给韩愈以高度评价。同时,在碑志这个体裁之中,又发展出各有特色的不同类型。徐师曾区分碑文,"以三品列之。其主于叙事者曰正体;主于议论者曰变体;叙事而参之以议论者曰变而不失其正。至于托物寓意之文,则又以别体列焉"(《文体明辨序说》)。这几种类型的文章,在韩愈创作中都有突出成绩。他为友人柳宗元、孟郊、张署、王仲舒写的墓志,都充满感情地叙写人物,生动鲜明地描绘了人物的精神风采,表现了一定社会环境下的人的遭遇,揭示了当时社会现实的一定侧面。这些文章中,往往又有些精辟议论。有些如李观、樊宗师等人的墓志,则更多地用议论手法,使文章带有一定政论色彩。而那些应属于"变体"的墓志,则加入了小说、杂文的笔法。如《试大理评事王君墓志铭》,写一个落拓不羁的"奇男子"的遭遇,有一段主人公以欺骗手段娶妻的情节,宛如传奇小说;《故太学博士李君墓志铭》,抛开墓主生平事迹,一一列举友人中服金石药而丧生的事例。这都大大突破了一般碑志的旧格。黄宗羲说:"昌黎铭王适,言其谩妇翁;铭李虚中、卫之玄、李于,言其烧丹致死;虽至善若柳子厚,亦言其少年勇于为人,不自贵重。岂不欲为之讳哉?以为不若是,则其人之生平不见也;其人之生平不见,则吾之所铭者,亦不知谁何氏也,将焉用之?"(《与李杲堂陈介眉书》,《南雷文案》卷三)这是从思想意义立论的。从文学发展角度上,这种作品作为冲破旧格的艺术创造,在散文上有更大的价值。

韩愈文章中另一类占较大比重的是书序。计书三卷、序六卷。书本来是应用文体,把它当艺术作品来写,是在六朝以后。而韩愈在内容与写法上又都有所创新。林纾总结说:"与书一体,汉人多求详尽,如司马迁之《报任少卿》,李陵之《答苏武》,是也。六朝人则简贵,不多说话。前清考订家,则务极穿穴,几于生平所知所能,尽于书中发泄。亦由与书体,竟匪不消纳,尽可惟意所向。独昌黎与人书,则因人而变其词:有陈乞者,有抒愤骂世而吞咽者,有自明气节者,有讲道论德者,有解释文字为人导师者。一篇之成,必有一篇之结构,未尝有信手挥洒之文字。熟读不已,可悟无数法门。"(《韩文研究法》)韩愈的书信,是有意识写给人看的,因此所写就不限于具体的人与事。如《与崔群书》,在称颂友人的学行品德之中,替友人抒写了愤懑;从贤者的"合于人而乖于时"的实际,表达了对社会的批判。而表现这些时,又在劝勉与同情的口吻中,流露出无限深情,使文字很有感染力。又如《代张籍与李浙东书》、《答吕䃣山人书》等,都从不同侧面揭露了当时现实对人才的压抑,立意巧妙,构思不俗。至于《与孟尚书书》是论学的,《答李翊书》、《答刘正夫书》是论文的,实际是议论文章,是书中的变体。韩文中的序,绝大多数是赠序。明刘绘说:"赠送序记,晋、魏以前皆无。韩、苏叙眼前事,用秦、汉风骨,笔力随人变化,然每篇达一意也。"(《答祠部熊南沙论文书》,《明文授读》卷二十一)张裕钊则说:"唐人始以赠序名篇,作者不免贡谀,体亦近六朝。至退之乃得古人赠人以言之意,体简词足,扫尽枝叶,所以空前绝后。"(转引马其昶《韩昌黎文集校注》卷四)韩文的序历来被视为"绝技"、"美不胜收"(林纾《春觉斋论文》)。但也有相反的议论。如包世臣就说:"退之诸文,序为差劣。本供酬酢，情文无自，是以别寻端绪，仿于策士讽谕之遗，偶著新奇，旋成恶札。"（《与杨季子论文书》，《艺舟双楫》卷一）然而，"别寻端绪"、"偶著新奇"，正说明了韩愈这类文章创新的特征。例如有名的《送李愿归盘谷序》，借送别友人归隐中条山，通过友人之口，对当权者及其仆从肆意抨击，极尽讥嘲之能事。《送董邵南序》，则通篇议论，暗示了藩镇罗致人才的社会问题，表现了反割据的政治主张。《送高闲上人序》，是写给一位善草书的僧人的，其中探讨书法技艺，对佛教唯心主义世界观和消极人生观委婉地进行了批评。这些赠序，自由灵活地叙事、议论、抒情，成为很丰富、多变化的散文形式。

　　韩愈的记，也是多种多样的。宋人黄震指出："《宴喜亭记》，工于状物；《掌书厅记》，工于言情；《画记》，工于叙事；《蓝田丞厅记》，叙崔斯立盘郁之怀；《修滕王阁记》，自叙慨慕遐想之意。随物赋形，沛然各纵其所之，无拘也。近世为记者，仅述岁月工费，拘涩不成文理；或守格局，各成窠段，曰：此金石之文，与今文异。呜呼，异哉！"（《黄氏日抄》卷五十九）仅就壁记而言，封演曾说过："朝廷百司诸厅皆有壁记，叙官秩创置及迁授始末。原其作意，盖欲著前政履历，而发将来健羡焉。故为记之体，贵其说事详雅，不为苛饰。"（《封氏闻见记》卷五）这样，官厅壁记，本是记功述事的文字，有思想性和艺术价值的很少。这正是一种容易落入俗套的体裁，可以检验一个作家的水平，因此"欧阳文忠尝言曰：观人题壁，而可知其文章"（沈括《梦溪笔谈》卷十四）而如上面提到的《蓝田县丞厅壁记》，以讽刺笔法，写一个县治里官吏的因循苟且，无所作为；友人崔立之虽然很有才能，但再屈于人，一变方刚正直为畏诺消沉。这样"极意摹写，见其流失非一日，既为斯立发其愤懑，亦望为政者闻之，使无失其官守也"（何焯《义门读书记·昌黎集》卷三）。因此这篇文章就成了很好的讽刺散文。

　　此外，如颂赞体文章，《后汉三贤赞》、《子产不毁乡校颂》，都用韵文,隐括历史事实,借事生发,是借古讽今的文章;《伯夷颂》是颂中的变体,实际是一篇议论性的杂文。如王若虚所说:"退之评伯夷,止是议论散文,而以'颂'名之,非其体也。"(《滹南遗老集》卷三十五《文辨》)又如《毛颖传》,是俳谐体,近于寓言小说。李肇说:"沈既济撰《枕中记》,庄生寓言之类;韩愈撰《毛颖传》,其文尤高,不下史迁。二篇真良史才也。"(《唐国史补》卷下)宋祁以为这篇作品"古人意思未到,所以名家",王楙则指出文章构思是"乌有子虚之比"(《野客丛书》卷十六)。

总之,韩愈在六朝文学散文发展的基础上,利用六朝以来繁荣起来的各种散文体裁,创作出许多优秀的文学散文。这不只是文体改革上的成就,也是文学上的成就。但后人如优秀思想家顾炎武,不能认识这一点,他说:"韩文公文起八代之衰,若但作《原道》、《原毁》、《争臣论》、《平淮西碑》、《张中丞传后序》诸篇,而一切铭、状概为谢绝,则诚近代之泰山北斗矣,今犹未敢许也。此非仆之言,当日刘叉已议之。"(《与人书十八》,《亭林文集》卷四)实际上,韩愈在文学散文方面的创造正表现在那些"杂"体文章之中;韩愈文学地位的确立,主要不是依靠那些论道文字。

韩愈在王仲舒神道碑铭中说:

> 生人之治,本乎斯文。有事其末,而忘其源。切近昧陋,道由是埋。有志其本,而泥古陈。当用而迂,乖戾不伸。较是二者,其过也均。(《唐故江南西道观察使中大夫洪州刺史兼御史中丞上柱国赐紫金鱼袋赠左散骑常侍太原王公神道碑铭》)

由此可见,韩愈在改革文体上是自觉地反对仅事其末的形式主义与泥古不通的教条主义的。他在两个方面进行了斗争,避免了这两种倾向而致力创新。贺涛说:"古之作者,皆自辟区宇,岿然而特立,不相师放,而后乎我者胥于是取则焉……退之独约群经子史之义法而为之,其标类也不易其故,而辞体则由我造焉,而'古文'之

名以称。"(《书韩退之〈答刘秀才论史书〉后》,《贺先生文集》卷一)
说韩愈约义法而为文,恐不正确。但他对古人不加模拟,文体独
造,则是事实。方东树又这样说过:"韩、黄之学古文,皆求与之远,
故欲离而去之以自立。明以来诗家,皆求与古人似,所以多成剿袭
滑熟。"(《昭昧詹言》卷一)求与人远,就是要独创。不能依傍古人
仅求形似,这样才能在发展传统的基础上创新。

　　总之,韩愈在文体革新上,在两方面取得了巨大成就。一是行
文体制,以新体"古文"取代了"俗下文字"的骈文;二是发展了文学
散文的各种体裁。所以,他的改革,兼有文体史与文学发展史两方
面的意义。自他以后,"古文"就成了著述的主要文体,也是文学散
文的主要形式。吴汝纶总结这种巨大影响时说:"及唐中叶,而韩
退之氏出,源本《诗》、《书》,一变而为集录之体,宋以来宗之。是故
汉氏多撰著之编,唐宋多集录之文,其大略也。集录既多,而向之
所为撰著之体不复多见,间一为之,其文采不足以自发,知言者摈
焉弗列也。"(《天演论序》,《桐城吴先生文集》卷三)这里描述了唐
代以后我国著述形式的变化,同时这也是散文创作上的一大特色。
由于这种文体方面的传统的形成,连带形成了著述与散文写作在
表现、语言以至思想内容、思想方法的许多特点,从而也深刻影响
到中国人的精神生活。例如近现代的许多重要著作都是以单篇结
集形式出现的;这种单篇结集的方式以及各种传统体裁又被散文
家广泛利用。从这个角度看,韩愈文体改革的成就影响到多个方
面,又十分深远。

第四章　改革文风

　　韩愈"古文"的又一个重大成就，是改革文风。他针对骈文统治文坛长期形成的流弊，又鉴于以前提倡"古文"的人的教训，以雄肆矫弱靡，以新奇矫陈腐，大大提高了"古文"的艺术格调，增加了耸动观听的感染力量。

　　文风，这是文章发于外表的总体特征。它与作者的思想、作品的内容有关，因此历来有"文如其人"之说。而这又是作家艺术表现和艺术成就的一个方面，是他的作品艺术特征的总的体现，是作家艺术成就的外在标识之一。作家形成独自的文风，是他在艺术上成熟的一个重要表现；像韩愈那样以自己的文风影响于整个时代，亦表明了他的艺术成就。

一

　　对于韩愈的文风，与他同时代的人已有许多评论。他的净友柳宗元就说他"文益奇"（《先君石表阴先友记》，《柳河东集》卷十二），"怪于文"（《读韩愈所著〈毛颖传〉后题》，同上卷二十一），"猖狂恣睢"（《答韦珩示韩愈相推以文墨事书》，同上卷三十四）；白居易说他"学术精博，文力雄健，立词措意，有班、马之风"（《韩愈比部

郎中史馆修撰制》,《白氏长庆集》卷三十八);元稹说他"雄文奥学,
秉笔者师之"(《赠韩愈父仲卿尚书吏部侍郎》,《元氏长庆集》卷五
十)。李肇在《唐国史补》中又说:"元和已后,为文笔则学奇诡于韩
愈。"直到宋人,苏辙说"韩子之文,如长江大河,浑浩流转,鱼鼋蛟
龙,万怪惶惑,而抑遏蔽掩,不使自露,而人望见其渊然之光,苍然
之色,亦自畏避,不敢迫视"(《上欧阳内翰第一书》,《嘉祐集》卷十
一)。这都指出了韩文风格上的雄奇的特色。

　　韩愈自己也说"时有感激怨怼奇怪之辞"(《上宰相书》),"文虽
奇而不济于用"(《进学解》)。看起来,"尚奇",是他在艺术上的自
觉的追求,也是他的自负之处。他的文章表现上有高古、雄肆、排
宕、廉峭以至谆谆说理、琐琐言情等种种不同,但总突显出雄奇的
特色。而这,又正是他自觉地进行文风改革的成果。

　　本来,"尚奇"的文学观念,在六朝文论中已有较普遍的表现。
陆机所谓"谢朝华于已披,启夕秀于未振"(《文赋》,《文选》卷十
七),就有"尚奇"的意思。刘勰提倡"原道"、"宗经"的文学观,是主
张诗文雅正的;但他对"奇"也并不一概地否定。例如对屈赋的评
价,就赞扬它们"酌奇而不失其真,玩华而不坠其实"(《文心雕龙·
辨骚》)。钟嵘《诗品》更表现出强烈的尚奇倾向。"骨气奇高"、"有
奇气"等,成了《诗品》评诗的高度赞语。但是,在六朝形式主义文
风渐趋严重的形势下,这种对"奇"的追求,往往局限于形式、辞藻。
所谓"不有新变,何以代雄",从字面看本是强调文学独创性的很好
的主张,但在实践中,却一味追求华辞丽藻、骈四俪六,这就走向了
它的反面。骈文的"新奇"的形式渐渐变成了"程式",形成一种徒
有某种艺术技巧的躯壳,结果就变成艺术上的陈腐和平庸了。脱
离有意义的内容,追求"新奇"的形式,只能得到这样相反的后果。

　　韩愈以前,不少改革文体的人,对六朝文学中这种"尚奇"的倾
向,往往不加认真分析,一概视为浮靡华艳而加以否定。例如萧颖
士说:"孔圣没而微言绝,暴秦兴而挟书罪。虽战国遗策,旧章驳乱

于纵横；汉臣著纪，新体互纷于表志。其道末者其文杂，其才浅者
其意烦。"(《为陈正卿进〈续尚书〉表》，《全唐文》卷三二二)他这里
谈的是史书，也就是文学上的史传散文。他显然是崇"旧章"，贬
"新体"的，甚至《国策》、《史记》都被讥为"文杂"、"意烦"。独孤及
说："自《典》、《谟》缺，《雅》、《颂》寝，世道陵夷，文亦下衰。故作者
往往先文字，后比兴。其风流荡而不返，乃至有饰其词而遗其意
者，则润色愈工，其实愈丧。"(《检校尚书吏部员外郎赵郡李公中集
序》，《全唐文》卷三八八)他把文章中的"比兴"与"文字"、"意"与
"词"绝对地对立起来，认为越讲文采则越没有内容。他反对由质
趋文、由朴趋华，实际上是否定艺术形式的进步。韩愈的前辈、在
当时文坛上很有影响的权德舆，论文时主张"尚气尚理，有简有通"
(《醉说》，《权载之文集》卷三十)，他提倡的也是古朴。韩愈的长兄
韩会也是有文体复古主张的。他有《文衡》一篇，存于宋王铚《韩会
传》，其中说："……后之学者，日离于本。或浮或诞，或僻或放，甚
者以靡以逾，以荡以溺。其词巧淫，其音轻促。噫，启奸导邪，流风
薄义斯为甚。而汉、魏以还，君以之命臣，父以之命子。论其始，则
经制之道，老、庄离之；比讽之文，屈、宋离之；纪述之体，迁、固败
之。学者知文章之在道德五常，知文章之作以君臣父子。简而不
华，婉而无为。夫如是，则圣人之情，可思而渐也。"(转引《韩文类
谱》卷八)这也很有否定文学发展的复古意味。人们指出，韩愈的
"古文"观有家学渊源，直接受到韩会的教育与影响。事实上，韩愈
的"尚奇"，在文学发展观上，是与韩会很不相同的。前文曾论及他
对汉代文坛的看法。王鏊这样分析过："尝怪昌黎论文，于汉独取
司马迁、相如、扬雄，而贾谊、仲舒、刘向不之及。盖昌黎为文主于
奇。马迁之变怪，相如之阂放，扬雄之刻深，皆善出奇。董、贾、向
之平正，非其好也。"(《震泽长语》卷下)这是从文风上说明他继承
了前人的"尚奇"的文学传统。这样，他主张为文宗经明道，但在风
格上却不求如经典的古朴典雅；他反对骈文的形式主义，却汲取了

六朝以来文坛上求新变的合理精神。这也表明他对文学创作贵创
新这一点有深刻的理解。

　　韩愈的"尚奇"主张，较完整地阐述在《答刘正夫书》中。文章
开头说：

　　　　或问为文宜何师？必谨对曰：宜师古圣贤人。曰：古圣贤
　　人所为书具存，辞皆不同，宜何师？必谨对曰：师其意，不师其
　　辞。又问曰：文宜易宜难？必谨对曰：无难易，惟其是尔。如
　　是而已。

这里讲的是他继承古人传统所遵循的原则：就是师法古人，不在言
辞形迹，要注重它们的"意"。这里的"意"，是为文之意，即写文章
时所体现的规律与精神。接着论所谓求难求易。求"难"就是艺术
上精工雕饰；相反求"易"，则是朴拙直率。韩愈认为不存在求难求
易之分，只是要做到"是"，即形式恰当地表达内容，做得恰如其分。
在此基础上，他提出"尚奇"的主张：

　　　　……非固开其为此，而禁其为彼也。
　　　　夫百物朝夕所见者，人皆不注视也。及睹其异者，则共观
　　而言之。夫文岂异于是乎？汉朝人莫不能为文，独司马相如、
　　太史公、刘向、扬雄为之最。然则用功深者，其收名也远。若
　　皆与世沉浮，不自树立，虽不为当时所怪，亦必无后世之传也。
　　足下家中百物，皆赖而用也。然其所珍爱者，必非常物。夫君
　　子之于文，岂异于是乎？今后进之为文，能深探而力取之，以
　　古圣贤人为法者，虽未必皆是，要若有司马相如、太史公、刘
　　向、扬雄之徒出，必自于此，不自于循常之徒也。若圣人之道，
　　不用文则已，用则必尚其能者。能者非他，能自树立，不因循
　　者是也。

分析起来，韩愈的这段话，主要包含下列看法。第一，所谓"奇"，主
要是指文章的独创性。"奇"就是"非常"、"不循常"，即超越于平

庸、一般。宋祁曾指出："夫文章必自名一家,然后可以传不朽。若体规画圆,准方作矩,终为人之臣仆。古人讥屋下作屋,信然。陆机曰:'谢朝花于已披,启夕秀于未振。'韩愈曰:'惟陈言之务去。'此乃为文之要。五经皆不同体。孔子没后,百家奋兴,类不相沿。是前人皆得此旨。"(《宋景文公笔记》卷上)这可说是对"尚奇"的一个方面的解释。第二,从韩愈举的汉代文坛的例子看,这种创新又是文学表现上的创新,而不是经学范围内的事。第三,实现这种创新是要"深探而力取",即是需要艺术上的功力的。必须用功深,才能收名远。要敢于反抗世俗潮流,不怕为当世所怪。第四,这里的求"奇",并非是脱离实际的奇思异想,胡编乱造,它是"赖而用"的"百物"中的一物,只是引人注视的特异者,是人们珍爱的"非常"者。所以,"奇"、"正"二者又是结合在一起的。前人不理解韩愈看法的辩证内容,李安溪曾这样评论:"唯其是,则真所谓布帛之华、菽粟之味矣。又曰:必有以异于物而非常物者,然后为异而可珍爱,前后义理未免有几微牴牾之处。若孔、孟之言,必无此病。"(见何焯《义门读书记·昌黎集》卷三)按这种看法,"奇"与"正"则是对立的。但韩愈的理解却较辩证、较全面。正如楼钥所说:"柳子厚之称韩文公,乃曰'文益奇',文公亦自谓'怪怪奇奇'。二公岂不知此。盖在流俗中以为奇,而其实则文之正体也。宋景文公知之矣,谓其粹然一出于正……韩文公之文,非无奇处。正如长江数千里,奇险时一间见,皆有触而后发。使所在而然,则为物之害多矣。"(《答綦君论文书》,《攻媿集》卷六十六)清人刘熙载更说:"昌黎以'是'、'异'二字论文,然二者仍须合一。若不异之'是',则庸而已;不是之'异',则妄而已。"(《艺概》卷一《文概》)韩愈正是在文章写作中求"是"与"异"两个侧面的统一的。

　　这样,韩愈文风"尚奇"的追求,实际上又表现为他对文学特殊规律和文章创新的一种理解。

二

韩文雄健的文风,可以分为"雄"与"奇"两个侧面来讲。这一节先讲"雄",即雄肆横放,气势浩大。

曾巩称赞韩文的笔力:"韩公缀文辞,笔力天乃授。并驱六经中,独立千载后。"(《杂诗五首》,《元丰类稿》卷四)张邦基记载:"(李)文叔尝有杂书论文章之横云:予尝与宋遐叔言,孟子之言道,如项羽之用兵,直行曲施,逆见错出,皆当大败,而举世莫能当者,何其横也。左丘明之于辞令,亦甚横。自汉后千年,唯韩退之之于文,李太白之于诗,亦皆横者。"(《墨庄漫录》卷六)方东树则说:"韩公当知其'如潮'处,非但义理层见叠出,其笔势涌出,读之拦不住,望之不可极,测之来去无端涯,不可穷,不可竭。当思其肠胃绕万象,精神驱五岳,奇崛战斗鬼神,而又无不文从字顺,各识其职,所谓'妥贴力排奡'也。"(《昭昧詹言》卷九)这都从不同角度说出了韩文笔力雄健的特征。

雄健的笔力,首先出自于文章中力抵千钧、横贯六合的气势。韩愈是讲究"气盛言宜"的。他提出的"文气"说,与"养根俟实"相联系,是从孟子的"养气"说发展来的。孟子讲"养吾浩然之气",又说这浩然正气是"集义所生"。也就是道义在身,就无所畏惧,发之于言论文章,也就纵横皆宜,无施而不可。韩愈自恃其道得孔、孟的真传,自信其言行为孟子以后的第一人。这虽不免过于浮夸,但这种自信心、道义感却真诚可嘉。我们看他的《原道》,一上来就给仁、义、道、德下了简洁明快的定义,然后就说"道有君子小人,而德有凶有吉"。这已隐然把儒道之外的一切思想、学说贬之为非"道"。再进一步揭发老子之小仁义为"坐井而观天",进而论断"其所谓道,道其所道,非吾所谓道也;其所谓德,德其所德,非吾所谓

德也"。则老子所云"道德",就成了"一人之私言"。就此,势如破
竹,节节而下,树立儒道正统,对佛、道加以猛烈抨击。而细研究起
来,韩愈对佛、道并没有从理论上进行深刻地剖析,对自己的主张
也没有进行细密地论述。他自信真理在自己手中,就一气直下,大
胆破立。这是以气势取胜。再如他的《论佛骨表》也是同样。韩愈
反佛的基本出发点是卫道——维护儒学正统。他在文章一开始就
做出明确的论断"伏以佛者,夷狄之一法耳"。这样他首先明确了
华夷之辨,又否定了佛法至高无上的地位。以下,历数佛法之害,
凌厉风发,高屋建瓴。直到最后,要把"佛骨"这"朽秽之物""付之
有司,投诸水火,永绝根本。断天下之疑,绝后代之惑。使天下之
人,知大圣人之所作为,出于寻常万万也。岂不盛哉!岂不快哉!"
并表明了自己誓死不回、无所畏惧的态度。由于文章中凝集了对
道义的自信,由于韩愈的那种高度的历史感与斗争精神,使这些作
品的语气文情流露出不容辩驳的说服力量。

　　韩愈散文在立意上善于先声夺人。刘熙载说:"战国说士之
言,其用意类能先立地步。故得如善攻者使人不能守,善守者使人
不能攻也。"(《艺概·文概》)韩愈也正是如此。他先把道理揽到自
己一边,自己站在高处,谈起问题就高高在上,迎刃而解了。例如
他早年的三篇《上宰相书》,这本是干禄之作,乞求之词,事实上自
己处在卑微的被动地位。但他在第一篇上书开头,就先提出《诗
经·菁菁者莪》一篇,阐述"君子能长育人材,则天下喜乐之矣"的
"经义",让对方处在被动地位,自己好像是评判者。第二书,以蹈
水火之危亡被见救为比,又把对方是否援引自己看作是能否救人
于水火的表现,这又对上书十九日而不得报,表现出愤多于怨。第
三书一开头又引"周公之为辅相,其急于见贤也,方一食,三吐其
哺,方一沐,三捉其发",又拿周公为自己立论的根据,给对方树立
了一个标杆,自己俨然与周公站在同样的高度。这样的作品,后人
讥之为热衷仕进,以至斥为不知耻。但在写法上,却是意气旺盛,

并没有卑躬屈膝之态。相似的，如《为人求荐书》，以善材、良马之遇匠石、伯乐为譬："某闻木在山，马在肆，遇之而不顾者，虽日累千万人，未为不材与下乘也。及至匠石过之而不睨，伯乐遇之而不顾，然后知其非栋梁之材、超逸之足也。"这实际是逼着对方拿出匠石、伯乐的眼光与手段，而自居于善材、良马的地位。他的《潮州刺史谢上表》，人们讥为"当论事时，感激不避诛死，真若知义者；及到贬所，则戚戚怨嗟，有不堪之穷愁，形于文字"。但就是在这篇文章中，他首先陈述自己到任治事，把自己描绘成一个循吏。下文一方面表白"酷好学问文章"，可以成就"铺张对天之闳休，扬厉无前之伟迹"的大业；另一方面又揭露天宝之后"政治少懈，文致未优，武克不刚"，写到宪宗功业，虽多谀语，但也有期许、责成之意。所以，全篇文字在语气上还是健旺的。韩愈的文章有不少矜心作意、自我夸饰之处，如吹嘘自己世无孔子不当在弟子之列等语。但这些地方，往往使人感到其性情的天真可爱。至于论道的迂腐之处，那是另一方面的问题。

　　此外，雄健的笔力还得之于结构上的纵横自如，恢诡多变。他的文章有法而无法。借用苏轼的一句话，可以说是"出新意于法度之中，寄妙理于豪放之外"的。他心中树立着、遵循着大的艺术规范，但并没有定下枝枝节节的死的公式。他的文章多是沉着痛快，信笔挥写。因而也就没有起、承、转、合一段陈套。有些文章几乎一句一意，贯串起来，形成为一个整体。有些文章错接横出，奇思坌涌。他的文章很少是平铺直叙，呆滞陈腐的。关于结构的具体问题，将另有专节讨论。

三

　　再论韩文文风"奇"的一面，即奇突不凡，耸动观听。

　　韩愈本人对于"尚奇"一点有较多的论述。结合他的创作实际，我们看到他这方面的主张，内涵是相当丰富、深刻的。

　　首先，所谓"奇"，就是新奇、新异，也就是忌凡俗，出新意。韩愈本来是标榜"复古"的，实际上他对"古人"绝不体规作圆，准方作矩。他"师其意不师其辞"，就是要求艺术表现的创新。他广泛地学习古人的艺术经验。但如方东树说："文章之道，必师古人，而不可袭乎古人；必识古人之所以难，然后可以成吾之是。善因善创，知正知奇。博学之以别其异，研学之以会其同。"（《答叶溥求论古文书》，《仪卫轩文集》卷七）韩愈的"古文"正是继承了先代散文优良传统（即"会其同"）又有所独创（即"别其异"）的新"古文"。他反对"俗下文字"，自有别于平庸凡俗之流。他在《国子助教河东薛君墓志铭》中说："君少气高，为文有气力，务出于奇，以不同俗为主。"《故江南西道观察使赠左散骑常侍太原王公墓志铭》说："公所为文章，无世俗气，其所树立，殆不可学。"《韩滂墓志铭》说："清明逊悌以敏，读书倍文，功力兼人。为文词，一旦奇伟骙长，不类旧常。"这都强调文章的不同"俗"。在他看来，骈文的浮靡婉俊的文风是俗下的，一切陈辞滥调都是鱼馁而肉败、庸俗可厌的。他要在凡庸之外独树异帜。因此他的《东都遇春》诗说："饮啄惟所便，文章倚豪横。"他在《送无本师归范阳》称赞贾岛："无本于为文，身大不及胆。"他肯定写作中那种标新立异的胆略。宋祁评论说："柳州为文，或取前人陈言用之，不及韩吏部卓然不丐于古，而一出诸己。"（《宋景文公笔记》卷上）"韩退之《送穷文》、《进学解》、《毛颖传》、《原道》等诸篇，皆古人意思未到，可以名家矣。"（同上卷中）韩愈的创作不论内容还是形式，多做到杰特新异，雄豪不羁，扫除了陈旧庸俗的气息。

　　其次，他所谓"奇"，还表现为"深"，即忌浮薄，求深刻。由于艺术上的精深，自然超出流辈而独创高格。他在《进学解》中有两句著名的自负语："记事者必提其要，纂言者必钩其玄。""玄"即幽玄，

也就是"张皇幽眇"中的"幽眇"。《雨中寄孟刑部几道联句》诗中有
句云:"研文较幽玄,呼传骋雄快。"所谓"幽玄",就有表达深微的含
意。韩愈《重答张籍书》说:"昔者圣人之作《春秋》也,既深其文辞
矣……"他写信给袁高称赞樊宗师,说"又善为文章,词句刻深,独
追古作者为徒"(《与袁相公书》)。《欧阳生哀辞》中,又称赞欧阳詹
"文章切深"。这里所谓"刻深"、"切深",首先是指内容,即作品的
主题思想应当是深刻的,而不是浅薄的。同时在表达上也要有深
度,不能是空疏肤廓、浅露无余的。文章写得深刻,自然会超群出
众,也就会有奇异的气象。韩愈本人在这方面是做出了巨大的努
力的。他不仅能写出较深刻的思想,而且在表现上善于造成千回
百转、层峦叠嶂的形势,求得艺术上的深度。

　　第三,所谓"奇",还表现为"变",即忌板滞,求新变。文章的思
想内容在变化,艺术形式必须不断地有新变。骈文搞成了固定的
"程式",就失去了新变的可能。拟古也不能出新变。韩愈创作贵
变化。一方面,对前人、对同时代人求新变;另一方面,自己的文章
篇篇力求有新变。宋景濂《浦阳人物记·文学篇》说:"于房论文有
曰:'阳开阴阖,俯仰变化,出无入有,其妙若神。'何其言之善也。
盖文主于变。变而无迹之可寻则神矣。司马迁、班固、韩愈之徒号
为文章家,其果能易此言哉。"(转引《睿吾楼文话》卷十)刘大櫆说:
"文贵变。《易》曰:'虎变文炳,豹变文蔚。'又曰:'物相杂,故曰
文。'故文者,变之谓也。一集之中篇篇变,一篇之中段段变,一段
之中句句变。神变,气变,境变,音节变,字句变。惟昌黎能之。"
(《论文偶记》)这种变,一方面是有意出新,同时也是艺术独创性的
要求。韩愈所谓"不专一能,怪怪奇奇",就有丰富多变的意思。他
曾自负地说:

　　　凡自唐虞已来,编简所存,大之为河海,高之为山岳,明之
　　为日月,幽之为鬼神,纤之为珠玑华实,变之为雷霆风雨,奇辞
　　奥旨,靡不通达。(《上兵部李侍郎书》)

他在《南阳樊绍述墓志铭》中说：

> ……然而（词）必出于己，不袭蹈前人一言一句，又何其难
> 也。必出入仁义，其富若生蓄，万物必具，海含地负，放恣横
> 从，无所统纪。然而，不烦于绳削而自合也。

《送权秀才序》又说：

> 其文辞引物连类，穷情尽变，宫商相宣，金石谐合。寂寥
> 乎短章，春容乎大篇。

从这些议论可以看出，韩愈在文章内容、体制、表现方法以至音节上，都要求丰富多彩，而反对刻板划一。他在创作上追求奇变，造成了他的散文艺术丰富多彩的洋洋大观。柳宗元曾把他与扬雄相比，说："雄文遣言措意，颇短局滞涩，不若退之猖狂恣睢，肆意有所作。"（《答韦珩示韩愈相推以文墨事书》，《柳河东集》卷三十四）张末说："韩退之穷文之变，每不循轨辙。"（《明道杂志》）

第四，所谓"奇"，还表现为讲究修辞，即忌枯淡，求辞采。韩愈的"古文"之所以应视为文学散文，很重要的一条是它们在表达上具有高度艺术性，其中包括讲究词藻。例如《原道》，如果仅从内容看纯是哲学论文；但我们也把它看作文学散文，因为作者并不满足于达意而止。他进行了多方面的艺术加工，是在进行艺术创造。韩愈反对俗下文字的绣绘雕凿，但他本人又喜欢奇词异语，力求言词的新颖与精美。他一方面要求"丰而不余一言，约而不失一辞"（《上襄阳于相公书》），遣词造句要极其精审准确；但另一方面他又赞扬"文丽而思深"（《与祠部陆员外书》）、"才子富文华"（《送郑十校理序》）。他批判六朝文风靡丽，但自己却不废华词丽藻。喜出新语是他的行文的主要特征之一；喜用奇辞是他造成雄健文风的一个手段。

此外，他所谓文章的"奇"还与"古"（如《举荐张籍状》："文多古风"等）、与"气"（如《唐河中府法曹张君墓碣铭》："为文辞有气"等）

等相关联,这里就不赘述了。

韩愈"尚奇"之成功,在于他限制在一定的条件下,即前面说的奇正相生。这里主要有两点:一是内容决定形式,形式服务于内容,语言形式之"奇"要有助于内容的表达,不是故事趋奇走险;二是"奇"要有一定限度,例如使用奇辞奥句,要符合语言的一般规律,要有助于人们加深对文章的理解。王若虚说:"陈后山曰:'扬子云之文,好奇而卒不能奇,故思苦而辞艰。善为文者,因事出奇。江河之行,顺下而已,至其触山赴谷,风搏物激,然后尽天下之变。子云虽奇,故不能奇也。'此论甚佳,可以为后学之法。"(《滹南遗老集》卷三十四《文辨》)这里就有求"奇"的辩证法。过分趋奇就变成了艰涩险怪,就不成其为艺术上的真奇了。韩愈在这两个关系上处理得较好,是他艺术上的一个成就。不过他也存在过度求奇的缺陷,留给后继者一些消极东西,这在以后另加说明。

四

我们讲韩愈雄奇的文风,"雄"与"奇"是两个侧面,又是合而为一的。无奇之雄,就要流于怒张;无雄之奇,就要流于险怪。惟二者统一起来,才雄深雅健,千汇万状,在意气奋飞中显出异态百出之妙。

雄奇的文风造成了巨大的艺术感染力量。艺术是要以情动人的,是应当给人以美感的。雄奇的文风耸动人的心目,容易给人以强烈的感受。韩愈很重视诗人的这种感染力。他在《上襄阳于相公书》中,称赞于頔的诗文给人以临泰山、窥巨海的强烈印象。他在《贞曜先生墓志铭》中评孟郊诗:

及其为诗,刿目鈌心,刃迎缕解,钩章棘句,搯擢胃肾,神

　　施鬼设,间见层出。

这可以看出他的美学观。实际上也表明了他创作上的艺术追求。他本人的创作,正具有那种不同凡响的强烈的艺术效果。柳宗元称赞他的《毛颖传》,说它给人以"若捕龙蛇,搏虎豹,急与之角而力不敢暇"的印象;针对当时有些人嘲笑这篇作品,他又指出"世之模拟窜窃,取青媲白,肥皮厚肉,柔筋脆骨,而以为辞者之读之也,其大笑固宜"(《读韩愈所著〈毛颖传〉后题》,《柳河东集》卷二十一)。这也表明了当时文坛上两种对立的美学观和韩愈领导文坛创造新的雄奇文风的作用。统观韩愈创作,不仅是如《毛颖传》那样的"以文为戏"的作品善于用新出奇,就是那些论理文字也以雄奇的文笔给人以强烈的感染。

　　韩愈的这种文风作为文章风格,也代表了他所生活的时代风气。就是说,这是时代精神风貌的一种反映。袁枚曾说过:"大抵唐文峭,宋文平;唐文曲,宋文直;唐文瘦,宋文肥;唐人修词与立诚并用,而宋人或能立诚,不甚修词。"(《与孙俌之秀才书》,《小仓山房文集》卷三十五)这大体上是人们对唐、宋文的一般看法。只是讲宋人"不甚修词"却是未必。宋人很讲究修词,往往由于过分修词所以趋于平正,而失去了唐人雄肆放荡的特色。韩愈的文风正由于代表了当时文坛潮流,所以才能造成那样大的影响。到了中唐时期,虽然社会上已经矛盾丛生,危机四伏,但大唐帝国的声威犹在,"开天盛世"仍留存着余晖。当时部分文人的精神世界仍然振奋高扬。例如韩愈,不管他思想多么迂腐,政治多么保守,但他一生却坚持一种理想,保持着治世的热忱与自信。这种精神是当时不少人都有的。这种高扬的精神,体现在诗文中,就是雄肆奇警,而不尚平实以至寒俭。从这个意义上说,韩愈是更充分地代表了他的时代的。例如同时的柳宗元,文风就显得幽峭瘦硬,不像他那样豪气喷涌。

　　从文学散文的角度讲,这种雄奇文风所显示的文学的独创性,又从一个侧面反映了文学散文作为艺术创作的特征。吴汝纶说过："说道说经，不易成佳文。道贵正，而文者必以奇胜。经则义疏之流畅，训诂之繁琐，考证之该博，皆于文体有妨。故善为文者，尤慎于此。退之自言'执圣之权'，其言道止《原性》、《原道》等三篇而已。欧阳辨《易》论《诗》诸篇，不为绝盛之作，其他可知。"(《与姚仲实》，《桐城吴先生全书·尺牍》卷一)这里实际上指出了说经的学术文字与文学散文在文风要求上的不同。"文如看山"，必须层峦叠嶂，给人以寻幽探胜的乐趣，仅止于"辞达"显然是不够的。文学要创造形象(对论理散文说，是使用形象化的语言)，要给人以美感，就不能满足于平实地达意。宋人的散文自有它们的成就，有其不可抹灭的长处，但在文风这一点上说，所表现的文学的创意是逊于唐人的。韩愈创造雄气的文风，从这样的意义看，是符合散文发展的规律的，从而在中国散文的发展上有其特殊的价值。

　　韩愈"尚奇"的理论，在含义上有不确切之处；实践这个理论，也有一定的缺点、局限。特别是在有些文章中，他有意追求奇词怪字，有时使语言的表达流于生涩。这方面的缺欠，被他的友人、后学樊宗师、皇甫湜等发展，形成了"古文"中追求奇险的一派。"古文运动"的分化，成为以后晚唐五代骈体回潮的一个原因。这与韩愈理论与实际上的缺陷有一定关系。这也是应当引为教训的。

第五章　写作技巧(一)

　　前面曾提到,古人高度评价韩文艺术,说他是"集大成"者。所谓"集大成",一方面当然是指他在对待前人艺术成果上能够转益多师,兼容并包;另一方面也意味着他的创作浑涵万状,丰富多彩。苏轼说:"知者创物,能者述焉,非一人而成也。君子之于学,百工之于伎,自三代历汉至唐而备矣。故诗至于杜子美,文至于韩退之,书至于颜鲁公,画至于吴道子,而古今之变、天下之能事毕矣。"(《书吴道子画后》,《经进东坡文集事略》卷六十)这是指前一方面说的。秦观说:"夫所谓文者,有论理之文,有论事之文,有叙事之文,有托词之文,有成体之文……钩列、庄之微,挟苏、张之辩,摭班、马之实,猎屈、宋之英,本之以《诗》、《书》,折之以孔氏,此成体之文,韩愈之所作是也……杜氏、韩氏,亦集诗文之大成者欤!"(《韩愈论》,《淮海集》卷二十二)这着重指出了后一方面。在广泛地继承传统的基础上创新,创新中又表现出多方面的成就,这就如林纾所说:"韩者集古人之大成,实不能定以一格。"(《春觉斋论文》)这样,韩愈散文的艺术成就是多方面的,很难限制在几点上来加以概括;加之真正的艺术是与一定的框框相敌对的,不能把韩文的艺术归结到他所反对的"程式"中去。所以,我们谈韩文的艺术手法,只是勉为其难地分析一些大的特征而已。

　　如果给韩愈文章分类,可以按一定的文学标准划分:哪些是文学散文,哪些是学术文章、应用文章。正如前面指出的,这种区分碰到一些具体作品是很难下定论的。笔者在本书中的原则是尽量把文学散文的范围划得宽一些。除了《论变盐法事宜状》这样的纯应用文字外，根据中国古典散文史的实际，大体都划到文学散文的范畴之中加以讨论。就文学散文内部讲，还可以分为杂文、传记散文、抒情散文，或者分为论理的、叙事的、抒情的等等。这些划分也有弊病，结合到韩文的实际也难免格碍不通。例如他的碑志，大体可看作是传记文，但也有以议论为主的；他的书序，既有叙事为主的，也有议论文章。所以，我们这里讨论韩文艺术，避开这个体裁分类问题。这一章先谈他的基本行文技巧，即议论、记叙、描写、抒情的艺术。下一章，再分析具体写作手法。

自明代唐宋派讲"开阖首尾、经纬错综之法"（唐顺之《董中峰侍郎文集序》，《荆川先生文集》卷十），直到桐城派讲"义法"，都想寻求出"古文家"们创作的具体轨范，结果都不同程度地把"古文"写作艺术纳入到一定的框子里。他们的许多见解可以吸取，他们的这种流弊则应当避免。但是既然要探讨写作艺术，还是要归结到一定的方法；然而这却不应当是死法、教条。这就应当掌握有法而无定法的辩证法。以下是笔者的尝试。

精辟而形象的议论

宋人李涂比较韩、柳、欧、苏文风的特征，得出过"韩如海、柳如泉、欧如澜、苏如潮"（《文章精义》）的结论。韩愈文章，确实有海一样的磅礴浩大的气势。这种气势，在他的雄辩有力、变化无方的议论中表现得特别明显。

韩文善议论，这是继承了古代散文发展的传统。中国古代散文积累起丰富多样的议论技巧。先秦诸子散文，是中国早期散文的重要分枝。当时百家争鸣,各家都在辨理论事上呈能献巧。自西汉晁错、贾谊以后,发展起与经学分途的、富于文学性的政论、史论、文论以及其他各种内容的议论文,出现了论说、辨难、对问等多种多样的议论文体裁。而对韩文议论起重大影响的有三种成分。一是纵横家。《国语》、《国策》记载战国时期策士纵横捭阖之言,恢诡奇崛,痛快淋漓,特别是多用问对,多以层层翻驳的形式说理,这也正是韩愈善用的方法。如所谓先占地步,就是战国策士们的技能之一。加之韩愈为人处事,曾被评论为"喜人附己,恶人异己……秦汉之间尚侠行义之豪隽耳"(王楙《野客丛书》卷三)。在他的议论中同样显示了这种性格。二是名法家。恽敬说:"韩退之自儒家、法家、名家入,故其言峻而能达。"(《〈大云山房文稿二集〉自序》)名、法家在发展逻辑学方面是有贡献的;他们的文章在逻辑辨析方面很有特长。刘勰说:"魏之初霸,术兼名、法,傅嘏、王粲、校练名理。"(《文心雕龙·论说》)李充说:"研核名理,而论难生焉。论贵于允理,不求支离,若嵇康之论,成文美矣。"(《翰林论》,《太平御览》卷五九五)魏晋文风,清峻通脱,是得力于名、法的。韩愈也继承了这个传统。第三是玄学与佛学。魏晋以后,玄学的发达和佛教的传播更成为刺激散文中议论成分发展的有力的因素。玄学以分辨有无本末为中心课题,它使用的主要方法是架空的逻辑论辩。而佛教义学发展起繁琐细密的论理,更给中国的议论文字以刺激。例如范晔的《神灭论》,批判佛教神不灭论,就用了严密的逻辑推理方法。而他的方法,包括问答的方式,以至薪火之喻,都是借鉴了佛书的。随着佛教,输入了因明即佛教逻辑,陈、隋以后到佛教大师玄奘,完整传译了无著、世亲、陈那等人的因明,给中国逻辑思想增添了新内容,对中国人的逻辑思维发展是个很大的推动。而由于佛学的传布和中国传统道教的发展,造成了儒、佛、道三教的长期而激烈的冲突与论辩。这不但丰富了中国思想史的内容,锻炼了论战各方的思想,而且也刺激了论辩与表达技巧的发展。

唐宋"古文"在议论技巧上有长足的进步,在文章中议论成分大大增加,与以上三个方面相关。韩愈则表现得更为突出。

韩愈又生活在一个政治斗争与思想斗争十分激烈的时代。时当"安史之乱"之后,社会上诸种矛盾错综发展。他少年时遇到战乱,后来又参与了德宗朝末期到宪宗朝的朝廷内部斗争与平藩战争。在社会转变期中,各个阶层都要表达自己的见解和立场。韩愈志在"明道",勇于"立言",本人兼有政治家与思想家的品格,他自觉地以"古文"为兴功明理的手段,因此写作时也特别用力于议论辨难。他的议理论事、讲学谈文的文字,是他整个创作中最有力量、最见功力的部分之一。这包括"五原"、《师说》、《讳辨》、《争臣论》那样的议论文;也包括《论佛骨表》那样的应用文;他的书、序,不少是以议论为主的,如《答孟尚书书》、《送孟东野序》等。而序的一体大量入议论,是唐宋人创造的变体,也是韩愈首开风气。他的有些墓志,也大量运用议论,这更不同凡俗。再有就是他的杂文,如《杂说》、《进学解》、《获麟解》等,更以精彩而多变的议论见长。

韩愈的议论的优点,首先在概念的明确、判断的准确、论证的详密、有说服力等方面,大大超过了前人的水平,从而形成了条理清晰、逻辑严整的特点。这显示了思维发展的水平,同时又表明了他的表达能力。先秦散文,限于当时人思维发展的水平,在概念的使用上一般地说是不那么严密精细的。例如在儒家经典中,就是一些作为理论基础的重要概念,如"道"、"义"、"仁"等等,意义与内容也不是那么明确。墨家和名、法家在概念辨析上水平则较高。到了佛教义学输入中国,带来了一套非常繁复的概念分析方法。佛教教义本来充满迷信与诡辩,但它的富有思辨色彩的论证方法,对中国人的思维能力的提高却是一个推动。例如,中国本有的玄学是论空有问题的,但大乘般若空宗讲"空"观,就有我空、法空、我法俱空、生空、顽空、断灭空、无记空以至四空、六空、十三空、十八空,等等。这不能仅看作是概念游戏。实质上是在对"空"的认识上有了更细密的分别。又如佛家解释概念有所谓"带数释"：六根、六识、六尘（境）、十八界，等等，能对一个现象（例如"识"）从各个角度来分析、认识。佛教义学的这种用繁琐概念堆砌起来的"理论"大厦，本是宗教唯心主义的思想体系。但它在逻辑运用上的进步是不可抹杀的。例如那种从概念分析出发来论证问题的方法，就被中国文人所借鉴。韩愈在议论中就常用这种方法。《原道》，这是讲根本世界观的大问题的，但它的开头即论述的出发点这样写道：

> 博爱之谓仁，行而宜之之谓义，由是而之焉之谓道，足乎己无待于外之谓德。仁与义为定名，道与德为虚位。故道有君子小人，而德有凶有吉。

这样，他先给仁、义、道、德定下义界，然后又分别出所谓"定名"与"虚位"。有了仁与义为"定名"，才为下文批判道家的"圣人不死，大盗不止"的太古无为之道与佛家的"灭其天常"的"夷狄之法"准备了依据；有了道与德为"虚位"，才使圣人之道与佛、老之道相区别。在这样的基础上，才能树立起自己传道的正统，并批判在"道"的问题上"不求其端，不讯其末"的危害。《原道》的内容很复杂，涉及许多重大理论问题。韩愈的这篇文章观念上有相当的保守性。这个开头历来也有不少人批评，以至说他"开口即误"（马叙伦《读书小记》卷一）。其中论儒道传承，是后来"道统"说的滥觞；而"'道统'二字，是腐儒习气语"（袁枚《答是仲明》，《小仓山房尺牍》卷六）。但就《原道》开头这一段的立论方法说，确实很有特点。特别是"定名"、"虚位"之分，严格区别了概念的虚、实。这是韩文利用概念进行演绎的一个例子。"五原"中的《原人》，也是先辨析天、地、人的含义，由此推引出对于人应"一视而同仁，笃近而举远"的结论。他的另一篇名作《师说》，也是从概念辨析上入手：

> 古之学者必有师。师者，所以传道、授业、解惑也。人非

生而知之者,孰能无惑? 惑而不从师,其为惑也,终不解矣。

这里给"师"先下定义。这个定义从思想内容上看是很新鲜的:传道与授业并举,表明作者在重"道"之外对于"业"(即古文六艺之业)也是非常重视的。这也反映了他的世界观的弘通的一面。而从文章结构上看,正是从"师"的这个定义出发,由解惑之重要,说到研习艺业之必须从师,再归结到传道,从而有力地论证了重师道对于发扬儒道之重要。甚至如《杂说》第四篇俗称《马说》那样的杂文,讲识别与培养人才的问题,用了伯乐与千里马的譬喻,也是通过对凡马与千里马、马的形与质的辨析,以明确的概念为论说的基础的。在议论中,概念是基本的成分。只有概念清楚明确,判断、推理才能准确,文章表达才能清晰明快,是非清楚。在这方面,韩愈很有长处。

韩愈论证时善于使用归纳的方法。他往往用大量的事实(有时是典故,有时是虚拟的事例)来进行归纳,从而增强了论辩的力量。在他的文章中,这些事例往往一方面是论据,另一方面也是加强语气文情的手段。例如《讳辩》,是为友人李贺举进士受到一些人以避讳为借口加以阻挠的辩诬之作。文章词足理胜,归纳的方法用得极好。李贺父名晋肃,因此与之争名者诋毁他,认为他应避"进"字(与"晋"谐音)讳,不可举进士。这是滥用避讳规定限制后进,因而引起韩愈的反驳。韩愈的文章有破除陈规、推引贤才的用意。他进行驳辩,首先举出唐代现行的"律"以为依据,然后归结到李贺的具体情形来对照,反问说:

今贺父名晋肃,贺举进士,为犯二名律乎? 为犯嫌名律乎? 父名晋肃,子不得举进士;若父名仁,子不得为人乎?

接着,他又列举古代圣贤名人事例,又用"宦官宫妾"做对比,从古代讲到近代,引导出自己的结论。他用做归纳的事实,出以变化之笔。茅坤评论:"自周公作律至此凡十一事,变作八样句法,极错综辨证。""此文反复奇险,令人眩掉,实自显快。前分律、经、典三段,后尾抱前辨难。又因三段中时有游兵点缀,便足迷人。"(《唐宋八大家文钞·韩文公文钞》卷十)此外,他所举事例,又正反兼用,何焯说"妙在将讳字对面纵开","上下俱从不讳翻到讳,此从讳翻到不讳。"(《义门读书记·昌黎集》)这样正反面兼攻,也加深了结论的力量。所以前人评论这篇文章"反复抑扬,论辩甚力,其布置机轴,盖出《孟子》"(《全唐文纪事》卷四十七引《考古质疑》)。张裕钊评其结尾:"收处极文章之能事。介甫所谓'飘风急雨之骤至,轻车骏马之奔驰',最得其妙"(转引马其昶《韩昌黎文集》校注第一卷)又如他的著名的《论佛骨表》,以气势磅礴、批驳有力见长。但他实际上并没有从理论上对佛教教义深入批判,所以有人说他只是"辟俗僧狂道"(何伟然《广快书》卷四十一引《照心犀》)。这正如他论避讳也没有能从道理上深入讲清其本质与危害一样。然而文章一上来就列举自黄帝开始到梁武帝十五个帝王的事例,证明上古未尝有佛而帝王福寿康宁,后世事佛渐谨而乱亡相继、国祚短促,所以"事佛求福,乃更得祸","佛不足事,亦可知矣"。为什么帝王不信佛则长寿,信佛则短命,韩愈并没有讲出道理。实际上人的寿命与事佛与否根本无关,韩愈把二者联系起来在理论上犯了很大的毛病。何况尧、舜等远古杳渺传说,是难以作为典据的。但是韩愈一口气数出了这么些"事实",真是气盛言宜。另外,他在这里对问题的理论辨析上虽然极不深刻,但却抓住了佞佛人事佛求福这个要害,极力打击乞求佛的福佑的贪婪心理,指出佛教宣扬的祸福轮回之说的无稽,所以文章显得很有力量。他没有击中唐宪宗等人佞佛的理论上的要害,却击中了他们心理上的要害,所以才激怒宪宗,遭到远贬。下面揭露迎佛骨的弊端并加以批评,最后又引用孔子的话,对照"古诸侯"的行事,与前面正相回应。文章全篇巧于归纳。另外韩愈运用事实,又很讲究详略剪裁之法。如《送高闲上人序》,赞扬艺僧高闲的书法,暗寓批评佛教徒离俗超世的用意。其中说到，要想取得精湛的技艺——"巧智"，必须神定守固，专心致志，文中举了"尧、舜、禹、汤治天下，养叔治射，庖丁治牛，师旷治音声，扁鹊治病，僚之于丸，秋之于奕，伯伦之于酒"等八个例子，这是略举；然后又详叙张旭善草书，以这个事例做对比。事例有详有略，句法错综变化，造成累累如贯珠的印象。从而以事实批判了佛教徒出世的、颓废的人生态度。对于人的认识来说，个别的、具体的事实，是容易被感知的。在写文章当中，运用事实来论证，显得生动而有说服力。对于文学散文，更可以增强其形象性。韩愈在议论中善用归纳，正是发挥了这方面的长处。前面在举《论佛骨表》的例子时曾指出过，韩愈对佞佛的理论批判是欠深度的。对于理论分析来说，只列举事例是不够的，何况事例有确切与否的问题，有是否具有典型意义的问题。但是，韩愈归纳事实所带来的论辩力量，却在很大程度上补充了他的理论上空疏的缺陷。这也是他作为文学家比作为思想家更为成功的表现之一吧。

　　韩愈善于把立论和驳论结合起来。他不满于现实中的一些现象，所以多所破。但破中有立。破是为了达到卫道的目的。这就使他的文笔带有强烈的论战色彩。他的作品有的是破立双行的，如《原毁》。这是一篇批判当时社会舆论中喜好诋毁人的弊风的文章。一方面对人求全，则压制贤才；另一方面责己太宽，则骄横自是。文章以"古之君子"与"今之君子"相对比。一方面从反面着笔，批判毁人之根在忌，忌人之根在怠，节节搜出；相对照地指出君子则应责己重以周故不忌，待人轻以约故人乐为善。文章结构以"古之君子"、"今之君子"分为两大段，一立一破；然后求其本原，也是有立有破。全文"曲尽人情，巧处妙处，在假托他人之言辞，模写世俗之情状"（《全唐文纪事》卷七十引《文章轨范》），而尤其有力量之处就在于有破有立，以破显立。像《争臣论》则属于另一类型，是以破为主的。阳城是名士，贞元四年自隐居征谏议大夫，到任五年，一言未尝及于政。韩愈对他提出批评。后来阳城终因触犯权幸而贬官,是历史上直言极谏的名臣。因此后人对韩愈此文有各种议论。实际上,阳城其人若何?作为历史人物应如何评价?是另一问题。这篇文章是就阳城一时行事,以驳辩方式论谏官,论为臣之道的。全文"截然四问四答,而首尾关键如一线"(茅坤《唐宋八大家文钞·韩文公文钞》卷九)。第一段从"或问谏议大夫阳城于愈"开始,一问一答,批评阳城身居谏职不尽言责之不当。第二段以下,是批驳为阳城辩护的三种议论,组成三组问答,一是君子恶讪上者;二是君子不得已而起应守道不变;三是君子不欲加诸人,不应责人过严。韩愈就此三者,援引典据,一一批驳。从文章题目看,第一段文义已足,以下是正义已毕之后推波助澜的余论。而从文章的思想意义看,正是这样从阳城生发开去,才能触及为臣之道的广泛问题,作品也有了更为普遍的意义。这样,以破为立,以个别问题的辨析表达一般的道理,是有说服力的。后来欧阳修写《上高司谏书》、《上范司谏书》,都用了这种笔法。在批驳官场中那些卑污宵小之徒的激言厉语之中,表述了作者的人生理想,以至对整个社会问题的看法。

韩愈的议论,不只依靠逻辑力量,更善于使用形象的语言。他把描摹的技巧与比喻、象征等形象化手法用之于议论之中,就把抽象的道理说得特别具体、亲切。正因此,也就表现出这些文字不仅只是以说理论事为宗,作者又是有意识地利用富于美感的形象来感染读者的。这也是它们被认为是文学散文的原因之一。在中国文学史上,许多在立意上完全同于学术论文的文字,正由于大量使用形象化手法,而成为艺术创作。这也是涉及划分散文界限的一个特殊问题。例如《原道》,本来是一篇论"道"文字。从内容看是哲学论文。但它从表现技巧到语言运用,都与一般说经讲学的著述不同,而且很富于形象色彩。例如讲到儒、佛、道各"道其所道",先形容老子是"坐井而观天",说他守着井口看井水中反映的一角天空,因此所见者小。这就具体、形象地表明了道家见解的偏狭。

下面,再举佛入中国浸染毒化之速,说"老者曰"如何如何,"佛者曰"如何如何,而"为孔子者,习闻其说,乐其诞而自小也,亦曰……"这样设为对话,以生动的语气,描写出当时思想界的儒教衰微,庞杂无统。这与一般驳论文章简单地提出对方论点的方法很不相同。下面讲到儒家圣人之道为"相生养之道",说它具体体现于人伦日用之中:

> 古之时,人之害多矣。有圣人者立,然后教之以相生养之道,为之君,为之师,驱其虫蛇禽兽,而处之中土。寒然后为之衣;饥然后为之食;木处而颠、土处而病也,然后为之宫室;为之工以赡其器用;为之贾以通其有无;为之医药以济其夭死;为之葬埋祭祀以长其恩爱;为之礼以次其先后;为之乐以宣其湮郁;为之政以率其怠倦;为之刑以锄其强梗;相欺也,为之符玺、斗斛、权衡以信之;相夺也,为之城郭、甲兵以守之;害至而为之备;患生而为之防……

这样,他为读者展现了一幅原始人类生活的画面,描摹出圣人救世济民的具体情景。这种描写是否符合历史真实是另一个问题。就写法说,这就不是枯燥、抽象地说理的方法,而是生动、亲切地形容的方法。当然这里还没有创造出具体、个别的典型形象,而是一般的对整个情境的描摹。使用这样的描摹,也是韩愈议论文字利用形象笔法的特色。再下面批判佛教,也是具体、形象的:

> 帝之与王,其号虽殊,其所以为圣一也。夏葛而冬裘,渴饮而饥食,其事虽殊,其所以为智一也。今其言曰:"曷不为太古之无事?"是亦责冬之裘者曰:"曷不为葛之之易也?"责饥之食者曰:"曷不为饮之之易也?"

这是用了具体的比喻,又依据比喻造成反诘,从而也就形象地表达了自己的见解。假如具体分析起来,这里批判的"太古之无事"的"还淳还朴"的观点,是否像穿错了衣服、吃错了饭那样的荒唐,还值得讨论。也就是说，韩愈这种批判在逻辑上并不严密，但在生动性上是很突出的。《原道》全篇"出自己意，横说竖说，其文详赡抑扬，无所不可"（陶宗仪《南村辍耕录》卷九），"正譬杂逴，各无数语，笔力天纵"（茅坤《唐宋八大家文钞·韩文公文钞》卷九）。由于它具有较高的艺术技巧，特别是多用具体的、形象的文笔，使得这样一篇以论理为主的文字，同时成为具有一定艺术性的散文作品。而这种艺术性也加强了它的说服力量，在一定程度上甚至弥补了它逻辑论理上的缺陷。它在以后的思想史上产生重大影响，这也是一个重要因素。我们再看另一篇也是前面提到的议论文字《师说》。《师说》的结构是一头一尾，中间一段分三小节。开头一段揭示全文主旨，实际上文意已足；结尾一段说明作文缘起，是与论题无关的余论；中间自"爱其子"以下这三小节，举了三个例子，内容仅只是前文的具体化，但由于用了形象笔法，显豁生动，陡起如三峰插天：

　　爱其子，择师而教之，于其身也，则耻师焉，惑矣。彼童子之师，授之书而习其句读者，非吾所谓传其道、解其惑者也。句读之不知，惑之不解，或师焉，或不焉，小学而大遗，吾未见其明也。

　　巫医乐师百工之人，不耻相师。士大夫之族，曰师曰弟子云者，则群聚而笑之。问之，则曰：彼与彼年相若也，道相似也。位卑则足羞，官盛则近谀。呜呼，师道之不复可知矣。巫医乐师百工之人，君子不齿，今其智乃反不能及，其可[①]怪也欤！

　　圣人无常师。孔子师郯子、苌弘、师襄、老聃。郯子之徒，其贤不及孔子。孔子曰："三人行，则必有我师。"是故弟子不必不如师，师不必贤于弟子。闻道有先后，术业有专攻，如是

[①]"可"，据方如珪、吴汝纶校补。

　　而已。

吕祖谦《古文关键》评"古之圣人"一节："应前圣人且从师。此高一等说，翻前'人非生而知之'之意"；评"爱其子"一节："体贴亲切"；评"巫医乐师"一节："就鄙浅处说喻亲切。"从内容说，这里是举三个例证来具体发挥前面的意见；但由于使用了形象化手法，形象本身所包含的客观意义又加深了文章的内容。"爱其子"一节，用对子和待身相对比，说忽视明道、专重章句是"小学而大遗"，这有反对"章句"之学，提倡一家独断的通达学风的含意；"巫医乐师"一节，把一些不齿于士大夫的"贱类"与"士大夫之族"相对比，批判士大夫间耻于相师的狭隘风气，又流露出对品级制度的鄙视；"圣人"一节，以"今人"和"圣人"对比，一方面指出"今人"在从师问题上非圣人之徒，同时发挥"圣人无常师"的思想，又有否定"圣人"先知先觉的用意；其中承认孔子师老聃，与他不读非圣之书的主张和整个反佛、老思想相枘凿，显示了他思想上旁推交通的一面。这样看来，具体、形象的论述，不只在表达效果上可以更鲜明有力，而且如果形象的事例有现实的依据，那么它本身就会提供出一定客观内容，使理论论述更为丰富与深刻。黄震分析这一段说："前起后收，中排三节，皆以轻重相形：初以圣与愚相形，圣且从师，况愚乎？次以子与身相形，子且择师，况身乎？末以巫医、乐师、百工与士大夫相形，巫、乐、百工且从师，况士大夫乎？公之提诲后学，亦可谓深切著明矣。而文法则自然而成者也。"(《黄氏日抄》卷五十九)黄震的分段与前述分析略有不同，但他也强调了具体对比的论辩力量。何焯说："世得云无贵无贱，见不当挟贵；无少无长，见不当挟长；圣人出人也远矣，犹且从师，见不当挟贤。后即此三柱而申之。童子之师是年不相若者，引起世俗以年相若相师为耻；巫医、乐师、百工是无名位之人，引起世俗以官位不同相师为耻，而语势错综不露痕也。"(《义门读书记·昌黎集》卷一)这也分析了那种具体对比方法的作用。

谈到韩愈议论的形象、生动，不能不着重论及他的善于使用比喻。这在前面已经涉及。韩愈不仅多使用比喻手法，而且这些比喻大多贴切、新颖、显豁，并富于美感。比喻贴切才让人信服，才有感染力量。但如只能用陈腐的比喻旧套也不行，还得新鲜，有独创性；比喻过分曲折、深晦也不行，还得显豁，有助于将论旨更清楚、明白地表现出来。另外，就是它作为艺术手段，应给人以美感。我们以《答李翊书》作例子。这是一篇较系统地阐述作者文学观的理论文字，而文章巧用比喻。张裕钊评论它"笔阵奇恣，而巧构形似，精妙入微，与《庄子·养生主》篇绝相似"（转引马其昶《韩昌黎文集校注》卷三）。文章谈到作文章的修养功夫，用了"养其根而俟其实，加其膏而希其光；根之茂者其实遂，膏之沃者其光烨"两组比喻。在句法上互相穿插，造成表达意义上的层次。这个植物与灯烛的比喻，很好地说明了创作中主观修养的重要，直到今天对我们仍有启发。以下，他谈到自己作文渐进的过程，实际也是说明自己对如何写文章的体会，说：

> ……虽然，学之二十余年矣。始者非三代、两汉之书不敢观，非圣人之志不敢存，处若忘，行若遗，俨乎其若思，茫乎其若迷。当其取于心而注于手也，惟陈言之务去，戛戛乎其难哉！其观于人也，不知其非笑之为非笑也。如是者亦有年，犹不改，然后识古书之正伪，与虽正而不至焉者，昭昭然白黑分矣。而务去之，乃徐有得也。当其取于心而注于手也，汩汩然来矣。其观于人也，笑之则以为喜，誉之则以为忧，以其犹有人之说者存也。如是者亦有年，然后浩乎其沛然矣。吾又惧其杂也，迎而距之，平心而察之，其皆醇也，然后肆焉。虽然，不可以不养也。行之乎仁义之途，游之乎《诗》《书》之源，无迷其途，无绝其源，终吾身而已矣。气，水也；言，浮物也。水大而物之浮者大小毕浮，气之与言犹是也。气盛，则言之短长与声之高下者皆宜。

这里讲气盛言宜，是对古来"文气"说的具体发挥，也是对前面养根
俟实要求的具体说明。讲"文气"，用水大浮物为喻，很新颖鲜明。
最后两句是结论。而整个前面的论述实际都以流水做比喻，如"取
于心而注于手"、"汩汩然来"、"浩乎其沛然"、"游之乎《诗》、《书》之
源"等。作者在这里暗示文思如流水，很能突显出创作灵感来临时
文思不绝如缕的情形。用流水的不同情况做喻，也鲜明地写出了
创作思想的不同状态。姚鼐和张裕钊都曾说这篇文章是学《庄子》
的。这特别体现在巧用比喻这一点上。再看他的另一篇议论文字
《守戒》。这是一篇正面抨击强藩割据的文章。韩愈在这里提出藩
卫王室主要在得人，是针对当时朝廷采取以藩治藩的错误政策而
发。如不能得人，只靠一个藩镇的武力去对付另一个藩镇，即使暂
时成功，也如驱狼引虎，终无宁日。韩愈的这种见解是精辟的。他
表达这种见解，用了一系列比喻。他先说反面：

> 今人有宅于山者，知猛兽之为害，则必高其柴楅，而外施
> 陷阱以待之；宅于都者，知穿窬之为盗，则必峻其垣墙，而内固
> 扃镝以防之。此野人鄙夫之所及，非有过人之智而后能也。

这用了两个比喻，一方面暗示那些跋扈的强藩如猛兽、强盗；另一
方面暗示朝廷仅取消极防范态度之不当。接下来文章层层转折，
断续起落，直接点出"彼之屈强者""暴于猛兽穿窬也甚矣"的道理。
后面又连用三个比喻：

> 贲育之不戒，童子之不抗；鲁鸡之不期，蜀鸡之不支。今
> 夫鹿之于豹，非不巍然大矣，然而卒为之禽者，爪牙之材不同，
> 猛怯之资殊也。

贲育，古代的力士。贲育如果没有准备，就比不上童子。鲁鸡，大
鸡；蜀鸡，应为"越鸡"之误，小鸡。越鸡不能伏鹄卵。但如鲁鸡不
能符所期望，就比不上越鸡。这就形象地指明了朝廷上有所警戒
的重要。下面鹿豹的比喻，又说明了唐王朝不可自恃土广人众，如

实力不济,形势是很危险的。最后点出文章主旨:备之之道,在于"得人"。像这样用比喻分析形势,表明主张,是很有力量的。对强藩的本质,也是有力的揭发。再如《送王秀才序》,讲求道必于其统,即治学的方向必须是正确的,用了这样的比喻:

> 夫沿河而下,苟不止,虽有迟疾,必至于海;如不得其道也,虽疾不止,终莫幸而至焉。故学者必慎其所道。道于杨、墨、老、庄、佛之学,而欲之圣人之道,犹航断港绝潢以望至于海也。故求观圣人之道,必自孟子始。今垍之所由既几于知道,如又得其船与楫,知沿而不止,呜呼,其可量也哉!

这里讲的道理,古代有个很好的比喻,即"南辕北辙"。而韩愈另设一喻,即水上行舟。铺展开来,说了四层意思:一是航行的方向,是沿流至海还是驰入了断港绝潢;二是有没有航行工具,是否得到舟楫;三是能否沿而不止,不断发挥主观努力;四是在这样条件下行驰的疾徐——方向对了、得到了工具又沿而不止,就会前进疾速,否则反之。这样看来,比喻不但会使表达生动,而且因为所用喻体往往包含着多方面的内容,也可以用简洁的文字说明更复杂的道理。

韩愈还有些通篇用比喻来组织的议论文章。这种文章与一般使用比喻修辞手段不同,比喻在这里是贯串前后的;但它又不是寓言,其中没有故事情节,比喻仍包含在议论的框架之中。这种文章,既有形象的生动性,又注意到逻辑上的细密与层次,作为议论文字是很有说服力的。如韩愈的《杂说》、《获麟解》、《应科目时与人书》、《答陈商书》等,都是属于这种类型的文字。请看《杂说》第四篇:

> 世有伯乐,然后有千里马。千里马常有,而伯乐不常有。故虽有名马,只辱于奴隶人之手,骈死于槽枥之间,不以千里称也。

　　马之千里者，一食或尽粟一石。食马者不知其能千里而
食也。是马也，虽有千里之能，食不饱，力不足，才美不外见，
且欲与常马等不可得，安求其能千里也？

　　策之不以其道，食之不能尽其材，鸣之而不能通其意，执
策而临之曰："天下无马。"呜呼！其真无马邪？其真不知
马也！

这是用古代伯乐相马的典故来组织的文章。关于"世无伯乐"的慨
叹，屈原《怀沙》早就有"伯乐既没，骥焉程兮"的话。在唐代，杜甫
《天育骠骑歌》说："如今岂无騕褭与骅骝，时无王良伯乐死即休。"
（《杜少陵集详注》卷四）元稹《八骏图诗》说："车无轮扁斫，辔无王
良把。虽有万骏来，谁是敢骑者。"（《元氏长庆集》卷三）都用千里
马之无人识别致慨于现实中人才的被压抑。王若虚批评韩文："退
之《杂说》曰：马之能千里者，一食常进粟一石，食不饱，力不足，则
才美不外见，而不可求其能千里；又以食之不尽为不知马。呜呼，
千里之材，固有异于常马者，然亦非徒善食而后能也。退之平生以
贫而号于人，叹一饱之不足者屡矣。岂其有激而云耶？"（《滹南遗
老集》卷三十二《杂辨》）这里指出韩愈"有激而云"，确是文章内容
的一个方面；但前面对于"食马"的分析却不得为文本意。这篇文
章作为议论文字，其优点就在激愤之外，表达了更深刻的见解。第
一、二句开头，一反一正，提出论旨，说出了几层意思：要发现人才，
首先得有识别人才的人；人才常有，但却未被发现；这是因为缺少
识别人才的人。接着，顺着思路把文意推进。第一层"虽有名马"，
具体写识别人才问题；第二层"马之千里者"，实际是写养育人才问
题；第三层"策之不以其道"，进一步讲了解人才的问题。最后作
"不知马"的慨叹，回应开头的"世无伯乐"，表明讽刺现实的用意。
文章处处说马，实质上全是在论述人才问题。作者不是用一个寓
言提示文意了事，而是在比喻中有层次地论述问题，把论点一步步
展开、深化。所以林纾说这篇文章和柳宗元《捕蛇者说》"出以寓

言”，但都是“说之变体”(《春觉斋论文》)。《获麟解》也是这样一篇
以比喻为主体的议论文字：

> 麟之为灵，昭昭也。咏于《诗》，书于《春秋》，杂出于传记
> 百家之书。虽妇人小子，皆知其为祥也。然麟之为物，不畜于
> 家，不恒有于天下，其为形也不类，非若马、牛、犬、豕、豺、狼、
> 麋、鹿然。然则虽有麟，不可知其为麟也。角者吾知其为牛；
> 鬣者吾知其为马；犬、豕、豺、狼、麋、鹿，吾知其为犬、豕、豺、
> 狼、麋、鹿。惟麟也，不可知。不可知，则其谓之不祥也亦宜。
> 虽然，麟之出，必有圣人在乎位。麟为圣人出也，圣人者必知
> 麟。麟之果不为不祥也。又曰：麟之所以为麟者，以德不以
> 形。若麟之出不待圣人，则谓之不祥也亦宜。

这篇文章的主题与上文相似，也是讲人才问题。这是当时社会上
大家关心的严重的政治问题，因而李翱非常激赏。他曾评论韩愈
说：“非兹世之文，古之文也；非兹世之人，古之人也。其词与其意
适，则孟轲既没，亦不见有过于斯者。”(《与陆俨书》，《李文公集》卷
七)做出这样高的评价，就是举此文为例。黄震说：“大意谓麟祥物
也，但出非其时，人不谓之祥，盖以自况而不直说，遂成文法之妙。”
(《黄氏日抄》卷五十九)这里确实包含着身世之感。但作为议论文
字，这篇文章的优点更在于借比喻生发出深刻的议论。何焯指出：
“此文自宋以后皆极称之。李习之亦书一通与人，极叹为佳。德与
形，本只两意，剪做四段。层叠曲折，转变万千。”(《义门读书记·
昌黎集》卷一)所谓“剪做四段”，第一段是说“知其为祥”，这是常识
的看法，即暗示人才是宝贵的；第二段说“不知其为麟”，是说人才
之不被识别；第三段说“谓其不祥也亦宜”，是说“不可知”的结果，
大材不可知反遭灾害；第四段说“圣人者必知麟”，如不待圣人而出
其为“不祥也亦宜”，实际讲君臣遇合之理。全文从祥与不祥，论到
知与不知，又论到以德还是以形，层层深入，展开主题。刘大櫆说：

"尺水兴波,与江河比大,惟韩公能之。"张裕钊说:"翔蹰虚无,反复变化,尽文家禽纵之妙。"(转引马其昶《韩昌黎文集校注》卷一)这种文字汲取了寓言的优点,而又发挥了议论文字论理方面的长处。

韩愈的议论常带感情。它们不仅仅以逻辑推理说服人,更以雄辩的热忱感动人。当时与后来都有人批评他议论之中不能保持温恭和雅气度。张籍指责他"商论之际,或不容人之短,如任私尚胜者,亦有所累也"(《上韩昌黎书》,《全唐文》卷六八四);李翱说他"如兄者,颇亦好贤,必须惄有文辞,兼能附己顺我之欲,则汲汲孜孜,无所忧惜引拔之矣"(《答韩侍郎书》,《李文公集》卷六)。并说他有一种"秦汉间尚侠行义之一豪隽"(同上)的性格。这必然反映到他的论辩当中,以致后来贬低他的人说他"伤易而近儇,形粗而情霸,其气轻,其心昂,其志悍,其态骄,其口夸。其立好胜,其发疏躁。先王贤圣清和融畅之风、温醇深润之泽,飘涸或几乎尽矣"(祝明允《罪知录》)。这正从反面说出了他的议论热情激昂的特点。他的文章虽常常不免流露骄肆专横、强词夺理之态,但主要却由于是非分明、爱憎强烈,加上对道义的热忱和对兴功济世的责任感,形成一种惓惓热情不能自已之心,勃勃雄心不可遏制的气概。我们看到的《论佛骨表》,虽然理论上显得相当浅薄,但那种疾恶之意和誓死卫道的决心却洋溢于字里行间,使读者深受感动。当我们读到:

> ……乞以此骨付之有司,投诸水火,永绝根本,断天下之疑,绝后代之惑。使天下之人,知大圣人之所作为,出于寻常万万也。岂不盛哉!岂不快哉!佛如有灵,能作祸祟,凡有殃咎,宜加臣身,上天鉴临,臣不怨悔。无任感激恳悃之至。谨奉表以闻。臣某诚惶诚恐。

我们不觉得这是一篇朝廷奏章,而是一个战士的誓词,是保卫他的理想的宣战书。又如他的《与孟尚书书》、《送浮屠文畅师序》,讲到儒、佛之争，儒道危机，既有对现实的焦虑，又表现出对道义的信心。在议论之中，雄肆之言，奇杰之辞，时时出现，流露出如潮如涌的热情，表现出大无畏的气概。就是像《讳辩》那样主要是论事析理的文字，在语言文情间也不是冷静的，而是紧迫激昂的。在这一点上，韩愈与孟子相似。孟子说自己之好辩，是出于不得已。他在百家争鸣中，为了树立自己的学说，采取了论战的姿态。一个客观原因，是由于他当时没有掌握墨家、名家的逻辑力量，只能以议论气势取胜。而这种气势磅礴的议论，却很能给读者以感染和信心。韩愈的议论中，感情也在补足理论的弱点。他抗流俗无所顾忌，发出议论，论难蜂起，气魄浩大。立论则确切不移，驳论则尖刻犀利，多用反诘、设问句式和排比、对偶句法，造成一种高屋建瓴、势不可挡的气势。这样形成的一种雄辩的语气，也是韩文情采生动的原因之一。

韩愈的议论，也有一定的缺陷。如果拿他与柳宗元相比，则理论深度与逻辑精密都显得不足；而他比起欧阳修、苏轼来，又缺欠那种谆谆善诱、从容不迫的气度。例如他的《原道》，不但道理讲得相当迂阔，而对自己的主要论点几乎没有什么论证，从"博爱之谓仁"开始，下了一系列主观判断，为什么如此，并没有进一步说明。再看柳宗元《封建论》，讨论"封建非圣人意，势也"，用了精密的推理，又用大量历史事实反复加以证明。柳宗元的文章有精密的逻辑、冷静的分析；而韩愈则多有自信与气势。韩文气盛言宜，又往往不顾及论述内容的严整与逻辑层次。他的文章中，在重大问题上观点自相矛盾处甚多。像前面已指出的，他以卫道为职志，盛赞孟子之斥杨、墨，但又说孔、墨必相为用；他说老子"坐井而观天"，却又承认孔子师老子。从文章条理看，《原道》本来是反佛的，但他在前半却侧重批老，文章论述重点不清楚。《师说》讲"传道、授业、解惑"，先略点解惑，下面主要讲授业，但传道很少言及。而从作者写作动机看，这一点应是更重要的。他在议论中大量用比喻，这是对道理的一种形象的说明,在逻辑上是比喻论证。而比喻论证还不是从本质上、从事物本身的内在联系上来证明问题,只能用作论证的补充手段。但韩愈往往把它当作主要手段了。他的不少文章在内容上也有严重缺点或错误。如《答刘秀才论史书》讲为史不有人福则有天刑,《省试学生代斋郎议》认为旧制不可轻变,都是保守的迂论,当时就受到柳宗元的反驳。后来也难免得到"论理不精"、"行文无自"的讥评。人们评论他是"文之横者"。如果这是指气势浩大,横放杰出,左右俱宜,无施不可,那这确是他议论上的优点;但如果用强横的语气来宣扬错误的言论,则是骄横,就是缺点了。正是这后一点,亦为韩愈所不免。

总之,韩愈在散文的议论技巧上是有很大创获的。他的议论论理雄辩,表达形象,感情饱满,把中国散文的议论艺术提高到一个新水平。他广泛地把议论用于碑志、书序等各种文章体裁,扩大了它的使用范围,发展了一些文体。后来,宋代三苏的杂论和史论、王安石论政、曾巩论学论文,都有所创新,但都是在他的影响之下。到了韩愈"古文",先秦盛汉文章辩理论事的传统,在新的文学观念之下被发扬光大了。他继承了古人的优秀传统,但他写的是文学散文的议论,而不再是一般的议论文章。这样,韩愈的议论,在整个中国文学散文的演进中,又是一个有价值的创造。

洗炼而生动的记叙

记叙是另一种基本的写作方法。中国古典散文在这方面也积累了丰富的艺术经验。自先秦、两汉以来,以《左》、《国》、《史》、《汉》为代表的史传散文成为中国古典散文另一个主要部分。它们在记叙艺术上达到了很高的水平。特别是《史记》,首开纪传体。

这除了在历史学上具有重大意义外,在文学上,对于发展以人物与事件为中心的记叙技巧,也是个巨大的贡献与推动。司马迁在《史记》中的记叙,以人物与事件为经纬,在具有典型意义的矛盾冲突之中,展现出一幅幅广阔、丰富、生动的历史图卷,其艺术概括性与典型性都达到了很高的水平。屈、宋开创的辞赋文学也发展了记叙技巧。进而演进到汉赋,它在表达上的一个突出特点就是善铺叙。那种铺张扬厉、夸饰无节的排比铺陈是带有严重的形式主义倾向的,但这却是中国文学中空前细致而多方面的记叙。再以后,六朝小说,唐传奇,也有较高的记叙艺术。特别是唐传奇,是以叙述宛转、文笔华艳为主要特征之一的。此外,在韩愈以前,骈文、诗歌在记叙方法上也取得了不少成果。韩愈借鉴、汲取了上述种种方面的艺术成就,创造出洗炼生动、丰富多彩的记叙方法,成为他对散文艺术的又一个卓越贡献。

首先值得注意的,是记叙在韩愈散文中的位置。方苞曾指出:"昌黎作记,多缘情事为波澜。永叔、介甫则别求义理,以寓襟抱。"(《答程夔州书》,《方望溪先生全集》卷六)这里只说他作"记",实际上还适用于别的文体,特别是碑传。就是说,韩愈的许多作品是以"情事"为主干的,而不是以"义理"为中心的。写"情事",主要靠记叙和下面将讨论的描写。用记叙和描写才能创造形象,这是一点;另一点是,韩愈的记叙与历史的实录不同,又重视表现艺术的创新。章学诚曾批评他不善为史,说:"古文必推叙事,叙事实出史学……而昌黎之于史学,实无所解。即其叙事之文,亦出辞章之善,而非有'比事属辞'、'心知其意'之遗法也。"(《上朱大司马论文》,《文史通议补遗》)突出"辞章之善",是韩愈重文辞、重写作技巧的表现,是他的散文脱离历史而独立为文学散文的结果。前面曾提及过,萧颖士等人努力于恢复先秦《尚书》、《春秋》的史的传统,限制了文学上的创造。韩愈则走了另一条道路。这样,韩愈对记叙的重视与发展,也是决定他的散文的文学性质的一个主要因素。

韩愈自诩"记事者必提其要"。他的记叙的一大优点是注意组织剪裁,锻炼字句,做到洗炼简洁。本来韩愈论文求"是"而不尚简。唐代古文中另有求简一派。他们追求简古,而流为艰涩;反对华饰,而陷于朴拙。这种简是韩愈不赞成的。但表现一个事件,一个人物,必须抓住主要点,突出有代表性的东西,不能毫发无遗,面面俱到。这样就要选择、提炼,就要辟繁琐、求精辟。这另一种简是与艺术概括力相关联的,也是韩愈所追求的。我们首先举他的短文《子产不毁乡校颂》为例。其前半,是隐括《左传》襄公三十一年传文,原文如次:

> 郑人游于乡校,以论执政。然明谓子产曰:"毁乡校何如?"子产曰:"何为? 夫人朝夕退而游焉,以议执政之善否。其所善者,吾则行之;其所恶者,吾则改之。是吾师也。若之何毁之? 我闻忠善以损怨,不闻作威以防怨。岂不遽止? 然犹防川,大决所犯,伤人必多,吾不克救也。不如小决使道,不如吾闻而药之也。"然明曰:"蔑也今而后知吾子之信可事也。小人实不才,若果行此,其郑国实赖之,岂唯二三臣?"仲尼闻是语也,曰:"以是观之,人谓子产不仁,吾不信也。"(《春秋左传注疏》卷四十)

这里叙述子产不毁乡校故事,用了一百七十二个字;而韩愈却把这一段故事压缩为九十三个字:

> 我思古人,伊郑之侨。以礼相国,人未安其教。游于乡之校,众口嚣嚣。或谓子产:"毁乡校则止。"曰"何患焉? 可以成美。夫岂多言,亦各其志。善也吾行,不善吾避。维善维否,我于此视。川不可防,言不可弭。下塞上聋,邦其倾矣。"既乡校不毁,而郑国以理。

这里仅用了原典一半多一点的文字,而且用的是不太严格的四言铭赞体,却很好地概括了原来的故事。基本情节是完全的。前面加了背景说明,后面又有评论。中间有叙事,有对话。语言上也是通顺条畅,明白如话的。吴汝纶评论说是"纵横跌宕,使人忘其为有韵之文"(《韩昌黎集点勘》)。我们从中可以看出韩愈的记叙洗炼工夫。再来看他的另一篇精心结撰的力作——《平淮西碑》。这是记述唐宪宗元和十二年(八一七)平定反叛的强藩淮西镇吴元济的史实的。淮西大捷是唐王朝与藩镇间长期斗争中的一个重大胜利,也是当时朝廷里对待藩镇割据的不同态度与策略激烈论争后主战派取得胜利的结果,对整个中唐历史产生了重大影响。韩愈以主战派的一员,支持并襄助裴度,亲自参与淮西用兵。这是他后半生中很有光彩的事件。他写的这篇纪功文字,表明了他对强藩割据这个重大政治问题的立场,所以不能简单地看成为颂谀之文。他自己是很看重这篇文章的,因而在《进撰平淮西碑文表》中说:

> 窃惟自古神圣之君,既立殊功异德,卓绝之迹,必有奇能博辩之士,为时而生,持简操笔,从而写之,各有品章条贯。然后帝王之美,巍巍煌煌,充满天地。

他又举《书》、《诗》为范例,说其"辞事相称,善并美具",实际上是自负之语。这篇文章有意模古,李商隐说它"句奇语重","点窜《尧典》、《舜典》字,涂改《清庙》、《生民》诗"(《韩碑》,《玉溪生诗笺注》卷一),以比拟说明其文风的典雅庄重。然而记叙了那样繁复的事件,其中有那么复杂的矛盾斗争,韩愈的笔触极其简洁,很可见作者的功力。文章开头用铭赞体,从唐代建国开始写起,写到运逢中否,"孽牙其间",自玄宗朝发生动乱,历肃、代、德、顺各朝,"大慝适去,稂莠不薅。相臣将臣,文恬武嬉",简括地历叙各朝帝王功过,写出了强藩的跋扈和朝廷的腐败。这是交待总的形势,同时又是追叙乱源。接着,以叹词"呜呼"转折,改用盘庚体,写文章的中心题材。先写宪宗一朝平藩斗争,从平夏、平蜀一直写到平淮西。这仍然是进一步交待形势。然后才写淮西之役。这是一次规模很大的战争,涉及的方面广、事件多,但作者着重记叙策划定计与用兵作战两个方面。前一方面写蔡人叛逆,皇帝历问内外臣僚对应之计,而大臣皆曰:"蔡帅之不廷授,于今五十年,传三姓四将。其树本坚,兵利卒顽,不与他等。因抚而有,顺且无事。"虽然大官如此臆决唱声,万口和附,并为一谈,而宪宗决心一战。这样,交待了朝廷内部争论的情况,说明定策之功归于宪宗。下面写用兵,"皇帝曰"以下,记录了一系列用兵伐叛、布置策划的命令。这一方面表明战事是由皇帝亲自指挥,表现了朝廷威权与诸将效忠;另一方面也使得复杂的进兵过程撰次如画,问途可睹。接着,简单记叙直捣淮西的作战过程,主要突出了统帅裴度的功劳。然后是战胜纪功的情况。最后是韩愈的四言颂诗。这样,在短短的篇幅当中,简炼而又周密地记叙了一个大的历史过程。在其中作者还表明了自己的立场与态度。这篇作品完成后,曾引起争论:李晟之子李愬妻唐安公主为其丈夫争功,入朝诉碑文不实,朝廷下诏由段文昌另撰。这是朝廷内部的人事之争。后人也有在这一点上责备韩愈的,如孔平仲说:"观《李愬传》,平蔡之功,奇伟如此。其得李祐,虽待以赤心无疑,然固亦捐死以侥幸也。而《平淮西碑》乃抑与诸将等,欲裴度专美。儒者见偏而言不公如此。以退之之贤,不免此蔽也。"(《珩璜新论》卷二)这种指责,完全不得韩愈作文的用心。韩愈这篇文章要宣传中央集权思想,因此记叙重点在朝廷。在具体战事的叙述中,当然是定策指挥之功较擒敌攻城为重,这就必须突出裴度。这是行文重点的需要。韩愈的这篇文章在内容上有不恰当的颂谀,在语言上显得古奥艰深,但在记叙技巧上却是很高超的。记叙的选材、角度、方法都很有创意。谈韩愈记叙的洗炼简洁,还可以举几篇记叙人物的例子。他的碑传文字,记叙一个人的一生,常牵涉到几十年间的社会斗争,但他往往只用几百字,长的也不过一、两千字,就交待得清清楚楚,有头有尾,而且往往在简洁中不乏细致的形容描摹。例如他的《柳子厚墓志铭》，被认为是昌黎墓志第一，古今墓志第一的作品；有人说以韩志柳，如太史公传李将军，不遗余力。但因为韩愈并不赞同柳宗元的政治革新活动和他的一些理论主张，所以行文中意见多有保留。然而他对柳宗元一生的概括和表现方法却是高超的。文章前半写柳的一生，只用了几百字。按照时间顺序，写他少有奇才，青年时就以文才政能振耀士林，擢御史和礼部员外郎，贬永州，出柳州。写这些又有重点，有点染。青年时，突出他的才华，烘托以一时贤隽皆慕与之交；官场中，着重写到元和十年被召入朝时为帮助友人刘禹锡挺身提出以柳易播，和在柳州设计解放奴婢、观察使下其法于他州的事迹。这就突出了他的才华、品德和政能三个侧面而回避了"永贞革新"牵涉的政治问题。这样写，有力地突出一个杰出的文学家和失败的政治家终生坎坷、大才难施的悲剧，对黑暗政治下一代才人的厄运寄予深切的同情。如果从反映一代政治斗争角度看，韩愈这篇文章是有缺点、有偏见的。如果从突出主题的要求看，这篇文章的剪裁组织、叙写方法是成功的。再如他的《试大理评事王君墓志铭》写王适，《故幽州节度判官赠给事中清河张君墓志铭》写张彻，《南阳樊绍述墓志铭》写樊宗师等等，都能根据人物的身份、特征，捕捉住他们的主要事迹，用精确凝炼的文笔记叙下来，使读者从短短的文字中看到人物生平的概貌。中国古典散文一般是尚简的。这与中国古代文章单篇结撰的行文体制有关。无论写一个复杂人物的生平，还是写一个大的历史事件，多采取单篇的形式。这就要行文高度简洁。由于要简洁，就不能巨细无遗，就要剪裁；由于要求以简洁表全貌，就特别注意细节的典型化，就讲究以一代十，以个别表全貌，就要注重传神。而这种简洁，一不能是故意简省文字，搞得窒碍难懂；二不能完全去掉文饰，造成朴陋无文。对韩愈来说，这种简洁又是与"文从字顺"，是与为文求"是"结合在一起的。在实践上，中国历代散文家为求简洁下了很大功夫，有不少成功的经验,但也有些人流于偏颇。例如元结,就流为简古拙朴,缺少艺术上的流美顺适,影响了文章效果。韩愈在这方面则是很成功的。

　　与前一点相联系的是,韩愈的记叙善于突出重点。突出记叙的重点,实际就是突出文章主题。记叙有重点,文章中心才能显豁,作者的立意也才能清楚明白。韩愈这样做,也是具体实践他"明道"的论文主张。还是举他的碑传文字为例。他的这类文字,打破前人历叙阀阅、出身、历官、政绩、卒葬、继嗣的旧格,能够有重点地记述人物的主要行事。这就使得所写人物个性更鲜明,且具有了一定的典型性。例如《唐故相权公墓碑》的墓主是权德舆,这是一位活跃于德、顺、宪三朝的重要历史人物,活动年代长,行事复杂。在思想上,他儒、佛、道三教并重,矛盾很多;他历任内外官,交友不少。这些韩愈大体都加以省略。写这个人物复杂的一生,韩愈只用百余字,着重写他"讥排奸幸,与阳城为助"和"荐士于公者,其言可信,不以其人布衣不用;即不可信,虽大官势人交言,一不以缀意"两个侧面。前一个侧面排奸,这是贞元朝政中的大问题;后一个侧面得人,也是现实中的重大矛盾。贞元中阳城与裴延龄的斗争是朝廷两派官僚斗争的激化,权德舆站在阳城一面。他一生援引后进,如柳宗元未入仕即写信请求他汲引。写出这两点,就确定了一个人在一定历史时期的基本面貌和位置。有人批评韩愈叙事,枝枝节节,造为奇语。实际上能这样突出重点,而不是按部就班,巨细无遗,正有利于突出表现人物精神。同样,他的《故幽州节度判官赠给事中清河张君墓志铭》写张彻,重点写他为国捐躯一件事。张彻是幽州范阳府僚属。长庆元年(八二一)幽州军乱,因节度使张弘靖于蓟门馆。张彻坚强不屈,怒斥叛卒,被击至死,死前一直骂不绝口。详细叙写这一个情节,就把一个坚持道义、不畏牺牲的人物的节操、气概再现了出来。韩愈在写人物时,又很注意特定人物的身份、处境,选择能反映他们的本质特征的事实。如《贞曜先生墓志铭》写孟郊,主要写他的诗歌成就和五十不遇的悲剧;

《南阳樊绍述墓志铭》，则重点写这位"尚奇"的"古文"作者的文章成就；而《施先生墓铭》写经学家施士丐，这是一位《毛诗》学者，很有创见，韩愈本人和柳宗元、刘禹锡等人都曾登门受教，韩愈为他志墓，主要表扬他的经学，说：

> 先生之兴，公车是召。纂序前闻，于光有曜。古圣人言，其旨密微。笺注纷罗，颠倒是非。闻先生讲论，如客得归。卑让肫肫，出言孔扬。今其死矣，谁嗣其宗。

这样赞赏施士丐否定传统章句的独断学风，就突出了他治学的特点，也是他为人的主要贡献。韩愈还有一些碑志，则架空立意，另有寄托，重点已不在写人物。如《殿中少监马君墓志》，墓主是中唐名将马燧的孙子马继祖。这是一个没落贵族的公子，活了三十七岁，以门荫得官，一生无所作为，没有什么功业可以记述。但韩愈早年受知于马燧，与马家是世交。因而在这篇墓志里，重点写自己与马氏祖孙三代的交谊，一以致痛惜，二以悼身世。《襄阳卢丞墓志铭》写一个名叫卢行简的县丞，"通篇皆乞铭语，不自置一词，所谓古之道不苟毁誉于人"（方苞，转引马其昶《韩昌黎文集校注》卷七）。李观是韩愈的友人，青年夭折。他作为杰出的"古文"家，对韩愈是有影响的。韩愈在《李元宾墓铭》中简叙他的身世后，系以辞曰：

> 已虖元宾！寿也者，吾不知其所慕；夭也者，吾不知其所恶。生而不淑、孰谓其寿？死而不朽，孰谓之夭？已虖元宾！才高乎当世，而行出乎古人。已虖元宾！竟何为哉！竟何为哉！

这一系列的慨叹，表达了作者对李观才华的赞美和对他大才未施的惋惜。这成了文章的重点。韩愈的《女挐圹铭》，是作者第四女的铭文。女挐在韩愈贬潮州时年仅十二岁，被病在席，舆致上道，死于商山南，草瘗于荒山旷野中。作者以数语记述死事，朴略简要,恻然感人。由以上随手举出的例子看来,韩愈写墓志一体文章,不是用应用文的笔法,也不是用史家笔法。如果是作为应用文章叙说一生事迹,或作为历史写一个人物,总应当写出历官行事的基本事实。而韩愈的取材、组织与叙写,用了更为自由的艺术的概括的手法。这已经接近于现代的所谓"特写"。如果作历史散文读,他的写法在艺术典型化方面是比《史》、《汉》更前进了一步的。同时由此亦可以看出,一般地责备他"谀墓"是缺乏分析的。在韩愈文章中,"谀墓"之作确实有;但如上面所举的文章,从立意到表达都是严肃认真的。

韩愈在记叙行文中力避平铺直叙。他的叙事线索多变化,并善用倒叙、插叙等手法,使得文章脉络曲折反复,往往有山回路转、曲径旁通之妙。这是造成他行文"雄深雅健"的因素之一。他的有些文章,如《柳子厚墓志铭》、《唐故江西观察使韦公墓志铭》、《清河郡公房公墓碣铭》等,是按时间顺序写的,用的是据事直书的方法。但由于注意到材料选择和用笔繁简,却使文章并不显得呆板平淡,在清通浑朴中时见挺拔振迅的效果。而他另有不少文章,则结构上精心安排,有意颠倒事件顺序,以突出主题的中心。例如《唐朝散大夫赠司勋员外郎孔君墓志铭》,写一个敢于力抗强藩的藩府幕僚孔戣,文章从他与府帅斗争写起:

　　昭义节度卢从史,有贤佐曰孔君,讳戣,字君胜。从史为不法,君阴争不从,则于会肆言以折之。从史羞,面颈发赤,抑首伏气,不敢出一语以对。立为君更令改章辞者,前后累数十。坐则与从史说古今君臣父子道,顺则受成福,逆辄危辱诛死,曰:"公当为彼,不得为此。"从史常耸听喘汗。居五、六岁,益骄,有悖语。君争,无改悔色。则悉引从事,空一府往争之。从史虽羞,退益甚。君泣语其徒曰:"吾所为止于是,不能以有加矣。"遂以疾辞去,卧东都之城东。

这样，先叙写人物一生中矛盾斗争的一个片段，突显出他的精神品格，然后又写李吉甫奏举，卢从史诬害，卒葬后卢从史被缚流贬。回过头来，再写其举进士以及历官、人品、家世。这种倒叙的写法，一开始就把人物置于矛盾旋涡之中，表现出他的整个面貌的主要点，从而也就突出了作者对他的爱憎与评价。而《贞曜先生墓志铭》则是另一种写法。一开始不写碑主本人的生前，却写其死后的葬礼与哭吊。这样一是写出其死后的寂寞与悲哀，同时也用友人如何经营丧事来表现他的人事关系。然后，回过头来再写他的文才与仕履。这种倒叙的写法，起了有力的烘托作用，有助于表现一个落拓知识分子的悲苦的命运。《太学生何蕃传》一开始也不写他的籍贯、族出和出仕始末，而写他入太学二十余年，学成行尊，受到太学诸生的推重，司业、祭酒撰次他的群行焯焯者十余事上之礼部，但礼部中无相识者为之推挽，结果一直屈沉。这样就表现出这个人被压抑的遭遇。把这样的事实提到前面，也就定下了人物一生经历的基本格调。第二段写他性纯孝，归养于和州，朝廷不得留，连带引出他与阳城的关系。阳城排击权奸裴延龄，被出为道州，牵连到李蕃。这段插叙，又进一步表明了李蕃的政治态度和为人品质。第三段，通过欧阳詹和同时代其他人的评论，补叙他力抗朱泚的事迹，表明他是仁勇之人。以上三段，叙事线索变化无方，间见错出，写出李蕃的学行、纯孝、仁勇，说明这是一个德才兼茂的人物。由是，又引出最后一段议论，惋惜何蕃有道不行，不能施于人，并指出"凡贫贱之士必有待，然后能有所立"。后来人们写墓志之类作品，归纳出一定的规则，即所谓"金石例"等等。这些规则往往以韩、欧等大家文字为范本，规定先写什么，后写什么。实际上在韩愈笔下，是没有这些"程式"的。他组织材料的方法灵活多样、变化多端，以突出文章中心、描绘人物精神为出发点。他的这种结构技巧，也是造成他文章强烈感染力的条件之一。

　　韩愈文章中的记叙，往往又与议论相结合。事实的记述给议

论以依据,使议论不显得空疏;而议论又对所述事实画龙点睛,使
文章主旨更加显豁。他这种叙议结合,有时是夹叙夹议,在叙事中
插入一段议论,如李涂评论《圬者王承福传》,"叙事、议论相间,颇
有太史公《伯夷传》之风"(《文章精义》);有时是以叙事行议论,把
议论融于叙事之中。《柳子厚墓志铭》就是前一种情况,在简叙柳
宗元生平以后,插入这样的议论:

> 呜呼!士穷乃见节义。今夫平居里巷相慕悦,酒食游戏
> 相征逐,诩诩强笑语以相取下,握手出肺肝相示,指天日涕泣,
> 誓生死不相背负,真若可信;一旦临小利害,仅如毛发比,反眼
> 若不相识,落陷阱不一引手救,反挤之,又下石焉者,皆是也。
> 此宜禽兽夷狄所不忍为,而其人自视以为得计,闻子厚之风,
> 亦可以少愧矣。

这是对柳宗元身世的评论,同时又是从柳的身世引发出的一段对
社会的批评。张端义说:"作文之法,先观时节,次看人品,又当玩
味其立意。如退之作《柳子厚墓铭》,自'士穷而见节义',三、四十
言,皆自道胸中事。"(《贵耳集》卷上)近人钱基博以为:"《柳子厚墓
志铭》,看似顺次叙去,其实驾空立论,并不实叙子厚生平;只就其
早达终蹶前后盛衰相形,以议论见意。"(《韩愈志》卷六)所以,像这
样的议论,既是就人物生发的感慨,又是作者自己对现实的认识。
下面还有一段议论,就是谈到柳宗元由于斥久穷极才能写好文章
以及文学成就和将相功业相对比那一段,其内容在本书开头就分
析过,它的意义更远远超过评价柳宗元个人得失之外。《太学生何
蕃传》的情形相似,在记叙何蕃事迹后,议论说:

> 惜乎!蕃之居下,其可以施于人者不流也。譬之水,其为
> 泽,不为川乎!川者高,泽者卑;高者流,卑者止。是故蕃之仁
> 义,充诸心,行诸太学,积者多,施者不遠也。天将雨,水气上,
> 无择于川泽涧溪之高下。然则泽之道,其亦有施乎!抑有待

于彼者欤？故凡贫贱之士，必有待，然后能有所立，独何蕃欤？
吾是以言之，无亦使其无传焉。

这是作者直接出面，解释文章写作动机，并表显李蕃生平事迹所包
含的意义。这里用了比喻，说明君子必须将自己的德行才华传之
广远，而能否做到这一点则"必有待"，即要有一定的条件。对于李
蕃没有得到这种条件，作者深致惋惜，从而也对当时社会提出了批
评。韩愈这样插入议论，看似离开了文章题目高谈阔论。但第一，
它切合叙事内容；第二，它很有新意，不是陈辞滥调。所以既不给
我们空疏之感，又不显得枝蔓芜杂。另一种是叙议完全结合在一
起的，可以说是以叙事行议论，也可以说是以议论行叙事。典型例
子可举出《张中丞传后叙》的前半篇。这是一篇辨析"安史之乱"中
睢阳保卫战的史实，歌颂抗击逆乱而牺牲的英雄人物，批驳对他们
的攻击污蔑的作品。在"安史之乱"中，坚守睢阳孤城的唐朝的两
个地方官——张巡和许远不顾自己势单力弱，在周围的唐朝将帅
或望敌逆遁，或惧敌自保的情况下，力抗强敌，守城近年，最后全军
覆没，英勇牺牲。他们的抗敌行动，有力地牵制了乱军，阻止乱军
南下，对整个平叛战争做出了重大贡献。张、许二人死后，虽然受
到朝廷褒赠，但也有人对他们在战争中的某些做法进行攻击。二
家子弟也由于为先人争功而互相攻讦，以至上奏朝廷。这样，评价
张、许功过就是当时的迫切问题。这不仅只是对历史人物的评价
问题，实际反映了对待现实中藩镇割据的不同政治态度的斗争。
在韩愈以前，李翰写过一篇《张巡中丞传》并上之朝廷。韩愈写这
篇叙，一方面为避免与李翰的文章相重复，所以用"序"这另一种体
裁；另一方面，不用史传体，也就可以更多地发议论，达到批驳错误
见解的目的。文章中记叙了三个人，即张巡、许远、南霁云的逸事。
通过这三个人英勇抗敌的功业，显示了这场大的保卫战的全貌，从
而对它的功过进行了评论。前一部分是批驳攻击张、许的谬见。
三个段落针对三种说法来加以辩驳，而在每一段辩驳中都是叙议

结合的,即以事实来批驳,在叙事中进行批驳。例如第一段,批评攻击许远的一种说法:睢阳城陷,张巡等被俘立即被处死,而许远被押解向洛阳,途中,由于官军收复洛阳,至偃师被杀。这是因为许远是睢阳太守,是名义上的守城官,所以叛军要送他去献俘。但当时却有人攻击他已降贼,把城破责任推到他头上。韩愈在文章中以简短的引言说明作文缘起后,立即批驳这个说法:

> 远虽材若不及巡者,开门纳巡,位本在巡上。授之柄而处其下,无所疑忌,竟与巡俱守死,成功名。城陷而虏,与巡死先后异耳。两家子弟材智下,不能通知二父志,以为巡死而远就虏,疑畏死而辞服于贼。远诚畏死,何苦守尺寸之地,食其所爱之肉,以与贼抗而不降乎?当其围守时,外无蚍蜉蚁子之援,所欲忠者,国与主耳。而贼语以国亡主灭。远见救援不至,而贼来益众,必以其言为信。外无待而犹死守,人相食且尽,虽愚人亦能数日而知死处矣。远之不畏死亦明矣。乌有城坏其徒俱死,独蒙愧耻求活?虽至愚者不忍为。呜呼!而谓远之贤而为之邪?

这是一段辩驳。但在辩驳中写了张、许二人的关系以及守城的一些具体情况,特别是围城中救援不至的情形,写得相当具体、生动。第二段批驳责备城坏自许远所分始的议论,第三段批驳责备张、许不能弃城逆遁以至造成全军覆灭的后果的议论,也都用了相似的笔法。文章后半则是记述南霁云和张巡、许远事迹。全文总括起来,既有生动的史实叙写,又达到了驳论的效果。茅坤称赞这篇文章叙事精彩,以为如司马迁《史记》。方苞说:"截然五段,不用钩连而神气流注,章法浑成,惟退之有此。前三段乃议论,不得曰记张中丞传逸事;后二段乃叙事,不得曰读张中丞传,故标以《张中丞传后叙》。"(转引马其昶《韩昌黎文集校注》卷二)刘大櫆则认为"通篇议论,盘屈排奡,锋芒透露,皆韩公本色。鹿门以为太史公,误矣"

（同上）。这些评论都指出了韩文特色的一面。韩文叙议如此融合无间，从哪个方面看都很精彩。其写法确实学习司马迁，但有继承，也有突破。《史记》中司马迁经常议论。除了以"太史公"的名义作总的评论以外，行文中的议论也不少。如《陈涉世家》，讲到陈涉疏远故人，凭喜怒责罚，有"诸将以其故不亲附，此其所以败也"的议论。到了韩愈，则把这种叙议结合的方法发展到变化无迹、天衣无缝的程度，又增加了议论的分量与深度。可以再举他的另一种体裁的文章做例子。《送石处士序》是写处士石洪应河阳节度使乌重胤之聘出仕事。时值成德镇王承宗叛乱，乌重胤担任补给军需，因此要罗致一些人才。在中唐时期，知识分子没有出路，流为方镇僚属，使方镇增加势力，这是一个社会问题。韩愈的不少作品反映这个问题。"序"这种文体应当叙写事情经过，在此基础上表示作者的态度。而韩愈此文构思相当奇妙。全文只记两段对话。一段是乌重胤与其从事讨论举荐石洪事；一段是送行时石洪与友人的对答。友人对石洪的义正辞严的祝愿，也正是作者的希望与规劝。整篇文章都以客观陈述的语气出之，但其中却表达了作者的意见。这样的写法，已分不出议论在哪里，记叙在哪里。二者的结合已达到了化境。

　　记叙是一种比较单纯的写作手法，因此也就容易被研究者所忽视。但在实践上，真正做到记叙的洗炼与生动，是很不容易的。这也是一种高度的艺术。韩愈在这个方面的成功，首先得力于他对生活实践的体察。他努力做到"其事信，其理切"，把握生活本身的逻辑性及其表现的生动性、丰富性。生活给他的记叙提供了最好的依据。另外他在艺术上不苟且，不敷衍。他不满足于平铺直叙地呆板地陈述事实，而注意选择、安排、概括、加工。他又注意艺术表现的形式美，注意做到表达的丰富多彩。所以，在他的笔下，一些平凡的事实都能取得不平凡的艺术效果；甚至是一些无事可叙之处，也往往能别开生面，阐发出新意。

　　韩愈在写作态度上一般是严肃认真的。他的不少文章，很能尊重事实，字斟句酌，不苟毁誉于人。例如前面提到的《殿中少监马君墓志》，他就没有去吹捧马继祖；《兴元少尹房君墓志》，他对墓主只用了"谨饰畏慎"的四字评语。像《故太学博士李君墓志铭》，更对死后服食求长生的愚妄提出直接批评，实际是以死者的教训为世人的警告。但是他也写了些虚假不实的文字。如洪迈就曾指出："唐穆宗时，以工部尚书郑权为岭南节度使，卿大夫相率为诗送之。韩文公作序，言："权功德可称道，家属百人，无数亩之宅，僦屋以居，可谓贵而能贫，为仁者不富之效也。'《旧唐史》权传云："权在京师，以家人数多，奉入不足，求为镇。有中人之助。南海多珍货，权颇积聚以遗之，大为朝士所嗤。'又《薛廷老传》云："郑权因郑注得广州节度。权至镇，尽以公家珍宝赴京师，以酬恩地。廷老以右拾遗上疏，请按权罪。中人由是切齿。'然则其为人乃贪邪之士尔，韩公以为仁者何邪？"（《容斋续笔》卷四）这里指的是《送郑权尚书序》，是溢美隐恶、不求实际的典型例子。这牵涉到韩愈品质中有缺欠的一面。他自视甚高，立志甚坚，坚持道义，在关键时刻，可以不避殊死。但他又有强烈的功名心，为了仕途进升有时又不择手段。他提出了一种理论："布衣之士，身居穷约，不借势于王公大人，则无以成其志；王公大人，功业显著，不借誉于布衣之士，则无以广其名。是故布衣之士，虽甚贱而不诌；王公大人，虽甚贵而不骄。其事势相须，其先后相资也。"（《与凤翔邢尚书书》）这样，他就要有意识地攀附权要，写出文章来"先儒或以为几乎诌"。他写过颂扬大阉俱文珍的《送汴州监军俱文珍序》，写过颂扬权奸李实的《上李尚书书》，写过表扬强藩裴均的《河南府同官记》、《荆潭唱和诗序》，等等。他有一篇《猫相乳》，写马燧家同日生子的两只猫，其一死后，另一个代乳其子，故事写得很生动，但歌颂权豪的功德祥祉，谀佞之态可鞠。这样的作品，与他的"不平则鸣"、"与事相侔"的理论背道而驰，与他"明道"的要求也差之千里，结果往

往成了对现实的歪曲。这个教训也说明，记叙艺术成功的基础在
于真实，而真实性是与整个世界观、与作者的思想境界紧密相
关的。

真切而细致的描写

在文学创作中，创造具体的、具有美感的形象，更主要的要借
助于描写这一写作手段。因此可以说，描写，是比记叙与议论更富
于文学性的技巧。在一般应用文章中，表达手段主要是记叙和议
论。文学作品则更多地使用描写。从散文发展历史看，描写的技
术也是随文学的逐渐发展而发达的。在先秦、两汉散文中，包括
《史》、《汉》这样历史散文巨著，描写技巧相对来说还是比较单纯
的。例如《史记》，刻划人物主要靠行动、对话和肖像描写，已有较
生动的场面描写，但环境描写还较单薄，心理描写和自然景物描写
则很少见。经过魏、晋、南北朝，在辞赋、诗歌、小说与散文中，描写
艺术大大丰富、发展了。描写艺术的发展与文学之演变为独立的
意识形态，在步调上是一致的。特别应当指出的是：在晋、宋以来
的山水文学中，发展了自然景物的描写，在志怪、志人小说中，发展
了刻划人物性格的艺术。在以后中国文学的发展中，自然作为人
生存的环境，成了表现人生的重要手段；而人物性格则逐渐成为文
学表现的中心。描写艺术的发达与丰富，大大增强了文学的美感。
如果说先秦诸子散文与史传散文更多表现义理的美，逻辑的美，那
么到六朝文学，则更讲究形象的美，形式的美。正是在这样的历史
传统的基础上，发展起唐代散文家们的刻划描摹的技巧。柳宗元
自称其文章可以"漱涤万物，牢笼百态"(《愚溪诗序》,《柳河东集》
卷二十四)，他的"永州八记"是千古以来描绘自然风物的杰作。韩

愈也要求作文能引物连类,穷情尽变。他更注重以细致生动的笔触,真切地刻划人物,描绘场面,再现出具有一定典型性的生活场景与人物性格,从而对于散文艺术做出了新的开拓。

要创造真实的形象,首先得在描写上达到细密真切。能够细致地观察表现对象,并用文字描摹出来,这是一种艺术眼光,是一种表现能力,也是艺术思维得到充分训练的结果。这种能力,是要长期历史积累才能形成的。而韩愈,在对表现对象进行具体刻划上,达到了很高的水平。他善于捕捉住具体细节进行细致描摹。由于这些细节有典型意义,所以描摹就不是繁琐的、自然主义的。这是通过一滴水来显示大海的方法。韩愈通过这种细节描写,创造出具体的形象,传达出它的精神。例如他的《蓝田县丞厅壁记》,是揭露吏治腐败的文字。友人崔斯立为蓝田丞,当时官场中势力倾轧,苟且因循,他在形势压迫下,只好发出"丞哉丞哉"的慨叹,种松对竹,吟诗度日。这是腐朽的专制制度之下人才被扼杀的又一事例。韩愈在文章一开头,写了县衙中县丞签署文书的情景:

> 丞之职所以贰令,于一邑无所不当问。其下主簿、尉。主簿、尉乃有分职。丞位高而偪,例以嫌,不可否事。文书行,吏抱成案诣丞。卷其前,钳以左手。右手摘纸尾,雁鹜行以进。平立,睨丞曰:"当署。"丞涉笔占位署,惟谨。目吏问可不可。吏曰:"得。"则退。不敢略省,漫不知何事。官虽尊,力势反出主簿、尉下。谚数慢,必曰"丞",至以相訾謷。丞之设岂端使然哉!

这里描写了人物的动作、语言、神情,生动地再现了县衙中的一个场景,把县吏的倚势骄人、专横凌暴和县丞的低声下气、无所作为刻划得唯妙唯肖。县吏"平立,睨丞",一个"睨"字,写出了他高慢自恃的神态;县丞"目吏问可不可",一个"目"字,写出了他受制于人的屈辱地位。这种对于神态细微之处的描摹,精确地再现了人

的地位和他们的相互关系。《送殷员外序》是为送友人殷侑出使回
鹘而作。其中表扬殷远赴绝域、公而忘私的品格，又横插一笔，描
写当时一般官吏顾恋家室、眼光短浅的委琐情态。这是一种对比
和烘托，也是涉笔成趣的讽刺：

> ……酒半，右庶子韩愈执盏言曰："殷大夫，今人适数百
> 里，出门惘惘，有离别可怜之色。持被入直三省，丁宁顾婢子，
> 语刺刺不能休。今子使万里外国，独无几微出于言面。岂不
> 真知轻重大丈夫哉！丞相以子应诏，真诚知人矣！士不通经，
> 果不足用。"于是相属为诗，以道其行云。

这里的"出门"、"入直"两个细节，写得非常传神。"出门惘惘"，形
容其茫然无所措，表现出那种黯然伤神的可怜之态。而写到"入直
三省"临行情形，"持被"这个动作突出了对个人温饱的关心；"顾婢
子"以显其见识的鄙陋；"刺刺"是拟声词，是形容语言的絮聒。对
婢子"刺刺不能休"，不断地叮咛，可见其所顾念是多么渺小。这
样，用两个细节就写出了朝中士大夫的大多数只顾身家，不明大义
的精神境界。韩愈这样善于用精确的语言描绘细节，是他对生活
有深刻、细致体察的结果，是从实际生活素材提炼出来的艺术真
实。这也表明，他在实际创作中，常常不是从"道"的概念出发，而
是从现实出发的。捕捉和再现典型细节的功力，首先是作者深入
生活真实的工夫。再例如《唐故江南西道观察使中大夫洪州刺史
兼御史中丞上柱国赐紫金鱼袋赠左散骑常侍太原王公神道碑铭》，
写王仲舒的刚正不阿：

> 在考功吏部，提约明故，吏无以欺。同列有恃恩自得者，
> 众皆媚承。公嫉其为人，不直视……元和初，收拾俊贤，征拜
> 吏部员外郎。未几，为职方郎中，知制诰。友人得罪斥逐，后
> 其家亲知，过门缩颈不敢视，公独省问……

这里写的是贞元末年，王叔文等人得势时，王仲舒与他们的矛盾。

反映了韩愈反对王叔文集团的保守的政治态度。但写法上却很有
独到之处。说王仲舒对权臣"不直视"，相比照又写有些人亲知受
谴也"过门缩颈不敢视"，两种眼色，写出两种神情，表现了两种人
品。这样细节的对比，把王仲舒的刚正不阿突显了出来。不过如
果按历史功过评价，王仲舒当时是站在保守的立场上，韩愈的这篇
作品在思想倾向上是有问题的。《南阳樊绍述墓志铭》写樊宗师：

> 生而其家贵富，长而不有其藏一钱。妻子告不足，顾且笑
> 曰："我道盖是也。"皆应曰"然"，无不意满。

写人物身处困顿之中的放达态度，家庭间夫唱妇随，互相谅解，极
其亲切有昧。"顾且笑"的神态，突出了樊宗师不以贫贱为意的洒
脱心情；妻子"无不意满"，是对他的很好的烘托。《上巳日燕太学
听弹琴诗序》，写太学饮宴时的情景：

> 有一儒生，魁然其形，抱琴而来，历阶以升，坐于樽俎之
> 南，鼓有虞氏之南风，庸之以文王、宣父之操，优游夷愉，广厚
> 高明，追三代之遗音，想舞雩之咏叹。

儒生的容止步态，极为雍容典雅。这一个人物的出现，显示了整个
宴会的气氛。这些细节描写，表现力很强。它们之能做到如此生
动逼真，显然与作者的人生体验深刻相关联。

　　韩愈特别在描绘人物形象方面，有很高的技巧。他在碑传文
字中的艺术成就，主要就在再现人物的精神面貌上。这里我们先
来看看《张中丞传后叙》的后一半。在那里用描写的方法，写出三
个人物：张巡、许远、南霁云。前一段是集中笔墨写南霁云的。在
全文中，这是陪衬人物，用以衬托张巡、许远的战功，是作为守城战
役中多方面斗争的具体事例来写的，但却写出了一个活生生的爱
国抗敌的英雄人物形象：

> ……南霁云之乞救于贺兰也，贺兰嫉巡、远之声威功绩出

己上,不肯出师救。爱霁云之勇且壮,不听其语,强留之,具食与乐,延霁云坐。霁云慷慨语曰:"云来时,睢阳之人,不食月余日矣。云虽欲独食,义不忍;虽食,且不下咽。"因拔所佩刀,断一指,血淋漓,以示贺兰。一座大惊,皆感激,为云泣下。云知贺兰终无为云出师意,即驰去。将出城,抽矢射佛寺浮图,矢著其上砖半箭。曰:"吾归破贼,必灭贺兰,此矢所以志也。"愈贞元中,过泗州,船上人犹指以相语。城陷,贼以刃胁降巡,巡不屈,即牵去,将斩之。又降霁云,云未应。巡呼云曰:"南八,男儿死耳,不可为不义屈。"云笑曰:"欲将以有为也。公有言,云敢不死!"即不屈。

这里把人物放在特定的环境中,写了他突围乞援和英勇就义两个情节。在睢阳孤城被围时,唐朝将领"弃城而图存者,不可一二数;擅强兵坐而观者,相环也"。贺兰进明时为河南节度使,睢阳即在其治下。他当时因与宰相房琯有矛盾,拥兵自重,坐视不救。写南霁云向他乞援而不得,收到了对比的效果。而具体写乞援又着重渲染饮宴一节。用南霁云的一席话、断一指、射一箭这几个细节,写出了人物的义勇果决。席间众人的表现则是对这一性格的烘托。这样,在短短的文字中,一个活生生的性格就突现出来了。而写他的牺牲,写他与张巡对答,表明英雄间义气相感,则把这个人物纳入整篇文章的构思之中。后面写张、许,重点写张巡。写张巡,则写其生平逸事,以显示人物的精神风采;然后再写其不屈牺牲,对士卒以大义相勉励。把生活琐事与临难大节夹杂在一起写,就能更丰满地、多侧面地写出人物的面貌。这样,《张中丞传后叙》前半在驳论中叙述了张、许二人的主要业绩,后半又对他们活动的一些细节加以具体补充,人物的形象就矗立起来了。作品并没有全面历叙人物生平,但人物的精神、品格却清晰可见。人们在千载之下,仍然感受到他们的凛凛生气。张伯行评论说:"叙事奇崛,其刻划琐细处,使人神采踊跃,全是太史公笔法。"(《重订唐宋八大家

文钞》卷三)韩愈在人物描写上确实学得司马迁《史记》的神髓。王
闿运有不同看法:"退之自命起衰,首倡复古,心摹子云,口诵马迁,
终身为之,乃无一似。最名者记张巡,传毛颖,游戏之作,宜可优
孟,乃亦是凡近之词。其述睢阳,便似小说,反不及侯朝宗《马伶
传》为能起予。"(《论文体》,《国粹学报》三十八期,转引《中国近代
文论选》上册第三三一页)这里所指责的"凡近"、"似小说",实际正
是韩愈对于刻划人物艺术的发展,即他更注意戏剧性、艺术夸张、
细节的运用等等。说起他的小说笔法,又不能不提到他的《试大理
评事王君墓志铭》,这里写了一个怀才不遇的落拓文人王适。文章
前半选择他"缘道歌吟,趋直言试";"蹋门"见李将军,自称"天下奇
男子";谢绝方镇卢从史的"遣客钩致"以及不乐为客,"一旦载妻子
入阌乡南山不顾"等情节,写出他狂傲不羁,不随流俗的性格,以及
在他这种不拘礼法的表面之下内心的正直与道义感。接着就是一
段小说似的文字:

> 初,处士将嫁其女,怃曰:"吾以龃龉穷,一女,怜之,必嫁
> 官人,不以与凡子。"君曰:"吾求妇氏久矣,惟此翁可人意。且
> 闻其女贤,不可以失。"即谩谓媒妪:"吾明经及第,且选,即官
> 人。侯翁女幸嫁,若能令翁许我,请进百金为妪谢。"诺,许白
> 翁。翁曰:"诚官人耶? 取文书来。"君计穷吐实。妪曰:"无
> 苦。翁大人,不疑人欺我。得一卷书粗若告身者,我袖以往。
> 翁见,未必取视。幸而听我。"行其谋。翁望见文书衔袖,果信
> 不疑,曰:"足矣。"以女与王氏。……

这里写了三个人物。通过这个富于传奇情趣的故事,把侯翁的迂
阔、媒妪的狡黠和王适的玩世不恭完全表现出来了。这是通过想
象创造出的夸饰的情节,利用生动的冲突来表现了人物,确实是小
说习用的手法。林云铭分析这篇文章:"婿入南山,翁投江水,诸公
贵人之侧,皆一般熟软媚耳目物件,方枘入凿,无所容身。"(《韩文

起》卷十一）何焯则说："一妻耳，犹谩言官人而乃得之，则何事不困于无资地而不能自出乎？书此以见其穷，所谓微而显也。"（《义门读书记·昌黎集》卷四）这都说明了这篇文章的思想内容的严肃意义。韩愈还特别善于写具有高度概括性的"类型化"的形象。例如前面所提到的《蓝田县丞厅壁记》和《送殷员外序》，前者对县吏的描写，后者对朝官的描写，都刻划出一类人的面貌。鲁迅所谓"砭锢弊常取类型"，"类型"中也有相当的典型性。中国古典散文中多写"类型"式的人物，也可以说是它的一个艺术特点。这里还可举《送李愿归盘谷序》为例。友人李愿归盘谷隐居，作者写序为他送行。这是苏轼所谓唐人第一篇文字，曾把它与陶渊明的《归去来辞》相提并论。他还曾说："平生愿效此作一篇，每执笔辄罢，因自笑曰：不若且放教退之独步。"（《东坡题跋》卷一）这篇作品艺术上的一个大的成就，就是写出了社会上官僚士大夫三种人的形象。后人评论是"丹青笔也，形容如画图"（程端礼《昌黎文式》卷二），确实把几类人的面貌写得栩栩如生。这是借李愿之口说出的：

> 愿之言曰：人之称大丈夫者，我知之矣：利泽施于人，名声昭于时，坐于庙朝，进退百官，而佐天子出令。其在外，则树旗旄，罗弓矢，武夫前呵，从者塞途，供给之人，各执其物，夹道而疾驰。喜有赏，怒有刑。才畯满前，道古今而誉盛德，入耳而不烦。曲眉丰颊，清声而便体，秀外而惠中。飘轻裾，翳长袖，粉白黛绿者，列屋而闲居，妒宠而负恃，争妍而取怜……

这是第一种人物，所谓"大丈夫"。这是讽刺形象。周密曾说："昔人有言，韩退之《送李愿归盘谷序》，所述官爵、侍御、宾客之盛，皆不过数语；至于声色之奉，则累数十言，或以讥之……"（《浩然斋雅谈》卷上）俞文豹也曾说"曲眉丰颊"等"数句可去"（《吹剑录》）。王若虚则说："崔伯善尝言退之《送李愿序》'粉白黛绿'一节当删去，以为非大丈夫得志之急务。其论似高，然此自富贵者之常，存之何害？但病在太多,且过于浮艳耳。余事皆略言,而此独说出如许情状,何邪？盖不唯为雅正之累,而于文势亦滞矣。"(《潇南遗老集》卷三十五《文辨》)这些评论,可说都没有触及韩文的真意。实际上,这里铺排官爵、侍御、宾客之盛,并非赞语,而是写其声势赫奕,姿态骄矜;而写其仆从众多,赏罚任情,则表现其横暴恣肆;最后写其姬妾成群,"声色之奉",则表现其腐败堕落。下面的"大丈夫之遇知于天子,用力于当世者之所为也。吾非恶此而逃之,是有命焉,不可幸而致也",实际上是讥刺语,表示自己不与同群,完全是鄙视的口吻。而由于这样地铺张描述,把这种人得意张狂的形象勾画出来了。所以古代又有人说"曲眉丰颊"等语"皆写真文字也"(何孟春《余冬诗话》卷下)。接着,写"我则行之"的隐逸生活:

> 穷居而闲处,升高而望远,坐茂树以终日,濯清泉以自洁。采于山,美可茹;钓于水,鲜可食。起居无时,惟适之安。

这几句话,巧妙地用了环境衬托,简洁地叙写了特定的心理,描绘出一种放浪山林的自由自在的人生,肯定了那种不为世务名利所系、达到心安神适的生活理想。这第二种形象,与前后形成对比。下面是第三种人:

> 伺候于公卿之门,奔走于形势之途,足将进而赵趄,口将言而嗫嚅,处秽污而不羞,触刑辟而诛戮,侥幸于万一,老死而后止者,其于为人贤不肖何如也!

这是一种攀附权贵的"帮闲"者的丑态。"伺候""奔走",写他们在势力之途上奔竞、追求;"足将近"、"口将言"两个细节,刻划出他们畏慎委琐,可悲亦复可怜的面目。这样,一前一后,描绘了得志之小人与不得志之小人;中间写一种理想的人生道路。三类人的鲜明的形象,寄托了作者强烈的爱憎,表达了他对于腐败官僚社会的厌恶。这种"类型"化的人物,也是很有艺术力量的。韩愈描绘人物,无论是历史人物还是现实人物,用素材的描写或典型概括的方法以及具体描摹技巧,都具有较高的水平。说韩文可以上比史迁,很重要的是因为有这一方面。骈文在写人物上受到格式的严重限制,例如用四、六偶句就传达不出人物对话的口吻声情,用事典就难以表现行事的真实。韩文从根本上打破了这种局限。这也是他的"古文"之所以成功的原因之一。后人说写人物时铺叙易,形容难,因为一个人的行事容易写出,但形容描摹其具体形象,表现他的精神世界确实是较难的。韩愈突破了这个难点,把散文艺术向前发展了。

韩愈的场面描写,也很见功力。众多的人物活动在一个场景之中,把这种活动连同它的气氛用简洁的笔触描绘下来,难度是很大的。如果写得太琐碎,会忽略了全局的表达;如果写得太概括,又会失去形象的具体和鲜明。司马迁的《史记》善于写场面,如《项羽本纪》中的鸿门宴、《廉颇蔺相如列传》中的渑池会等,都是古典散文中描写场面的范例。它们在描写中用场面中的主要人物带动全局,着重揭示事件矛盾的戏剧性,注意对全局气氛的烘托,把历史事变在场面中再现出来了。就历史眼光看,韩愈是远远比不上司马迁的。所以他的场面描写的深度、广度及其中包含的历史意义也比不上《史记》。但从艺术技巧和表达的生动性上看,韩愈的笔法却可与司马迁相媲美。如《国子助教河东薛君墓志铭》写一个名叫薛公达的人,以文才知名,佐凤翔军。军帅是个武夫,因而对他不加礼重。他为作书奏,军帅竟读不成句,传一幕以为笑,他在文才上是胜利了。后来又举行比武阅军:

> 后九月九日,大会射。设标的,高出百数十尺。令曰:"中,酬锦与金若干。"一军尽射,莫能中。君执弓,腰二矢,挟①一矢以兴,揖其帅曰:"请以为公欢。"遂适射所。一座皆起随之。射三发,连三中,的坏不可复射。中,辄一军大呼以笑,连

---

① 原为"指",此据五百家注本校改。

　　三大呼笑。

这里仅用九十个字就写出一个精彩场面,把主人公的从容自信、高超技艺生动地描绘出来了。在场面中,以主要人物为核心,在场的全部群众都被调动起来。特别是"一军大呼以笑,连三大呼笑"的描写,如闻其声,写出了群众被薛公达的武艺所惊服的热烈情绪。王若虚行文主简,认为后面的"连三大呼笑"是用语重复,不须用,并联系《史记》写陈平从攻陈豨时说到"黥布凡六出奇计,辄益邑,凡六益封",认为二者弊病相同(见《滹南遗老集》卷三十五《文辨》)。如果单从达意看,像"连三大呼笑""凡六益封"这样的词句确实可以删去。但如果从文情看,这种重复却是有力的渲染,在表现上是起很大作用的。读到"连三大呼笑",我们好像亲闻那一阵阵欢呼声,也可以想象群情踊跃的情形。所以储欣说:"写射咄咄欲活,未知读《史记·李将军传》之快,视此何如?"(《昌黎先生全集录》卷五)再如《送幽州李端公序》,描写一个幽州节度使郊迎朝廷敕使的场面。这篇文章也是写藩镇问题的。幽州历来是反侧之地,刘济是跋扈的强藩,李益时为其从事,到东都省亲后归北,韩愈写序以送之。文章开头借宰相李藩的一段话,回顾其出使幽州时所受的优礼迎迓,韩愈借此表示他的讽喻与期望。这样,开头这个场面描写,是有很深的寓意的:

　　……某前年被诏告礼幽州,入其地,迓劳之使累至,每进益恭。及郊,司徒公红帕首,靴裤握刀,左右杂佩,弓韣服,矢插房,俯立迎道左。某礼辞曰:"公,天子之宰,礼不可如是。"及府,又以其服即事。某又曰:"公,三公,不可以将服承命。"及馆又如之。卒不得辞。上堂,即客阶,坐必东向。

这是以刘济为中心,表现他与敕使的关系,写他迎接朝廷使臣之温恭有礼。"及郊"一节,刘济的威风、侍从的雄武造成整肃强大的军容,更陪衬出刘济对朝廷的温顺态度。这实际上并不是幽州与朝廷的真实关系。韩愈把桀骜不驯的强藩写得这样恭顺畏慎，是要表现他自己的政治主张。但这种写法是很简洁生动的。《南海神庙碑》描绘大海的壮观与祭神仪式的雄伟，场面更是廓大恢诡：

> ……于是州府文武吏士，凡百数，交谒更谏，皆揖而退。公遂升舟，风雨少弛，棹夫奏功，云阴解驳，日光穿漏，波伏不兴。省牲之夕，载旸载阴。将事之夜，天地开除，月星明概。五鼓既作，牵牛正中，公乃盛服执笏以入。即事，文武宾属，俯首听位，各执其职。牲肥酒香，樽爵净洁，降登有数。神具醉饱，海之百灵秘怪，慌惚毕出，蜿蜿虵虵，来享饮食。阖庙施舻，祥飙送帆，旗纛旄麾，飞扬晻蔼。铙鼓嘲轰，高管嘄谹，武夫奋棹，工师唱和，穿龟长鱼，踊跃后先。乾端坤倪，轩豁呈露……

这是韩愈做潮州刺史时替岭南节度使孔戣祭南海所作。这一段描写祭神情景，把自然景物与人事结合起来，写大海中鱼龙变怪、气象壮观，加强了祭祀中那种既肃穆又热烈的气氛。这是一种特异的景象，韩愈的雄奇风格在这种文章中表现得很为突出。

中国古典美学有形神兼重的传统。即是说，艺术形象的创造，不仅要求形似，而且要求神似。但"神"并不在"形"外，脱离具体、鲜明的形象也就无所谓"神"的存在了；然而"神"又不局限于"形"，它应当包含更丰富的内容，给人以联想的余地。形神兼备才能创造出一种更高的艺术真实。从以上所举的例子已经可以看出，韩愈在描写中是得到了这种形神并重的精义的。以形传神，以神统形，使得艺术形象更为鲜明，更有表现力，也更富感染力。可以随便再举几个例子。《与鄂州柳中丞书》写淮右跋扈，诸将畏缩不敢与之抗争，独鄂岳观察使柳公绰扬兵界上，有向敌之意，韩愈写自己：

> 愚初闻时，方食，不觉弃匕箸起立。

这里只是几个简单的动作：方食、弃匕箸、起立。这几个动作写出一个自我形象，传达出了当时那种惊喜、振奋的心情，把神态、心理写出来了。从而也更显示了柳公绰行动的难能可贵。《答崔立之书》写到自己所写应试文字：

> 退自取所试读之，乃类于俳优者之辞，颜忸怩而心不宁者数月。

"颜忸怩"是写"形"，但又是传"神"之笔。配合下面"心不安者数月"，写出了那种愧对于人的惶惑之态，宛然在目。像这类写法都极其简洁，是"白描"，但又是"写神"。前面提到的《唐故殿中少监马君墓志》，写马燧祖孙三代人形象：

> 姆抱幼子立侧，眉眼如画，发漆黑，肌肉玉雪可念，殿中君也。当是时，见王于北亭，犹高山深林巨谷，龙虎变化不测，杰魁人也。退见少傅，翠竹碧梧，鸾鹄停峙，能守其业者也。幼子娟好静秀，瑶环瑜珥，兰苕其牙，称其家儿也。

这里三个人，一个是中唐名将，封为北平王的马燧，一个是其子少府监马畅，再一个是墓主马继祖。马继祖无本可志，故文章只以叙说世旧为波澜。但在叙说中，用形容和比拟的手法，写出三个不同身份的人。如"高山深林巨谷，龙虎变化不测"，写的自然是一员大将；而马畅的如"翠竹碧梧"，马继祖的"眉眼如画"，则是以华丽字面表现贵公子的清秀雍容风度，写出了他们的容止神情。而正是在这种赞美之中，使人想象出马氏荣落的原因。何焯说："如此俯仰淋漓，仍是简古，不觉繁溢。屈指三、四十年事，写得历历在目，依依如画，真神笔也。"（《义门读书记·昌黎集》卷四）程端礼说："笔如神龙变化，莫测其妙。"（《昌黎文式》卷二）而这种传神之笔，也正是艺术典型化的要求。

　　形象性是文学的基本特质之一。典型形象，是文学表达的主要手段。因此，塑造艺术形象的水平，是艺术高度的重要标志之一。但是,中国古典散文从哲理散文与历史散文发展而来,一般地说不太重视形象的描摹刻划,而主要以辨理述事为表现手段。此外,散文这种体裁本身也不要求创造完整的人物形象。所以,中国古典散文中形象描绘的艺术相对说来是欠发达的。六朝文章,比较注重描摹物态,但又往往流于浮薄;且多摹山范水,作为文学中心的人的描写仍不被重视。这样,韩愈发展《史》、《汉》以来史传文学的传统,发展了刻划人物的技巧,注意运用细节描写,在戏剧性的场面中,在形似与神似相统一中写出一系列具有一定典型概括性的形象,这是散文艺术的一大成绩。他在这方面的成就,是他同时和以后的古典散文家们很少能够企及的。

质朴而热烈的抒情

前面已经说过,韩愈的议论多带感情。从他的全部散文创作看,感情真挚热烈算是一大特点,也是一大优点。他的雄奇恣肆的风格,与感情的表达方式有关。而文学,作为一种应当具有强烈美感的艺术形式,必须是能够以情动人的。文学创作是客观现实的反映,但又是主观的创造。作者的感情应渗透在每一行、每一字之中,应表现在每个形象、每个细节之中。韩愈的作品以情感人,是它们的艺术力量的一个重要源泉。这样的写作特点,甚至常常弥补其论理的不足。

在理论上,韩愈倡"明道",但同时又很重"情"。大家知道,在他的《原性》中,提出了"性"与"情"的区别,这是接受了佛教禅宗"明心见性"之说的影响,开宋代理学家主张"性善情恶"的先河。但他不像宋人那样主张"情之溺人"、要求做到"死生荣辱转战于前曾未入于胸中","情累都忘"(邵雍《伊川击壤集序》),而是认为情

视性,也有三品。所以不只性有善恶之分,情也有善恶之分。人秉
七情,也可以"动而处其中"。这样,人的感情与人的本性相符合,
就不像理学家那样视为罪恶的渊源了。因此,他在理论上,就首先
肯定了"情"在人身上的重要位置和它的合理存在的缘由。而在文
学创作上,他就要求"志深而喻切,因事以陈辞"(《答胡生书》);就
要养"气";使文章"惮赫若雷霆,浩汗若河汉,正声谐韶濩,劲气沮
金石"(《上襄阳于相公书》);就自负"时有感激怨怼奇怪之辞"(《上
宰相书》)。这都表明他对创作中的主观情志的重视。

　　韩愈写过《祭十二郎文》、《祭柳子厚文》那样的述情文字。但
统观全集,这种专门写情的篇章较少。他的一些书、序体文章,如
《韦侍讲盛山十二诗序》、《上巳日燕太学听弹琴诗序》、《与崔群书》
等,抒情成分很重。除此之外,他的碑传散文与议论文字也往往流
露出饱满的感情。这与他的世界观和个人精神气质有关。从世界
观上讲,他一生以"明道"为职志,热心世务,积极进取,坚持儒家用
世态度。在他认为的是非问题上是有强烈的爱憎的。在个人气质
上,他是热情、敏感的人。他的《刘生诗》中有"往取将相酬恩仇"的
句子,何焯评论说:"虽因其人而言之,然公之生平于恩仇二字耿耿
不忘,亦心病之形于声诗者也。"(《义门读书记·昌黎集》卷一)实
质上他不只对个人恩怨反应强烈,对现实中的许多事物他感受都
特别锐敏,并能做出强烈的反应。韩愈的这种热烈的性格,也是形
成他的散文的强烈抒情色彩的一个因素。黄宗羲说过:"情者可以
贯金石,动鬼神。"(《黄孚先诗序》,《南雷文案》卷二)"今古之情无
尽,而一人之情有至有不至。凡情之至者,其文未有不至者也。"
(《明文案序》上,同上卷一)王国维则认为:"文学中有二原质焉:曰
景,曰情……苟无锐敏之知识与深邃之感情者,不足与于文学之
事。"(《文学小言》,转引《中国近代文论选》下册第七六七—七六八
页)这都是冲破宋明理学对于"情"的偏见的意见,是很有道理的。
在这一点上,韩愈也没有被"道"所束缚住。抒情热烈,情文相生,

加强了他的散文的艺术力量。

王充《论衡》中有"调辞以务似而生情"的话。林纾解释说，这所谓"似"，非貌似之谓，而是指当时确有此情事。就是说，文章"生情"是以真实性为基础的。作者对现实事物有真感受，表现在文章中才有真感情。韩愈善于体察现实隐微，曲尽世态人情，因此文章中的感情也就是真切的。如果说真实是艺术的生命，那么感情的真实就是抒情的生命。韩愈特别在写到怀才不遇、身世坎坷、世态冷暖的主题时，倾注的感情特别真挚，表现上也特别真切。他是把个人的遭遇、感受融入其中的。例如他的《欧阳生哀辞》，写友人欧阳詹弃养父母、事业无成的悲哀。文章前半叙述，然后夹写自己，反复低回，油然入情：

> 呜呼！詹今其死矣！詹，闽越人也，父母老矣。舍朝夕之养，以来京师，其心将以有得于是，而归为父母荣也。虽其父母之心亦皆然。詹在侧，虽无离忧，其志不乐也；詹在京师，虽有离忧，其志乐也。若詹者，所谓以志养志者欤？詹虽未得位，其名声流于人人，其德行信于朋友，虽詹与其父母皆可无憾也。詹之事业文章，李翱既为之传，故作《哀辞》以舒余哀，以传于后，以遗其父母，而解其悲哀，以卒詹志云。

林纾评论这篇文字说："词中既哀詹矣，又哀其父母。见詹之死，尚有父母悲梗于上，所以可哀也……子固、震川皆不长于韵语，去昌黎远甚。"（《春觉斋论文》）昌黎在这里不只写出死的可哀，更写出生之可悲。所谓"以志养志"，实际是为了谋求仕进而牺牲孝养。这是生离之悲。而就是这种状态也不能保持，欧阳詹竟夭折于京师，留下了空怀希望的父母，这是更让人感到悲痛的死别之哀。这就写出了当时求仕进的一般知识分子生活的坎坷和感情的矛盾。作者的慰解的殷勤，恰恰表明了内心的沉重。方苞说："退之文，每至亲懿故旧，存亡离合，悲思慕恋，恻然自肺腑流出，使读者气厚。"

(转引马其昶《韩昌黎文集校注》卷五)做到这一点,很重要的一个原因是韩愈本人也有坎壈的经历,他内心中有相似的感受。《与崔群书》抒写自己与崔群的交谊,也是感情十分真切,表达也非常动人。文章的最后两段,一段写贤者不遇之悲,对造物者主持世界之不公提出诘问,愤而问天之后,同时又对友人加以慰解和劝勉;另一段则叙写自己境况,以寄托思念:

> 仆无以自全活者,从一官于此,转困穷甚。思自放于伊、颍之上,当亦终得之。近者尤衰惫,左车第二牙,无故动摇脱去;目视昏花,寻常间便不分人颜色;两鬓半白,头发五分亦白其一,须亦有一茎两茎白者。仆家不幸,诸父诸兄,皆康强早世。如仆者又何以图于久长哉!以此忽忽,思与足下相见,一道其怀。小儿女满前,能不顾念?足下何由得归北来?仆不乐江南,官满便终老嵩下。足下可相就,仆不可去矣。珍重自爱,慎饮食,少思虑。惟此之望。愈再拜。

这封信本是写给崔群,表示慰问的。但这样叙入自己的感受,使友人、自己与读者的感情都相通起来了。在描述或说明一件事物时,把自己的亲身体验融入其中,是韩愈抒情的一个具体手法。这样也使读者感到特别亲切与真实。另外,感情的真挚与表达的质朴又是相关联的。像这段文章,只是用如道家常的语言,不加文饰地叙说人生日常的琐末,写的都是人在一定境遇下的一般感情,因此也就能够引起人的共鸣。但这种真正的艺术的质朴,又并不是简陋粗糙。它是千锤百炼而来,是艺术上高度的圆熟造成的平淡,即苏东坡所谓"渐老渐熟"。这是艺术上相当高的境界。

与抒情的真实相联系的,是表达感情的细腻。韩愈善于把人的内心的细微的变动和它的复杂矛盾,十分细腻地传达出来。从前引文章中已经可以看出这一点。这里再举他的《祭十二郎文》为例。这是古今传诵的述情文字的名篇。十二郎名韩老成,本是韩愈仲兄韩介所生,因为韩会无子,过继给韩会。韩愈早孤,为韩会和嫂夫人郑氏所鞠养。韩会死于岭南,韩愈与老成年幼,共同度过了一段相当困顿的生活。老成死时很年轻,没有做官,生活看起来是萧条暗淡的。据《文苑英华》,此文作于贞元十九年(八〇三)五月二十六日,其时韩愈经多年奔波后入朝为监察御史。老成本身生平事迹没什么大事可以记述;韩愈与他自成年后即各奔前程、相互离异,也没有什么事情可写。这篇作品,只是不加藻饰地一吐自己的悲哀,详述自己在得知亲人夭亡后的矛盾痛苦的心情。结果"总见自生至死。无不一体关情,悱恻无极,所以为绝世奇文"(林云铭《古文析义初编》)。从文章的题材和主题看,并没有直接、正面地反映现实社会的重大矛盾,所写不过是人世亲交间的私情。但由于写得细致逼真,动人心弦,把主题的有限的意义渲染加深,表现得十分充分,却仍给读者以深切的感动。作品由二人早年生活平平叙起,写他们始相依,终相离。相依时生活很困顿,"零丁孤苦","形单影只",是可悲的;后来为求斗斛之禄,只好各奔他乡,亲人不能聚首,相离也是可悲的。这样,从文章一开头,就"入己之事实,当缘情而抒哀","夹叙风物,触目成悲"(林纾《春觉斋论文》)。接着一段,详述自己接到老成死讯后凄惶激动的心情:

> 去年,孟东野往,吾书与汝曰:"吾年未四十,而视茫茫,而发苍苍,而齿牙动摇。念诸父与诸兄,皆康强而早世。如吾之衰者,其能久存乎? 吾不可去,汝不肯来,恐旦暮死,而汝抱无涯之戚也。"孰谓少者殁而长者存,强者夭而病者全乎! 呜呼,其信然邪? 其梦邪? 其传之非其真邪? 信也,吾兄之盛德而夭其嗣乎? 汝之纯明而不克蒙其泽乎? 少者、强者而夭殁,长者、衰者而存全乎? 未可以为信也,梦也,传之非其真也。东野之书,耿兰之报,何为而在吾侧也? 呜呼,其信然矣! 吾兄之盛德而夭其嗣矣! 汝之纯明宜业其家者,不克蒙其泽矣! 所谓天者诚难测,而神者诚难明矣;所谓理者不可推,而寿者

不可知矣！虽然，吾自今年来，苍苍者或化而为白矣，动摇者
或脱而落矣。毛血日益衰，志气日益微，几何不从汝而死也。
死而有知，其几何离；其无知，悲不几时，而不悲者无穷期矣。
汝之子始十岁，吾之子始五岁，少而强者不可保，如此孩提者
又可冀其成立邪？呜呼哀哉！呜呼哀哉！

过琪评这一段文字："想提笔作此文，定自夹哭夹写，乃是逐段接连
语，不是一气贯注语。看其中幅，接连几个'乎'字，一句作一顿，恸
极后人，真有如此一番恍惚猜疑光景。又接连几个'矣'字，一句作
一顿，恸极后人，又真有如此一番搥胸顿足光景。写生前离合，是追
述处要哭；写死后惨切，是处置处要哭。至今犹疑满纸血泪，不敢多
读。"(《古文评注》卷七)这本是一篇倾吐情愫的架空文字，它确实把
听到亲人死讯那种惊、疑、悲、悔的心情细致摹写出来了。第一层写
死讯传来之意外，少者强者竟意外夭折，这对死者、对生者都是可悲
的；第二层写震惊之后的疑惑，写疑信不定的心情，由疑而信，发出了
对天、对神、对理的诘问，写人生的软弱无力，对死亡的无可如何；第
三层写稍微冷静之后，始体会到真正的悲伤，引发出对后嗣的系念。
文章写内心矛盾，写心理变化极好，把实际上是刹那间的心情起伏分
解开了，又综合起来了，传达出来了。具体写法上用了必要的重复和
铺衍，加强了反复咏叹的效果。接着，笔锋一转：

汝去年书云：比得软脚病，往往而剧。吾曰：是疾也，江南
之人，常常有之。未始以为忧也。呜呼！其竟以此而殒其生
乎？抑别有疾而至斯乎？汝之书，六月十七日也。东野云：汝
殁以六月二日。耿兰之报无月日。盖东野之使者，不知问家
人以月日；如耿兰之报，不知当言月日；东野与吾书，乃问使
者，使者妄称以应之耳。其然乎？其不然乎？

这里又写不知死因，不知死时，又提出一些疑问，感情上又掀起一
阵波澜。这是在一时震惊后的追索，从中再一次突显出作者对死

去的亲人的一往情深。然后,再叙写自己的吊祭之意,表达内心中的终天之悲和因而造成的对人生的失望。这样,这篇作品虽写的是亲情琐末,但也从侧面写出了当时一般知识分子的仕途的艰辛和人生的苦痛。正因为作者运笔细腻,真实再现了内心的隐微,才使得这篇文字成为述情文字中的千古绝唱。后来有人指责此文"未免俗韵"。这可能有两方面的含意,一是就语言形式上说,文章多用偶对,音韵流易,显然留有骈体格调。但下面还将讲到,散文中融入骈文句式格调,并不可一般地指为文病。就以这篇文章说,使用流丽的对句恰恰有助于表达一气直泄的热情。再就是指表达感情凡俗。实际上,这篇文章正是把普通人的亲情提炼出来,用亲切的日常对话的口吻表达出来,造成了动人心弦的情调。这种"俗"就不是庸俗、凡俗,而是直揭隐微的纯真质朴。韩愈的述情的细致,正是以感情的充实为前提,而不是琐碎累赘,无病呻吟。这里只举《祭十二郎文》一个例子,如前述《与崔群书》和《与孟东野书》、《祭柳子厚文》等等,都有相似的优点。

韩愈的抒情又是很深刻的。他一般并不叫嚣怒骂或大喜欲狂。表情虽然雄肆浩大,却不是那么浅露浮薄。感情尽管强烈,但又有深度。他的抒情,往往发人深省,启发人由激动转向思索。这是因为抒情本身包含着一定的意蕴,也是由于他确乎是有动于衷才形于言。他的感情是结合着对于许多现实人生问题的深刻思索与认识而表现的。柳宗元死后,他前后写了三篇纪念文字,即《柳子厚墓志铭》、《祭柳子厚文》和《柳州罗池庙碑》。其中每一篇都浸透着作者深切的悲悼之情,又都提出了一定的社会问题。他的感情已超出了个人的悲哀之外,而包含着对人生、对社会问题的某种思索与批判。《柳子厚墓志铭》在这一点上是很明显的。再来看《祭柳子厚文》的一段:

> ……人之生世,如梦一觉,其间利害,竟亦何校?当其梦时,有乐有悲,及其既觉,岂足追惟?凡物之生,不愿为材,牺

尊青黄，乃木之灾。子之中弃，天脱羁羁，玉佩琼琚，大放厥辞。富贵无能，磨灭谁纪！子之自著，表表愈伟。不善为斫，血指汗颜，巧匠旁观，缩手袖间。子之文章，而不用世，乃令吾徒，掌帝之制。子之视人，自以无前，一斥不复，群飞刺天……

这是就柳宗元生平际遇的一段议论，同时也表达了作者热烈的感情。在赞美与悲悼中，表露了对于当时社会上才大招祸、有能难施的现状的愤慨。关于人生如梦的感叹，有悲观虚无的一面，但也有对于当时社会上是非利害的鄙弃；下面用《庄子》"牺尊青黄"的比喻，写出对于压抑人才的不合理的社会的怨愤。这样，写的就不仅是哀悼亡友的悲哀，而更能就一个人的命运透视社会，表达了对于社会问题的态度。这里抒发的感情因此也就超越了个人喜怒的局限，而有了一定的普遍意义。这样的抒情不仅有新意，而且是有深度的。韩愈为友人写的不少书、序，为亡友写的墓志，往往是带着这样强烈感情来运用笔墨的。他常常让感情生发开来，透过一人一事，表现他对社会上某种现象的认识，写出自己的喜怒哀乐。例如《与孟东野书》，慨叹孟郊"言无听也，唱无和也，独行而无徒也"。这种孤独感，是孟郊的，也是韩愈的。在当时社会中不被知遇的知识分子都有相似的处境，相似的感情。同样，《与崔群书》中写到：

> 贤者恒不遇，不贤者比肩青紫；贤者恒无以自存，不贤者志满气得；贤者虽得卑位则旋而死，不贤者或至眉寿。

然后，发出对"造物者"的疑问。这是一种对社会问题的揭露，由激愤发出奇想，把感情抒写得郁勃淋漓。这里的感情也是有社会内容的。就是《殿中少监马君墓志》的最后一段，表面上看只是写半生而哭马氏三世，他这样说：

> 后四、五年，吾成进士，去而东游，哭北平王于客舍。后十五、六年，吾为尚书都官郎，分司东都，而分府，少傅卒，哭之。又十余年，至今，哭少监焉。呜呼！吾未耄老，自始至今，未四

　　十年,而哭其祖、子、孙三世,于人世何如也! 人欲久不死,而
　　观居此世者,何也?

看起来,这里有些厌世观念,但实际上也写出了一个知识分子奔走
仕途、半生沦落的可悲,还流露出对于荣华富贵之不可恃的讽喻。
所以这种感想也是有一定典型意义的。一个作家如果只盯着渺小
的个人利益,只抒写他一己的悲欢,是不能打动读者的。他可以把
自己作为表现中心,但这个“自己”应当是艺术手段,是他的艺术创
造。他通过它来反映社会,表现更普遍、更典型的东西。中国古代
的散文家,多使用“应用”文体。如写“书”,这是私人信件;写“墓志”,
这是记录某个个人的生平的。但作为艺术创造,它们又是面向社会
的。它们要提出当时社会关心的问题,表达作者的意见、观点和感
情。韩愈散文在抒情上的深度,来源于这种感情的一定的社会意义,
又造成它们的社会价值的一个方面。当然,我们肯定韩愈这一点,也
不能不看到他的局限。他写得最真切的是他那一个阶层的知识分子
的感情,对更广泛的社会矛盾,对重大政治斗争,特别是民间饥苦,在
他的作品中涉及较少。在有些作品中写到了这些,如《赠崔复州序》
写到“赋有常而民产无恒”、“民就穷而钦愈急”的情形,但多是理智的
观察,情绪上不是那么痛切。这是他的弱点。

　　谈韩文的抒情,除了应看到那些抒情的篇章、抒情的段落之
外,还应当注意到他的许多文章在字里行间包含的强烈感情。这
种行文中的强烈的主观性,是他的文章动人心弦的原因之一。这
不一定是大声疾呼,剑拔弩张。他常常在论理中,在琐琐如道家常
的记叙中,流露出内在的热情。例如他的《原道》、《与孟尚书书》等
作品,都是表现“卫道”主张的,但是其中处处露出对“圣人之道”的
信仰,对儒道中衰的焦虑,以及个人阐扬儒道的决心与自信。像这
样的文章:

　　……释、老之害,过于杨、墨;韩愈之贤,不及孟子。孟子

不能救之于未亡之前,而韩愈乃欲全之于已坏之后,呜呼! 其
亦不量其力,且见其身之危,莫之救以死也。虽然,使其道由
愈而粗传,虽灭死万万无恨。天地鬼神,临之在上,质之在傍,
又安得因一摧折,自毁其道,以从于邪也? ……

虽然他的想法与态度不无迂腐之处,但高昂的斗志,旺盛的热忱,
造成了行文磅礴的气势,使字字掷地有金石声。他的讲辟佛,正如
有很多人指出过的,道理上没有多少新意。他讲的那些道理,唐初傅
奕大体都讲过;甚至他的反佛理论远不及范晔《神灭论》的水平。但
他的一篇《论佛骨表》,传诵千古。他被看作是反佛的一面旗帜。原
因之一在于他适逢其机,正当中唐佞佛狂潮泛滥时,他起而奋力一
击,针对性和战斗力都很强,再就是他的文章写得感情充沛,义正辞
严。他揭示当时群众"焚顶烧指,百十为群,解衣散钱,自朝至暮"是
"伤风败俗,传笑四方",勇敢地直斥被奉为神圣的佛骨是"枯朽之骨,
凶秽之余",并把批判矛头直接指向皇帝。他急切地发出呼吁:

乞以此骨付之有司,投诸水火,永绝根本,断天下之疑,绝
后代之惑。使天下之人,知大圣人之所作为,出于寻常万万
也。岂不盛哉! 岂不快哉! 佛如有灵,能作祸祟,凡有殃咎,
宜加臣身,上天鉴临,臣不怨悔……

这就充分地表述了自己"辟佛"斗争的信心、热情、责任感与牺牲精
神,造成一种咄咄逼人,一往无前的气势。在这里,感情的力量远
远超过论理的力量。《故太学博士李君墓志铭》痛悼友人为方士丹
药所误,列举目见亲接的以服药败死的事实以为世诫,最后愤慨于
人们"不信常道而务鬼怪,临死乃悔",连连发出"可哀也已,可哀也
已"的叹喟,用感慨加强了事实的力量。《鳄鱼文》是在潮州为驱鳄
鱼之害而作,作为祭文当然有迷信内容,但我们今天却不应仅把它
当作迷信材料读。其中包含着与邪恶坚决斗争的寓意。而文章更
写得矫健耸拔,声情并茂,力抵千钧。最后一段:

刺史受天子命,守此土,治此民,而鳄鱼睅然不安溪潭,据处食民畜、熊豕、鹿獐,以肥其身,以种其子孙,与刺史抗拒,争为长雄。刺史虽驽弱。亦安肯为鳄鱼低首下心,伈伈睍睍,为民吏羞,以偷活于此邪?且承天子命,以来为吏,固其势不得不与鳄鱼辨。鳄鱼有知,其听刺史言:潮之州,大海在其南,鲸鹏之大,虾蟹之细,无不容归,以生以食。鳄鱼朝发而夕至也。今与鳄鱼约:尽三日,其率丑类南徙于海,以避天子之命吏。三日不能至五日;五日不能至七日;七日不能,是终不肯徙也,是不有刺史听从其言也。不然,则是鳄鱼冥顽不灵,刺史虽有言,不闻不知也。夫傲天子之命吏,不听其言,不徙以避之,与冥顽不灵而为民物害者,皆可杀。刺史则选材技吏民,操强弓毒矢,以与鳄鱼从事,必尽杀乃止,其无悔!

这里一层层意思,逐层逆接,造成千重万叠的形势,向鳄鱼堆压而去。而这种势不可挡的气势,来自作为"天子命吏"的正义感和强烈的嫉恶如仇之心。这里也包含着巨大的感情的力量。至于如《进学解》《送穷文》那样的文章,写个人身世,感情的表露更为直截。一些记叙文章如《张中丞传后叙》,全文在夹叙夹议之中处处流露出作者的爱憎。韩文中的这种喷薄欲出的热情,有助于造成它们如涛如潮的文章气势与风格。

文学作品作为作家主观创造的产物,感情是内容的重要因素之一。文章要以情感人,没有热情的文章是苍白无力的。叶燮论诗,讲理至、事至、情至,以为"情必依乎理,情得然后理真"(《原诗·内篇》卷下)。此语可通于论文。一个作者写他的文章,总要宣传他的道理,自以为树立的是堂堂之阵,正正之旗。但作者本身没有热情,他就不能以自己的热情调动起广大读者的感情,他的理论就很难说服人,进而也很难说是经得起实践验证的。感情是一己私情;但大众的感情,又是人们的意愿的反映。能使自己的感情感染大众,让它与大众的感情相通,这也是作者思想高度的表现。

从这样的认识来看韩文的抒情，则是他的艺术技巧的成就，也是思想上的成就。

两汉以来，中国散文作为一种正统文学样式，更多地受到经学和士大夫阶层生活实践的束缚。它在内容上常常与一般学术、政治混淆在一起；在实践中又常常与一般应用文章纠缠在一起。这就限制了它的主观抒情性的发展。古代散文侧重记言记事，少有专门言情的。儒家文艺思想又讲"温柔敦厚"，文学创作的表达当然也要"允执厥中"，避免"过犹不及"。到宋人提倡"载道"说，主张"性善情恶"，更排斥了抒情的位置。也是有鉴于文必有情吧，所以又有"因文害道"的极端说法。这样，从文学本身的发展看，韩愈在抒情方面的成就是更值得重视的。

以上，我们从议论、叙事、描写、抒写四个侧面，概略介绍了韩愈的写作技巧。这里讲的还属于一般的行文方式，是写文章通用的表现方法，还不是纯文学的特殊的艺术表现手段。但在散文作家的笔下，这些又形成为艺术技巧，又表现出高度的艺术性。韩愈就正是善于把这类一般的写作手段化为精美的表现艺术的。中国散文在形式上的特征之一，就是往往利用一般文章行文的体制，甚至表达的也是一般文章的内容，而借助于表达上的高度技巧，造成艺术上的美感，取得文学上的表达效果。在这个方面，韩愈堪称典型。例如他把墓志铭、书信等应用文字写成优秀艺术散文，就是借助于卓越的表现艺术。

另外，韩愈对这些写作的基本方法纯熟地掌握，运用起来灵活多变，出神入化，表明他善于学习与继承，并在学习与继承的基础上锻炼出精湛的写作基本功。像叙事、描写这些简单的技法，能造成那么强烈的艺术效果，这不单靠天才，还得靠运笔的纯熟。他的文章为他人难以企及的高妙，往往就从这最基本的技法的巧妙运用中产生。这里的辩证法也是值得我们琢磨的。

第六章　写作技巧(二)

前一章,讨论的是一般的行文方式;这一章,拟在其基础上,探讨韩愈散文的某些艺术手法。

这些手法,这里作为散文艺术技巧来讨论,实际上也通用于一般文章。诸如立意、结构等等,不论写什么文章,都是应当考虑的。但在文学散文中,这些却要更加讲究,以至要把这些技巧提高成为一种艺术。然而在实践上,特别是具体到中国古典散文研究中,这个到达"艺术"的界限又是很难划清楚的。很难说哪种立意方法、结构方法是文学散文使用的,哪些还没有达到"文学"水平;也很难规定艺术加工到什么程度算进了"文学散文"的境界,否则不算。这也是在中国古典文学中难以区划"散文"界线的主要原因之一。本章遵循全书一般掌握的原则,对"散文"的标准放宽尺度。讲艺术技巧,也放大范围,把较多地进行了有意识地修饰与加工的写作方法,都视为散文"艺术"手法。

但是还有一个问题,韩愈本人从来就是反对"程式"的。打破"程式"是"古文"成功的条件之一。从韩文中总括出一些"程式"、"死法",古人早已反对过。李兆洛说:"文之有法,始自昌黎,盖以酬应投赠之义无可立,假于法以立之,便文自营而已。习之者遂藉法为文,几于以文为戏矣。"(《答高雨农》,《养一斋文集》卷十八)这里涉及到两个问题,一个是韩文有没有法? 一个是如何总结与对待法? 总结出一些教条框框来,即鲁迅等大作家都反对的写作须知之类,当然毫不触及作家写作艺术的精义。明、清以来的评点家有其固陋一面,往往表现在这里。但这并不等于韩愈写作不讲方法,没有他在艺术上遵循的原则与路子。否则散文艺术也就无从研究了。这样,笔者以为可以而且应该从大的原则与路子上探讨韩愈散文的艺术技巧。

还有一个问题,即在具体创作实践中,某种艺术技巧都是整体的有机组成部分。技巧要表现一定的内容,不能离开内容而存在;某种技巧又总是与其他艺术技巧相结合,体现在完整的艺术形式中,来创造出整体的艺术成果。然而我们从事研究,只能用分析然后综合的方法,首先把某种技巧单独提出来讨论。这又是一个矛盾。每个研究艺术方法的人都面临着这个矛盾,笔者只能试着处理好这一矛盾。

立　意

“韩门弟子”之一的李翱,在写作上提出“创意”、“造言”两个要求。这里所讲的立意即是“创意”。可以相信,李翱在这方面的意见是得自于韩愈、继承了他的看法的。

中国古代传统文论一般是重“意”的。到陆机的时候,人们已很注重文学创作的形式方面了,但在《文赋》中仍提出“意司契以为匠”的主张,把“意”作为写作的中心。到了齐、梁时代,文坛上忽视思想内容、单纯追求形式的倾向一时成为主流。当时人讲“新变”,主要着眼于形式,结果把文学引向了形式主义的歧途。这是忽视“立意”的一个教训。文学创作失去了严肃的思想内容和社会效用,也失去了真正的艺术形式。唐代“古文”家们为挽救这种颓势,一方面,努力改革文章形式,另一方面,又给这种新的“古文”充实以新的内容。当时的文体革新是结合了内容与形式两个方面进行的。而创作中追求新的立意,利用新的立意方法,也就关系到新文体的内容与形式两个方面。韩愈作为一代文坛宗师,在这方面提出了一系列主张,更在实践中做出了杰出的成绩。"立意"的技巧也就成了他的散文艺术的一个重要方面。韩愈在散文中立什么"意",在"立意"上有什么理论主张,前面已有专门章节讨论了。这里讲写作艺术,研究他如何立意。

唐代"古文"家们一般是重"意"的,但在"立意"的要求与方法上显然不同。例如柳宗元提出"引笔行墨,快意累累,意尽便止"(《复杜温夫书》,《柳河东集》卷三十四),他强调达意的简洁明快,表现在创作的文风上则是峭拔峻洁。而如杜牧以为"凡为文以意为主,气为辅,以辞彩章句为之兵卫"(《答庄充书》,《樊川文集》卷十三),则同时强调文章中气势辞采的作用,所以他的文章气势健举,而不乏奇辞俊语。韩愈的"立意"又有所不同。他不满足于"意举而文备"、只做到"辞达"即可;也不追求形式上的曲折掩抑,而是在事信、理切的原则之下,求深,出新,根据内容表达的要求寻求"立意"技巧,造成雄奇万变、纵横奥衍的气象。

韩愈首先要求"志深而喻切,因事以陈辞"(《答胡生书》),在立意上求深刻。所谓立意深刻,首先是个思想认识问题。作者观察社会现象,不是局限于它的表面,而能深入到它的本质,从而在写作时甚至从日常平凡琐末的题材中,也能生发出深刻的立意。但就写作实践来说,同时也有一个方法问题。艺术方法上的立意求深,就是要在表现内容时层层翻剥,引导读者从现象逐渐认识本质,从个别逐渐看到一般,而不是一览无余地把作者的看法强加给读者。一个正确的、深刻的认识如果表达得很浅露、很主观,也是没有感染力和说服力的。而即或是一个比较浅薄的观点,立意方法巧妙,善于利用开阖呼应,转换机轴,却可以给人以强烈的印象。韩愈善于使用这种层层深入的方法,把立意逐层加深。据说黄庭坚讲究文章必谨布置,每见后学,常常告以韩愈《原道》的命意曲折。按他的分析,"《原道》以仁义立意,而道德从之。故老子舍仁

义,则非所谓道德。继叙异端之汩正,继叙古之圣人不得不用仁义
也如此,继叙佛老之舍仁义则不足以治天下也如彼,反复皆数叠,
而复结之以先王之教,终之以人其人,火其书,必以是禁止而后可
以行仁义,于是乎成篇"(范温《潜溪诗眼》)。前面已讲过,韩愈在
哲学思想的理论素养上是较浅薄的,《原道》从正面树立以"仁义"
为核心的儒家圣人之道,从反面辟佛、老,都没有讲出什么深刻的
道理。但文章立意方法确实很好,读起来使人觉得气盛言宜,词丰
理备。一开头那六个判断:"博爱之谓仁,行而宜之之谓义……"等
等,作者已经先声夺人。以此为演绎的基础,不再解释为什么这些
论断可以成立,这就巧妙地摆脱了基本理论问题的纠缠,回避了自
己理论不足的弱点,并把文思引向以驳辩为主的方向。在下面展
开论述中,又使用了两个方法。一个是映衬。文章以辟佛为主,但
开始却大段批老,破老是为了立儒,也是为辟佛做准备,以后辟佛
和破老一直互相陪衬、补充,这就不但使文思增加了曲折,而且更
有力地证明了唯有儒道才是正统的、正确的。二是举事明理,正譬
杂沓,用大量人生日用的事实,以说明圣人之道是生人"相生养之
道",这些事实让人感到非常亲切。在这样的基础上再讲儒、佛的
对立,再讲圣人传道的统绪和辟佛的方法,恰与前面开头的论断相
呼应。这样,这篇道理并不算深刻的文章,在写法上却是"深切著
明"的。韩愈的说理文字往往如此:道理也许是很一般的,甚或是
迂腐的,但讲道理的方法很巧妙,因而也就加强了说服力。我们再
来看他的《送孟东野序》。这是一篇告别友人的祝愿慰勉之词。当
时孟郊已年近五十,大半生沦落,只得个溧阳县尉的小官,"役于江
南",自然"有若不释然者"。韩愈为"道其命于天者以解之",似在
用一种乐天安命的消极思想安慰他,但文章却以"不平则鸣"立意。
这个"鸣"字本义做表白意见解,出于《左传》襄公二十一年"先二子
鸣"和《庄子·德充符》"子以坚白鸣"。但韩愈把它发展为"不平则
鸣",则赋予了新的含意。在提出"大凡物不得其平则鸣"的论断以

后,再由一般的物引申到人。然后,从古代往下举例,又分"以文辞鸣"、"以道鸣"、"以术鸣"等等,把"不平则鸣"的范围大大扩展了;在这里又提出"善鸣"、"能鸣"的不同。逐渐讲到唐代和孟郊本身,提出了"鸣国家之盛"和"自鸣其不幸"的区别,归结到孟郊到底能做怎样的"鸣""则悬乎天矣。其在上也奚以喜,其在下也奚以悲",那么孟郊今天屈于江南一尉也就可以释然于怀了。这样,一个"鸣"字,辗转腾挪,在消极的慰藉之词中表现了对友人落拓身世的同情,对当时社会压抑人才进行了一定程度的批判,发挥出关于文学创作的一种重要观点。所以茅坤说"一'鸣'字成文,乃独倡机轴,命世笔力也"(《唐宋八大家文钞·韩文公文钞》卷七)。他就是这样把一个简单的、平庸的文意发掘得十分深刻。钱基博评论说:"《送孟东野序》《送高闲上人序》,凭空发论,妙远不测。如入汉武帝建章宫、隋炀帝迷楼,千门万户,不知所出;而正事正意上瞥然一见,在空际荡漾,恍若大海中日影,空中雷声;此《庄子》内外篇《逍遥游》、《秋水》章法也。"(《韩愈志》卷六)《送孟东野序》能表达如此丰富、深刻的思想,正与这种层层深入的表达方式有关。再来看《送高闲上人序》。前面提到过,这是一篇寓有反佛含义的作品,同时又表达了对于艺术创作问题的精辟见解。文章的落脚点是表示自己对高闲通书法"不能知"。因为一个佛教徒,师浮屠法,必然"一生死,解外胶",颓唐超世,无所追求,也就不能掌握高超的技艺。但文章一开始说:

> 苟可以寓其巧智,使机应于心,不挫于气,则神完而守固,虽外物至,不胶于心。

这首先立正面意见,即是说,要求得专精的技艺,就要专心致志,不暇外慕。这个道理是人们容易理解的。不过韩愈举的例子却很惊人,他认为"尧、舜、禹、汤治天下"与"养叔治射"、"庖丁治牛"等都是同样的道理,这就把圣人与武士、屠夫等放在同等的位置上了。

进而他又举张旭草书为例,说明这种专心,并非如佛教禅宗讲的
"守心"、"净心",而是要把自己全部身心、整个经验都凝聚到艺术
之中:

> 往时张旭善草书,不治他伎。喜怒、窘穷、忧悲、愉佚、怨
> 恨、思慕、酣醉、无聊、不平,有动于心,必于草书焉发之。观于
> 物,见山水、崖谷、鸟兽、虫鱼、草木之花实,日月、列星、风雨、
> 水火、雷霆、霹雳、歌舞、战斗,天地事物之变,可喜可愕,一寓
> 于书。故旭之书,变动犹鬼神,不可端倪,以此终其身而名
> 后世。

这是对他的"不平则鸣"的观点的进一步发展,即说明优秀的艺术
必须基于丰富的内心感受。这就又精确地描绘出了进行创作时精
神活动的另一方面。能把这两层意思结合起来是相当精彩的,实
际是强调了创作中主观与客观两个方面,以及二者相结合的重要
性。然后引出文章正意,称赞高闲的草书,但对他"师浮屠氏"表示
不理解,实际上是提出了批评。这种立意方法就实际效果看会比
直截的批评有力得多,即避免了单纯褒美的片面性,又非常得体地
坚持了思想原则而不失赞扬高闲的用意,同时表明了对于文艺创
作的富有独创性的意见。这样一篇短文,表达出如此丰富的内容,
立意巧妙是一个原因。张裕钊说:"退之奇处,最在横空而来,凿险
缒幽之思,蹑云乘风之势,殆穷极文章之变矣。"(转引马其昶《韩昌
黎文集校注》第四卷)这可以说是《送高闲上人序》这类文章的立意
特色。谈到韩愈文章立意方法深刻,还可以举出他的几篇应酬文
字为例。古人应酬文字,用意大体凡庸。但在韩愈笔下,往往也能
造出波澜,翻出一些新意来。如《新修滕王阁记》,这是应任江西观
察使的友人王仲舒而作。元和十五年(八二○)王仲舒为江西观察
使,韩愈为袁州刺史,是他的属下。王重修南昌滕王阁,嘱韩愈作
记。但韩愈并未到过新修的滕王阁,甚至根本没到过那个地方。

如果硬作文章,也只能是敷衍应酬文字。但韩愈却运用联想,翻空出奇。他不在滕王阁本身起笔,而先写自己之不能到滕王阁的遗憾。这里按时间顺序又写了几个层次。一是说以前"系官于朝",游阁之愿未遂;再说元和十四年贬朝州,便道取疾未至南昌;三是说移袁州后,虽于南昌为属邑,但"受约束于下执事",亦不偿所愿。这样,在记叙中包含着自己的牢骚,也暗示了滕王阁的"瑰玮绝特"的"临观"之美。下面,转而写王仲舒政绩,再第四次写自己无因而至滕王阁。这样即正面写出了自己的政治理想,又暗寓了请求王仲舒援引之意。再下面,才归到题目应有之义:修阁,阁中宴饮,被命作记以及自己的心情。张裕钊评论说:"寻常颂扬文字,经退之之手,便觉瑰玮巨丽,简老深括,复绝于人。"(同上卷二)这种翻空以出新意的方法,给文思增加了深度。后来欧阳修《岘山亭记》、苏轼《远景楼记》、苏舜钦《处州照水堂记》等,都用了相似的方法。韩愈的有些乞援文字,按实质说格调本来不高,但他往往善于自置地步,写难言之情时有意高自位置,使人感到作者有较高的出发点或落脚点。如《与于襄阳书》,本是向权臣于頔求援,却发了一通"先进之士"与"后进之士"相须的议论。如前所述,这是在宣扬对权贵的谀媚,但他这样写却又是善于抬高自己这样的知识分子的地位的手法。因此前人评论他"善为丐贷"(林云铭《古文析义二编》卷六)。《与陈给事书》是上书陈京的。当时他正被陈京所疏远,但文章却说是由于为同列所忌所以自己主动疏远了陈京,而陈京对他不满是怒其不来。这样曲折地圜转自己与陈京的关系,又引咎自护,从而表达了汲汲求进取的心情。这样的文章,谈不到有什么思想性,但立意方法确实有深切的一面。

韩文立意的深刻是与它的另一优点——新颖相关联的。欧阳修论韩文,把"深厚而雄博"与"浩然无涯"(《记旧本韩文后》,《居士外集》卷二十三)两点并列。"浩然无涯",指文情奔放,超出常格,就有出新意的意思。所谓立意新,也有两种情况。一是趋奇走险,有意制造奇谈怪论,如宋人的某些史论专门做翻案文章,以至流为强辩;再就是见人之所未见,言人之所不能言,能从题材中发掘出一点新的认识、新的含意。韩愈的立意新,主要是后面这种情形。这是由于他眼光敏锐、观察事物角度新颖、处理题材有深度而造成的新意。他论文尚"奇",这出新意也是一个重要方面。黄宗羲解释他的"去陈言"的见解说:"昌黎'陈言之务去',所谓'陈言'者,每一题必有庸人思路共集之处,缠绕笔端,剥去一层,方有至理可言。犹如玉在璞中,凿开顽璞,方始见玉,不可认璞为玉也。不知者求之字句之间,则必如《曹成王碑》乃谓之'去陈言',岂文从字顺者,为昌黎之所不能去乎!"(《金石要例》附《论文管见》)《曹成王碑》多用奇文怪字,读起来佶屈聱牙,难以索解,是韩愈只从字句上"去陈言"的失败的例子。而他"去陈言"的真正的成就,是在于善于避开庸人思路的常规,如剥出璞中之玉那样阐发出新鲜见解。例如伯乐与千里马的故事,曾被不少人用为典故。一般都是慨叹千里马无人赏识,也有致慨于人才难得的。所以当《杂说》第四篇讲"世有伯乐,然后有千里马;千里马常有,而伯乐不常有"时,意思并不算新鲜。因为宋玉《九辩》就说过:"当世岂无骐骥兮?诚莫之能善御。见执辔者非其人兮,故跼跳而远去。"(《楚辞补注》卷八)《韩诗外传》里也有"使骥不得伯乐,安得千里之足"的话,以后杜甫、白居易都说过类似意思的话,本书前面引述过。但韩愈由此讲到识马,再讲到养马,再讲到知马,说千里马不得所养,则"食不饱,力不足,才美不外见,且欲与常马等不可得,安求其能千里也",又要求策之以其道,鸣之通其意,以此比喻养育与使用人才的问题,见解就越发深入新鲜了。他如此阐发出典故的新意,不但抒写了自己一身的感慨,也对社会进行了批判。他把这个典故又用到《送温处士赴河阳军序》中,又生发出另一种主题。文章说:

　　　伯乐一过冀北之野而马群遂空。夫冀北马多天下,伯乐虽善知马,安能空其群邪?解之者曰:吾所谓空,非无马也,无

> 良马也。伯乐知马,遇其良辄取之,群无留良焉。苟无良,虽
> 谓无马,不为虚语矣⋯⋯

这个"群无留良"的情节,是韩愈编造的。原典中根本没有这段故
事。后来苏轼写史论,用"想当然"的办法虚拟典故,即由此而来。
在典故的使用上,这已经是翻新了。接下来写乌重胤镇守河阳之
得人和温造之被罗致,再进一步指出温造这样的人才不为朝廷所
礼重,而为方镇所搜罗,这样引申下来,文章表面上是赞扬温造的
才华和表扬乌重胤的得人,实际上是提出了一个严重的社会问题:
伯乐不在朝廷,而在割据、半割据的方镇。指出这个现象,本身就
是一种讽刺。关于藩镇网罗人才问题,韩愈在不少作品中有所述
及。这篇文章利用旧典翻新表现这个主题,立意是很新巧的。林
纾说它"篇幅虽短,而伸缩蓄泄,实具长篇之势"(《韩柳文研究法·
韩文研究法》)。造成这种"长篇之势",就因为它巧立新意,络绎而
出,字句虽短,意味却是很深的。当然也应看到,在韩愈的思想中,
唯心的世界观、保守的政治观念与他真切的人生体验、对现实的清
醒认识处于矛盾交织之中。因此,他的不少文章也呈现出矛盾的
面貌:常常宣扬一些陈腐、错误观念,但笔锋所及,却又时时有闪光
的思想,提出一些新鲜认识。如《赠崔复州序》,这是送一位崔姓刺
史赴任的颂美之作,开头说:

> 有地数百里,趋走之吏,自长史、司马已下数十人。其禄
> 足以仁其三族及其朋友故旧。乐乎心,则一境之人喜;不乐乎
> 心,则一境之人惧,丈夫官至刺史亦荣矣。

短短的几句话,对权势的企羡之态溢于言表。这里表现的庸俗意
识是与他一生热衷利禄的观念相一致的。但是,这个刺史赴任的
复州属山南东道,而山南东道节度使是作者相识的有名的贪暴权
臣于頔,所以作者下面笔锋一转,讲到小民的疾苦不得上达,结果
造成:

> ……刺史有所不闻，小民有所不宣。赋有常而民产无恒，水旱疠疫之不期。民之丰约悬于州县。县令不以言，连帅不以信，民就穷而敛愈急，吾见刺史之难为也。

这里讲"刺史难为"，是一种委婉的说法，实际上是揭露了当时赋税的苛暴和吏治的腐败。对照这种现实情形，再看前面说的"刺史亦荣矣"，就颇有讽意了。下面是对崔某和于頔的颂扬，实际也是规劝和讽刺。这样，一篇颂美文字，却引发出揭露和讽谏的主题。再如《圬者王承福传》，这是一篇带有寓言色彩的作品。其落脚点，是表扬一个自食其力的泥瓦匠，说他比那些患得患失、贪邪亡道之辈高明。这虽然有一定讽刺意味，但整个情调又是消极的，特别是其中又宣传了劳心、劳力之说。然而中间有一段关于"贵富之家"的描述，这是通过"圬者"的口气说出的：

> ……嘻！吾操镘以入贵富之家有年矣。有一至者焉，又往过之，则为墟矣；有再至三至者焉，而往过之，则为墟矣。问之其邻，或曰：噫！刑戮也。或曰：身既死，而其子孙不能有也。或曰：死而归之官也。吾以是观之，非所谓食焉怠其事，而得天殃者邪！非强心以智而不足，不择其才之称否，而冒之者邪！非多行可愧，知其不可，而强为之者邪！将贵富难守，薄功而厚飨之者邪！抑丰悴有时，一去一来，而不可常者邪！吾之心悯焉，是故择其力之可能者行焉，乐富贵而悲贫贱，我岂异于人哉！

这里，尖锐地揭示了富贵荣华之不可恃，而且又分析了权贵们败亡的原因，所谓食焉怠其事、心智不足、多行可愧等等，都是相当深刻的揭露。当然，就是在这段文字中，也有些错误观念，如所谓"天殃"之类。但从总的内容看，却是对当时的权豪势要们的批判与警告。在整篇文章构思中生发出这样一段议论，大大提高了它的思想价值。总之，韩愈努力追求文意的出新，其文章往往都要有点新的思想、新的认识给读者。

在具体立意方法上，韩愈还经常注意两点，一是集中突出，一是波澜照应。

所谓集中突出，就是每一篇文章往往有一个立意上的重点，不惜笔墨与篇幅去渲染它。这本来是写作的一般要求，但对韩愈来说，却有些独特的作法。一是他为了突出中心，常常打破行文的常格。这在前面已涉及过。例如写墓志，可以把墓主生平放在次要位置上，而主要去表现作者对某个问题的想法。如樊宗师墓志主要论文章，李干墓志主要批判服食。再如《送李愿归盘谷序》，用主要篇幅记载李愿的议论，作者对李愿归隐的颂美之意反而成了陪衬；《送石处士序》，就是记载乌重胤求贤与友人饯别的两段对话，完全改变了赠序的常格。这也是他作文章横放杰出的表现。二是他特别善于集中围绕一个观念来阐发主题，甚至是以一字为核心。例如《送孟东野序》，以"鸣"字为主。从不平则"鸣"讲到善"鸣"、能"鸣"，"鸣"国家之盛以至为个人"鸣"不平；《获麟解》以"祥"字为主。从麟之为"祥"讲到不知则不"祥"，又讲到有圣人则不为不"祥"，而不待圣人则为不"祥"。这样组织文意，非常集中显豁。再如《代张籍与李浙东书》，这是为人乞援的。张籍病盲，困居京城，景况落拓，因而向浙东节度使李逊乞援引。文章在写到自己不能自致于"心事荦落，与俗辈不同"的李逊门下之后，忽然笔锋一转，就"盲"字生发议论。文章说，有能人不当以"盲"废，而"盲"于目者不必"盲"于心；又说，"盲"于目者得以专心致志，其艺必精；进而又以为，使这种"盲"人生活安定，无饥寒之忧，或可复见天日。黄震评论这篇文章是"就'盲'字上发明，不为悲苦之辞，死中求活法也"（《黄氏日抄》卷五十九）。何焯说："亦乞食之文，然颇写得激昂顿挫，颇似《战国策》。就'盲'、'不盲'两层，翻出无限起伏。"（《义门读书记·昌黎集》卷三）林纾把这种笔法叫作"绕笔"。这篇作品把俗辈与明古道者加以对比，把盲于目与盲于心者并举，这就抹杀了天下金玉其外败絮其中的盲于心者,批评了那些相马以皮、取士以貌的俗士。同时又自占地步,说自己虽盲于目但不害为贤士,希望对方不要惑于俗见而误于识人。文章写得"忽喜忽悲,情景如生","汹涌叠出,可泣可涕"(《唐宋八大家文钞·韩文公文钞》卷三)。又例如《唐故河东节度使荥阳郑公神道碑文》,墓主是郑儋。文章叙述生平,杂取事实,含蓄映带,以"能"字为章法:

> 公讳儋,少依母家陇西李氏,举止异凡儿。其舅吏部侍郎季卿,谓其必能再立郑氏。稍长,能自谋学,明《左氏春秋》。以进士选,为太原参军事,对直言策,拜京兆高陵尉。考府之进士,能第上下,以实,不奸。樊仆射泽,以襄阳兵战淮西,公以参谋留府,能任后事。户曹殡于凉,凉地入西戎,自景谷、徐城,三世皆未还荥阳葬。公解官举五丧为三墓,葬索东。徐城墓无表,公能幼长哀感,心求不置,以得旧人,指告其处。其后为大理丞、太常博士,迁起居郎、尚书司封、吏部二郎中,能,官举其名。德宗晚节,储将于其军,以公为河东军司马,能以无心处嫌闲,卒用有就……

文章中如岭云川月一样,反复点缀以"能"字。这虽不像前面的"鸣"字、"祥"字那样直指文章主题,实际也曲折体现了作者的深意。"能"的本意是"能够",这里不断地提到郑儋"能"如何如何,让人认识到他的有能力,他的难能可贵,从而表示了颂美的意思。陈骙说:"文有数句用一类字,所以壮文势,广文义也。"(《文则》)韩愈很善于用这个写作方法。当然,立意的集中,不单取决于是否用哪个字。韩愈不少文章不用同一类字,文章构思同样凝聚到一点上,也是很集中的。

再看韩文立意的波澜照应。我们一般说韩文雄直,不做掩抑收敛之态,但这并不意味着他构思粗率,不用曲笔。在他的文章中,运笔的横放与用意的深曲是结合在一起的。这一点,林纾分析

得很好。他说:"不深究昌黎之文者,亦谓气盖一世。然昌黎之气
直也,而用心则曲,关锁埋伏处尤曲,即所谓'势壮而能息'者。能
息亦由于善养。马之千里者,初上道时,与凡马无异。一涉长途,
而凡马汗渍脉偾,神骏则行无所事。何者?气壮而调良,娴于步伐
耳。"(《春觉斋论文》)他又说:"苏明允称韩文能抑绝蔽掩,不使自
露,不佞久乃觉之。蔽掩,昌黎之长技也。不善学者,往往因蔽而
晦,累掩而涩。此弊不惟樊宗师,即皇甫持正亦恒蹈之。所难者,
能于蔽掩中有渊然之光,苍然之色,所以成为昌黎耳。"(《韩柳文研
究法·韩文研究法》)所以,韩文立意又有曲折掩抑一面。这个表
现上的特点,在他的名作如《进学解》、《送穷文》、《送李愿归盘谷
序》中都可以看得很清楚。这些文章的真意是掩复在表面文字之
下的,读者要层层追索才能玩味清楚。这里我们再举他的另一篇
名作《送董邵南序》为例,文章很短,照录如下:

> 燕赵古称多感慨悲歌之士。董生举进士,连不得志于有
> 司,怀抱利器,郁郁适兹土,吾知其必有合也。董生勉乎哉!
> 夫以子之不遇时,苟慕义强仁者,皆爱惜焉,矧燕赵之士出乎
> 其性者哉!
>
> 然吾尝闻风俗与化移易。吾恶知其今不异于古所云邪!
> 聊以吾子之行卜之也。董生勉乎哉!
>
> 吾因子有所感矣。为我吊望诸君之墓,而观于其市,复有
> 昔时屠狗者乎?为我谢曰:"明天子在上,可以出而仕矣。"

李涂说:"文章有短而转折多气长者,韩退之《送董邵南序》、王介甫
《读孟尝君传》是也。"(《文章精义》)许多人评论这篇文字,都指出
其意曲旨微的特点。林云铭阐发这篇文章的旨趣说:"董生之往河
北,无非愤己之不得志,欲求合于不奉朝命之藩镇。送之者断无言
其当往之理。若明言其不当往,则又多此一送也。细思此等题目,
如何落笔?乃韩公开口不言今日之河北,止言昔日之燕赵;并不言

燕赵有爵位之人，止言燕赵不得志之士。谓董生到彼，自与此等意气投合，若不知其此行有干用之意者。然次段复言感慨悲歌之士，仁义出乎天性，同调相怜，决其必合。是明明以'仁义'二字，硬坐在董生身上，何等劝勉。三段暗指藩镇拒命，风俗渐改，恐非昔日之燕赵，未必有感慨悲歌其人者，止在董生之合不合处决之，则董生此行自不可少。末段令吊古人而劝今人来仕，正欲其知自处意。通篇以'风俗与化移易'句为上下过脉，而以'古'、'今'二字呼应，曲尽吞吐之妙。"(《古文析义初编》卷四)朱宗洛分析说："本是送他往，却要止他往，故'合'一层易说，'不合'一层难说。文语语作吞吐之笔。曰'吾闻'，曰'乌知'，曰'聊以'，于放活处隐约其意，立言最妙。其末一段，忽作开宕，与'不合'意初看若了不相涉，其实用借笔以提醒之，一曰'为我'，再曰'为我'，嘱董生正以止董生也。想其用笔之妙，真有烟云缭绕之胜。凡文之短者，越要曲折。盖曲中有情，而意味倍觉深长也。"(《古文一隅》卷中)这些分析，都是有见地的。韩愈的这篇文章不到二百字，前后都用历史照应。写历史的真义是映衬今天形势的不同；对于董生此去，作者明劝其行，却暗喻其止，所以造成了文章巧譬曲说之妙。这样，韩愈在迷离惝恍之中，出雄快超拔之词，文思的委婉与显豁在这里相反相成。构思有曲径通幽、云烟叆叇的气象，表达上却是柳暗花明、碧空皎日的效果。辨证地处理了这个关系，实在是很高超的技艺。再例如《答吕䃣山人书》。吕䃣请求韩愈引拔，责备韩愈不能如信陵君那样为贤者执鞚。韩愈即以此起笔，为自己辩解，说自己"不如六国公子有市于道者"，然后却把文思转向批判当代，指出"天下靡靡，日入于衰坏"，实际上是暗示当今已非信陵君的时代。这就在对吕䃣恳切与同情的答复中，表现了对世风的看法。《送浮屠文畅师序》，是送别僧人的。先分出儒墨是非，以为衬托之笔，然后称赞佛徒文畅爱文章，再推开一步讲圣人之道，并罗列圣人无数好处，从而暗示出佛教之害。最后归结到应告佛徒以仁义之说。这本来是

对佛徒的应酬文章,就反佛的韩愈来说写这种文章很难置辞。但
这里却千回百转,辩辞特特,微婉而又明显地表达了自己的见解。
林纾说这篇文章"面斥浮屠为禽兽夷狄,而文畅爱之不以为忤者,
以关轴转捩妙也"(《春觉斋论文》)。这样巧于布置"关轴转捩",使
文思曲折深厚,也增强了文章的韵味,引导人玩赏追索。刘大櫆
说:"意尽而言止者,天下之至言也。然言止而意不尽者尤佳。意
到处言不到,言尽处意不尽,自太史公后,惟韩、欧得其一二。"(《论
文偶记》)这种"言尽意不尽",归根结底是立意的丰富性的表现,又
是一种具有高度技巧的表达艺术,比起简单的"辞达"或"意尽言
止"来在艺术上是前进了一大步的。

　　苏轼说过:"……天下之事,散在经史之中,不可徒得,必有一
物以摄之,然后为己用。所谓'一物'者,'意'是也。不得钱不足以
取物,不得意不可以用事。此作文之要也。"(见葛立方《韵语阳秋》
卷三)这是与"明道"说不同的提法。"文以达意",比"文以明道"开
阔多了。晚清有人批评"明道"说,以为文与"道"本没有什么关系,
达"意"才是文章的目的。这种说法是有一定的道理的。但值得注
意的是,在韩愈"文以明道"的理论中,是存在着很多矛盾成分的;
他在创作实践上,没有被"道"所束缚,而更重视来自社会现实的
"意"。这也是他的"古文"取得一定思想高度的前提。而他确立这
些文意时,努力求深出新;在表达这些文意时,又善于使用多种构
思布置方法,使之集中而又曲折,显豁而又掩抑,引导读者在雄奇
中见深意,从而取得了很好的艺术效果。

结　　构

　　这一节讨论韩愈散文的结构。前一节讲如何立意,实际也涉
及作文的构思安排。立意,可以说是内在的形式;而讲结构,是指
这种立意如何具体地实现,例如怎样开头、怎样结尾、怎样行文等

等,这是外在的形式。这外在的形式在整个创作中也是很重要的。没有严整完美的结构,行文头绪杂乱,组织松散,也就实现不了写作的目的。而一个优秀作家,又总有他结构上的常用方法和独特面貌,这是他的艺术成就的一个方面,也是形成他独特的艺术风格的一个因素。韩愈散文的结构就是很有特色,并表现出很高的技巧的。

韩愈在文风上是主"奇"的。对于行文的"奇",刘大櫆有一段描述:"奇气最难识。大约忽起忽落,其来无端,其去无迹。读古人文,于起灭转接之间,觉有不可测识,便是奇气。奇,正与平相对。气虽盛大,一片行去,不可谓奇。奇者,于一气行走之中,时时提起。"(《论文偶记》)韩愈的文章正是这样奇突横放,变态百出的。所以刘熙载说:"'一波未平,一波已作,出入变化,不可纪极,而法度不可乱。'此姜白石《诗说》也。是境常于韩文遇之。"(《艺概·文概》)这样,韩文不受"程式"的约束,自然也不遵循固定的"死法";但它们又自有"法度",即对于体现艺术规律的大的原则他是运用得很好的。

明清评点家们评点"古文"包括韩文,很有精彩见解,对行文的一些具体艺术技巧也确有所得。但他们讲结构时,多求起结、转承、埋伏、照应的"死法"。讲结构是要研究这些的,但一是不能离开具体文章的内容来研究;再是不能规定出繁琐细密的公式。韩愈散文组织结构的一个基本原则,就是以表达内容为宗旨。他在结构上的最大优点,就是善于突出文章中心,结构形式为内容服务。例如前面说过,《贞曜先生墓志铭》,为孟郊志墓,一改一般墓志先著姓氏、族出、历官通例,先写他死后:

> 唐元和九年,岁在甲午,八月己亥,贞曜先生孟氏卒。无子,其配郑氏以告。愈走位哭,且召张籍会哭。明日,使以钱如东都,供葬事。诸尝与往来者,咸来哭吊。韩氏遂以书告兴元尹故相余庆。闰月,樊宗师使来吊,告葬期,征铭。愈哭曰:

　　"呜呼！吾尚忍铭吾友也夫！"兴元人以币如孟氏赙，且来商家
事。樊子使来速铭，曰："不则无以掩诸幽。"乃序而铭之。

然后，才写到"先生讳郊，字东野"等等。把死后卒葬放在前面写，
而且又是这样的细写。这是一种奇特的开头，是表现了作者的深
意的。写自己哭，友人张籍哭，尝与往来者"咸来哭吊"，正是赞扬
孟郊的人格及其影响；而死后无子，仅留下寡妻，无钱以葬，只得求
之友朋，更可表现这位优秀诗人生涯的沦落和死后的寂寞。所以
这开头一段，不是简单的行文倒置，而且在表现主题上是起重要作
用的。《蓝田县丞厅壁记》是安慰友人崔斯立并为他鸣不平的。但
开头一段，既不写担任蓝田县丞的崔斯立，也不说这个县丞厅的建
置风物，而用一大段写当时县丞在县衙中的地位，然后才引入"博
陵崔斯立，种学绩文……"这种曲折的写法，正是突出文章中心的
手段。第一大段看似架空，正为落实到崔斯立身上蓄势；而再用后
面崔斯立的命运来照应开头，则看出了文章所写的社会问题的普
遍意义。《论佛骨表》，前曾指出其理论上的粗浅空疏之处，但文章
一开头说：

　　臣某言：伏以佛者，夷狄之一法耳。自后汉时流入中国，
上古未尝有也。昔者黄帝在位百年，年百一十岁……

以下，滔滔汩汩，列叙古代无佛则帝王寿考，国祚长久，后代佞佛则
反之。这样把辟佛的道理放在后面讲，而例子提到前面讲，正是为
了突现文章的中心，而且是有强烈针对性的。因为当时的迎佛骨
就为了求得"人和年丰"，宪宗佞佛的根本原因是希求长寿。韩愈
文章这样开头，可以说一举击中了要害。同时宪宗及一般佞佛的
人是不大懂佛学义理的，所以尽管韩愈没能从理论上深刻批驳，也
是很有力量的。在这样的文章中，他的理论上的弱点被掩盖了，艺
术上的长处又加强了内容的力量。从中很可以看出艺术形式的反
作用。总之，韩愈是根据内容来安排文章结构的。所以，它变化无

方，没有定格，而其中又有一定的规律可循。

在实现这个总的原则的情况下，韩文在结构的各个具体环节上又善于使用一些独特的技巧和方法。这些技巧和方法，也是他在散文艺术上富于独创性的部分，也有助于表现他在艺术风格上的特征。所以是值得我们研究的。

先说开头。韩愈散文开头的特点有三，一是雄肆，二是善于蓄势，三是多孤起，少配说。

刘熙载说："太史公文，韩得其雄，欧得其逸。雄者善用直捷，故发端便见出奇；逸者善用纡徐，故引绪乃觇入妙。"（《艺概·文概》）韩文往往凌空而起，雄健有力，造成一气宣泄、势不可挡的形势。他的表达上的义正辞严，先占地步，往往在开头就充分地表现出来。例如他的议论文字，往往以论断起笔，然后就这些论断来演绎，一泄滔滔，发为议论，并不暇对这些论断本身再加证明。这表明作者的坚强的自信，在行文上则显得强横。例如《原道》一开始说"博爱之谓仁……"然后讲到"定名"、"虚位"。为什么是"定名"？又为什么是"虚位"？都不暇细说。下面再说老子"其所谓道，道其所道，非吾所谓道也"，为什么如此？从作者的语气看也用不着解释。这样的语气，不给人怀疑、置辩的余地。如《师说》的一开头说："古之学者必有师。师者，所以传道、受业、解惑也。"《送陈秀才彤序》："读书以为学，缵言以为文，非以夸多而斗靡也。盖学所以为道，文所以为理耳。"《论佛骨表》："臣某言：伏以佛者，夷狄之一法耳。"如此等等，作者显然自恃道义在手，所以出言理直而气壮。这恐怕也与作者自负的个性有关。他的叙述文章也同样，如《唐朝散大夫赠司勋员外郎孔君墓志铭》：

> 昭义节度卢从史，有贤佐曰孔君，讳戣，字君胜。从史为不法，君阴争不从，则于会肆言以折之。从史羞，面颈发赤，抑首伏气，不敢出一语以对。立为君更令改章辞者，前后累数十……

一开始就交待人物立身大节，把人物放在矛盾焦点之中，这是韩愈
写人物常用的方法。如记张署、王适等，都是如此。又如《送李愿
归盘谷序》的开头：

> 太行之阳有盘谷。盘谷之间，泉甘而土肥，草木丛茂，居
> 民鲜少。或曰："谓其环两山之间，故曰盘。"或曰："是谷也，宅
> 幽而势阻，隐者之所盘旋。"友人李愿居之。

这里开门见山地点明题目，笔法简直明洁。叙述中夹以对盘谷风
光的描写，又插入对话。一方面交待盘谷形势，同时也是考辨它命
名的由来。"友人李愿居之"，用语简括，说明了事实，而前面的环
境衬托又已暗示了他的为人。总之，韩文开头的写法是多样的，或
议论，或记叙，或直陈，或比喻……但一般是简劲雄肆的。当然，雄
肆流为强横，在一定情况下则是缺点了。

再看蓄势。林纾曾举《平淮西碑》的开头：

> 天以唐克肖其德，圣子神孙，继继承承，于千万年……

说这是用起笔的范例，"几乎呕出心肝，方成此语"（《春觉斋论
文》）。这是颂美元和平藩、唐代中兴的文字，开头总结唐代由兴盛
到中衰再到中兴的历史，再翻剥一层，究其原因，韩愈得出了"天以
唐克肖其德"的结论。这个看法在理论上的缺点这里可以不论，就
文章的开头技法说，确实是几经融炼，发为壮语。韩愈有诗句说是
"将军欲以巧伏人，盘马转弓惜不发"。韩文的这种起笔积聚气势，
造成警耸人心的局面，就可以用这个诗句来形容。这就是所谓蓄
势。就文章内容说，这是其积蓄深故发之厚，由于思想感情特别充
沛，郁积在心，一吐为快，而每一吐则如火山喷发，凝聚了巨大的力
量；就表现方法说，则是千回百转，累势甚重，一起笔则极力推扬。
请看《伯夷颂》的开头：

> 士之特立独行，适于义而已，不顾人之是非，皆豪杰之士，

> 信道笃而自知明者也。一家非之,力行而不惑者寡矣;至于一
> 国一州非之,力行而不惑者,盖天下一人而已矣。若至于举世
> 非之,力行而不惑者,则千百年乃一人而已耳。若伯夷者,穷
> 天地亘万世而不顾者也。

这里颂扬伯夷,用一般的"士"作衬托,又用含意递进的排比句极力
形容,一层层地使文意加重,使语气增强,郁积盘旋之后,果断地落
到伯夷上,大大地增强了议论的力量。这比直截地说"伯夷为千古
特立独行之士",在语气文情上都加重了。后人评论此文学《孟
子》。它确有《孟子》文章的气势与雄辩。再看《答崔立之书》的
开头:

> 斯立足下:仆见险不能止,动不得时,颠顿狼狈,失其所操
> 持,固不知变,以至辱于再三,君子小人之所悯笑,天下之所背
> 而驰者也。足下犹复以为可教,贬损道德,乃至手笔以问之,
> 扳援古昔,辞义高远,且进且劝,足下之于故旧之道得矣……

这是在韩愈三试吏部不售之后,崔立之写信安慰,作书答之。信中
写自己才不得用的抑郁以及求进之心,用世之意。开头两个长句,
以对比出之,直抒胸臆,极力叙写自己的困境和对方的情谊,特别
是用文意逐渐加强的短句来增加气势,使感情一泄淋漓,真气动
人。另外如《送董邵南序》、《为人求荐书》等篇,都用这种蓄势甚重
的开头。可以看出,为了组织这些开头,作者不但要有充沛的感
情,就是在运笔上也是几经研炼、颇用匠心的。

再看韩文的多特起。魏禧说:"韩文入手多特起,故雄奇有
力。"(《日录论文》)所谓"特起",又叫孤起,就是不用陪衬掩抑的笔
法,单行直说。欧阳修的文章开头多用衬托语。例如《与高司谏
书》,怒斥高若讷之诬陷范仲淹,气尽语极,急言竭论,但开头却说
自己年轻时,在进士榜中看到高若讷的名字,并与宋庠兄弟、叶清
臣、郑戬等交友,这是用高的早年反衬现在,又用宋庠等人烘托他

的早年,这就是一种纡曲的开头。又如《醉翁亭记》,写醉翁亭,先写环滁皆山,然后写西南诸峰,再写琅琊山,逐渐写到酿泉,写到泉上做亭。这是用环境的衬托。这种"配说",使行文纡徐有致,闲易流动。但韩愈却不尚此法,往往是凌空而起,例如《新修滕王阁记》,起笔就说:

> 愈少时,则闻江南多临观之美,而滕王阁独为第一,有瑰玮绝特之称……

立即入滕王阁,并为"新修"发端。他的《燕喜亭记》,一开头就写友人王仲舒与僧景常、元慧游,写其游踪与建亭。对于与燕喜亭无关的一切,无暇旁及。《画记》是一篇描摹物态的名作,开头就说"杂古今人物小画共一卷",然后历叙人、马等等,也是首句点题。至于他的议论文字往往一开头就直截地交待论点,前面已举过不少例子。这种特起的发端,与散行文字也有关系。韩文开头有用排偶的,如《原道》,但多数是一气直说,甚至有意避免对句,以文字的错综造成语气的曲折,形成磊落不平的雄直之气,如《送孟东野序》的开头:

> 大凡物不得其平则鸣。草木之无声,风挠之鸣;水之无声,风荡之鸣,其跃也或激之,其趋也或梗之,其沸也或炙之,金石之无声,或击之鸣。

这里是单句开始。但接下来举例,是可以组成严整对偶的,而作者却有意使用奇字和奇句,使语气更为矫健。总之,韩文多特起,少配说,使得造语雄坚,无一字懈散,给人以先声夺人的印象。

韩文结尾也很讲究技巧。中国古典散文是很讲究结尾的,要求结处有精神,不要闲言语;要突出主题,引人玩味,留有余地等等。韩愈的结尾也体现出他整个行文的风格。他追求的不是自然平顺地意尽言止,而如张裕钊所说:"收处极文章之能事,介甫所谓飘风急雨之骤至,轻骑骏马之奔驰,最得其妙。"(转引马其昶《韩昌黎文集校注》卷一）"飘风急雨之骤至"，形容所谓秃笔，神气兀傲；"轻骑骏马之奔驰"，形容所谓荡笔，余音不绝。

先说秃笔。韩文一般地说是大气磅礴，累势甚至的。文思往往如高屋建瓴，奔泻而下，积累到最后，用简洁的语言，戛然作结。这种表现方式很为雄健有力。这里所说奔泻而下，并不意味着思路简直，浅露无余，往往也是千回百转而来的。越是有曲折、有反复，越能增加行文的声势。顿然收束，就越能收到警耸的效果。例如《原道》，全文崇儒辟佛，正说反说，杂譬错出，征之事实，考之义理，语激情急，如繁音叠奏，最后说：

> 然则如之何而可也？曰：不塞不流，不止不行。人其人，火其书，庐其居，明先王之道以道之，鳏寡孤独废疾者有养也，其亦庶乎其可也。

这是文章的结论。果绝的文句成为响亮的号召，包含着强大的鼓舞力量。虽然平心而论，这种"人其人，火其书"的办法倒不见得会收到好的效果。《鳄鱼文》的最后，从"今与鳄鱼约"，层叠递接，先命之以三、五、七日必徙，然后说到如不徙则如何如何，最后落实到"必尽杀乃止，其无悔"。表达坚决果断，而且这种古朴的字句，特别突出了斗争的决心与必胜的自信。《答吕毉山人书》对吕毉求进表示安慰，文章以古代信陵君求士为比衬，说古喻今，摇曳生姿，最后说：

> 方将坐足下，三浴而三熏之，听仆之所为，少安无躁。

简短的劝告说得既诚恳，又亲切。正因为简短无文饰，没有闲碎语，才更表露出自己的坦率。当然，这种简洁果绝的结尾在具体表现形式上又是变化多端的。如《杂说》第四篇是问答句结尾：

> 其真无马邪？其真不知马也！

这里再一次强调出"世有伯乐，然后有千里马"的主旨，把有没有千

里马与知不知千里马的问题再一次用显豁的对比的形式提出,使作文用意更加集中与明确。《讳辨》一文用反诘作结:

> 夫周公、孔子、曾参卒不可胜。胜周公、孔子、曾参,乃比于宦者宫妾,则是宦者宫妾之孝于其亲,贤于周公、孔子、曾参者耶?

这里在前面一系列正、反面例证的基础上,再加以凝缩,用对比与反诘造成强烈的否定与批判。形式上是问句,实际上看法极其明确、果绝,有力地证明了主张"讳亲之名"的人的谬妄。《送齐皞下第序》通过叹惋齐皞的下第而批判当时科场的弊风,结尾是一连串称赞齐皞的排句:

> 吾用是知齐生后日诚良有司也,能复古者也,公无私者也,知命不惑者也。

这也是用同类句式以增强文意。"也"字判断句的重叠是赞许齐皞,又表现出递进的气势。这种秃笔做结,语气果断,表面看似不留余韵,实际上留下了一种内在的力量,也是很让人回味的。

所谓荡笔,则指结尾时逸思旁出,不施羁勒,往往是从文思主线上宕开一步,幻设出另一种奇情异境,引导读者深长思之。这种荡笔,有时与文章前面的某一段遥相呼应,得草蛇灰线之妙;有时则看似闲言语,好像与文章主体毫不相关,实则暗有勾联。《送董邵南序》的结尾是:

> 吾因子有所感矣。为我吊望诸君之墓,而观于其市,复有昔时屠狗者乎?为我谢曰:明天子在上,可以出而仕矣。

文题为送董邵南,而结尾是劝河北忠义之士出仕,看起来不着边际。但这个结尾,一是照应"燕赵古称多感慨悲歌之士"的开端,再是照应"风俗与化移易"的实际,是与整个文意暗相关联的。而这个结尾正表现出作者为文的深意。《柳子厚墓志铭》的结尾忽然泛入卢遵事迹,写卢遵的品德,他与子厚的关系,以及他往葬子厚并经纪其家,又称赞他有始有终。这看起来是旁出另一个头绪,而实际上仍是写柳宗元。如何焯所分析,篇末"复详裴、卢之待子厚,以愧有力者,与前一段感慨亦相配,且以深著子厚之穷也"(《义门读书记·昌黎集》卷四)。所以,这一方面暗示出子厚死后的寂寞,另一方面又加强了前面"士穷乃见节义"一大段议论的讽意。《贞曜先生墓志铭》在写到孟郊死后还用了长长一大段文字,先写樊宗师"合凡赠赙而葬之洛阳东其先人墓左,以余财附其家而供祀",又写张籍提议"揭德振华",私谥贞曜并得到众人赞许,再写孟简观察浙东,表示"生吾不能举,死吾知恤其家",这许多事实错杂写来,似为余文,但意思又是贯串的;表面上写的是孟郊死后事,实际上都是补叙生前事。每一个事实都让人玩味,发人深省。《送温处士赴河阳军序》本是送温造入河阳乌重胤幕的,正如前已指出的,韩愈对此是持批评态度的。而他的讽意也正在宕开一笔的收尾中表现出来。在这里,他就石洪、温造二人的被罗致发出一段感想:

> 愈廉于兹,不能自引去,资二生以待老。今皆为有力者夺之,其何能无介然于怀邪? 生既至,拜公于军门,其为吾以前所称为天下贺,以后所称,为吾致私怨于尽取也。

最后这个感想,实际上是微婉深刻地表达了自己的立场与态度。所以,这种荡笔作结,表面上是文意逸出,从根本上看还是为了突出文章主旨。这种写法更引人思索,富"言外之意"。但这种荡笔,又并不意味着缺乏力量。正如用秃笔也同样可以表现深长的韵味一样,用荡笔也可以做到雄健有力。韩愈文章结尾的卓越处,常表现出二者是统一的。另外,我们说韩文善用秃笔与荡笔做结,不意味着他的文章没有纡徐有致、自然平易的结尾,不过前两种笔法更能代表其风格特点而已。

韩愈散文的行文,可以说是严谨浑成和错综奇肆的统一。关于前一面,李涂说:"唐人文字,多是界定段落作,所以死。惟退之一片做,所以活。"(《文章精义》)朱熹说:"韩不用科段,直便说起,去至终篇,自然纯粹成体,无破绽。"(《朱子语类》卷一三九)他反对行文的"程式",自然不会追求起、承、转、合之类死格式。他的文章随着文思的流动而起止,甚至难以分出段落,所以说是"一片"。但这种文章又不是平顺自然,如行云流水悠然舒展,又是多曲折变化的。这又如梁章钜所说:"朱子尝言文须错综见意,曲折生姿。李习之教人看韩公《获麟解》,一句一转,可悟作文之法,而不教人看《原道》,以其稍直也。魏叔子言古文之妙,只是说而不说,说而又说,是以极吞吐往复,参差离合之致。"(《退庵随笔》卷十九)王文禄也说:"韩昌黎本奇才,得节奏疾徐、参伍错综、回旋照顾、八面受敌之妙"(《文脉》卷二)这种浑成奇变的统一,使韩文如千岩万壑,异峰争奇,但又是被描绘在一幅画面上。我们还可以举《张中丞传后叙》为例,一开头是个小序、引子,说明作文缘起,自"元和二年四月十三日夜",与张籍一起读李翰《张巡传》,"然尚恨有阙者,不为许远立传,又不载雷万春事首尾"。下面,接着就是论辩,截然五段,不用钩连,每一段衔接都不用过渡语,文意也若断似连。在"又不载雷万春事首尾"后,不但内容另起端绪,而且由叙事的平顺口吻,忽然改为拗折的驳辩口吻:"远虽材若不及巡者……"接着在议论中叙许远守城事,得出了"远之不畏死亦明矣。乌有城坏而其徒俱死,独蒙愧耻求活,虽至愚者不忍为。呜呼!而谓远之贤而为之邪"的结论。这是以反诘句为许远做结。接着用另一种语气,去说另一层意思,用引述反面论点的方法:"说者又谓远与巡分城而守,城之陷自远所分始",然后批驳这另一种攻击张、许的谬论。再下一节又另用一种叙述开头:"当二公之初守也……"这样,前三段议论,每一节前后连接都是旁行错出的,每一段开头都用独特的句型与语气。第三段末,总括批判那种攻击张巡、许远的错误言论,是"自比于逆乱,设淫辞而助之攻也"。然后由驳论转入文章主体的

第二部分,记叙守城逸事。首先导入自己:"愈尝从事于汴、徐二府",然后记述老人说巡、远时事,主要写南霁云。写到南霁云"不屈"而死,又忽然引述"张籍曰",从张籍口中谈出于嵩,再转述于嵩所回忆张巡与许远事。这两段叙述方法又不相同,而引入自身行事,使文章内容更加可信,使文章语气也更为亲切。这样,全文组织安排错综变化,在段落间有意使用奇突的转折,给人造成盘屈遒劲、生气奋动的印象。但是整篇文章的着眼点是集中的:歌颂张、许,批驳攻击他们的谬论;内容的中心也是清楚的,有鲜明的主题;同时也注意到前后照应,如开头的与张籍阅家中旧书,与最后的"张籍云",就是首尾紧密呼应的。至于文章中错综记述张、许守城事,材料更多是互相补充,表达出完整的思想内容。读这篇文章,就如看一幅山水长卷,一个一个小景似乎是分离开来的,观者也不能一览无余,但综合起来,仍给人以严整统一的印象。韩愈的许多文章,包括《原道》那样有人以为"稍直"的文章,都是如此。变化无方而又统一严谨的结构,使人感到紧凑而又矫健。有时候,韩愈行文有意无意间留下一些疏失。例如《张中丞传后叙》前面指出李翰"不载雷万春事首尾",下面却也没加补充,反而歧出南霁云事。从宋代起,有不少人提出批评,认为这是结构上的漏洞,或以为开头的"雷万春"应为"南霁云"之误。又如《为人求荐书》,开头举例是"木在山、马在肆,遇之而不顾者",讲"木"与"马"两种情况,但文章结尾却只讲"伯乐之善相","木"的比喻完全被忽略掉了。以至像《师说》开头讲师的作用是"传道、授业、解惑",而中间举例却主要在授业。如此等等,在宋代以后都算是文章照应上的偏失,足以为文病。然而以韩愈之奇肆不拘,这些则是他不必顾及的,在行文中也不算什么缺点,对文章的完整统一也没有什么影响。钱基博总括《张中丞传后叙》的结构给人的印象说:"语已毕而异峰突起,势欲连而横风吹断,随事曲注,不用钩连,而神气毕贯,章法浑成;直起直落,言尽则意止,而生气奋动,笔有余势,跌宕俊迈。盖学太史公而神行气化,不为字模句拟之貌似者也。"(《韩愈志》卷六)韩愈名篇如《争臣论》、《与孟尚书书》、《送李愿归盘谷序》、《柳子厚墓志铭》等,结构上大多如此。就如《送李愿归盘谷序》中间一段,把自己理想的人生夹写在得志的"大丈夫"与不得志的"小人"之间,三种人用不同的笔法来描写;《柳子厚墓志铭》中加入两大段议论,议论中既有批判又有评论。这类不拘一格的结构方式,大大加强了文章的表现力量。

我们特别应当注意韩愈一些短篇的结构。它们是严整的,但又非常讲究曲折变化,几乎是一句一转,一转一意。张裕钊说:"昌黎诸书短篇,遒古而波折,自然简峻,而规模自宏,最有法度,转换变化处更多。学韩者宜从此等入。"(转引马其昶《韩昌黎文集校注》卷三)实际上不只是书这一体,其他体裁的短篇也多如此。这样的结构在达意上使人感到文短而气长,造成尺幅千里的效果。我们分析过的《杂说》第四篇、《送董邵南序》等都是如此,再来看《答吕毉山人书》:

> 愈白:惠书责以不能如信陵执辔者。夫信陵,战国公子,欲以取士声势倾天下而然耳。如仆者,自度若世无孔子,不当在弟子之列。以吾子始自山出,有朴茂之美意,恐未砻磨以世事。又自周后文弊,百子为书,各自名家,乱圣人之宗,后生习传,杂而不贯。故设问以观吾子。其已成熟乎,将以为友也;其未成熟乎,将以讲去其非而趋是耳。不如六国公子有市于道者也。
>
> 方今天下入仕,惟以进士、明经及卿大夫之世耳。其人率皆习熟时俗,工于语言,识形势,善候人主意。故天下靡靡,日入于衰坏,恐不复振起。务欲进足下趋死不顾利害去就之人于朝,以争救之耳。非谓当今公卿间无足下辈文学知识也。不得以信陵比。
>
> 然足下衣破衣、系麻鞋,率然叩吾门。吾待足下,虽未尽

　　宾主之道,不可谓无意者。足下行天下,得此于人盖寡,乃遂
　　能责不足于我,此真仆所汲汲求者。议虽未中节,其不肯阿曲
　　以事人者,灼灼明矣。方将坐足下三浴而三熏之,听仆之所
　　为,少安无躁。愈顿首。

前已提及,此书是为答复吕翳求进而作,其中对自己有辩解,有自
负,对吕翳有勉励,有规劝,写得又坦率,又亲切。从结构看,曲折
变化照应之妙,发挥得非常充分。首段以驳辩起笔,说明自己非信
陵君之比,一方面高自标置,又指出在当前情况下吕翳何以待己和
自身何以待人的态度。第二段忽然接以陈述语:"方今天下人
仕……"由批判当世弊风转而说到吕翳本人,同时也说明当前可宝
贵者非"文学知识",而是"趋死不顾利害去就之人",这里也包含有
对当时文章与士风的看法。第三段再转而写吕翳:"衣破衣、系麻
鞋……"讲到自己虽未能尽宾主的礼数,但对吕翳并非无意,将待
机而举,请对方稍待。全文曲折的用笔,正是为了表现曲折的用
心。文章虽短,杂征古今,论以时事,内容又是很充实的。在笔法
上,也很讲呼应,从开头"惠书责以不能如信陵执辔",到第一段结
尾"不如六国公子有市于道",到第二段结尾"不得以信陵比"。这
个比喻贯穿前后,是结构上的照应。谈战国信陵取士,又谈"方今
天下"如何待士,这种对比,也是一种呼应;从前头"惠书"到结尾
"少安无躁",又前后关合,所以文章又是很谨严的。他的另一篇短
篇政论文《守戒》也是善于转接而又集中浑成的例子。这是一篇谈
藩镇问题的作品,何焯《义门读书记》认为它"似为董晋镇宣武而
作。汴居淄青、淮蔡之中,南北二寇所窥伺,所谓'介于屈强'也。
'幕中之辩,反以为叛',其斯文之谓欤"? 文章开头说:

　　《诗》曰:"大邦维翰。"《书》曰:"以蕃王室。"诸侯之于天
　　子,不惟守土地、奉职贡而已,固将有以翰蕃之也。

首先列出典据,提出对藩镇与中央关系的总的看法。这是一种概

括的论断,是议论的出发点。这种观点并不是什么新鲜见解。如果文章按这个思路发展下去,就只能发些空疏的议论。但作者突然把笔锋一转,引入比喻:

> 今人有宅于山者,知猛兽之为害,则必高其柴楥,而外施陷阱以待之;宅于都者,知穿窬之为盗,则必峻其垣墙,而内固扃镝以防之。此野人鄙夫之所及,非有过人之智而后能也。

这两个比喻,很生动,又很形象。以猛兽和强盗来暗示强藩,又很富揭露性,笔法很尖锐。这个转接很奇突。正因为奇突,才能加强人的印象。而运用读者的联想,人们自然会体会到文意是贯通的,比喻则又使文思变得具体了。接着把比喻与现实结合起来,批评忽视藩镇之害、对之实行姑息之失策:

> 今之通都大邑,介于屈强之间,而不知为之备。噫!亦惑矣。野人鄙夫能之,而王公大人反不能焉,岂材力有不足欤?盖以谓不足为而不为耳。天下之祸,莫大于不足为;材力不足者次之。不足为者,敌至而不知;材力不足者,先事而思,则其于祸也有间矣。

这里用比喻来说明现实问题,兼用了对比手法。文意也进一步引申了,从比强藩为猛兽、盗贼,发展到比较野人鄙夫之能与王公大人之智,再对比“不足为”与“材力不足”的区别,议论层层转折,意思一步步加深。接着,紧密与前面的议论相照应,再从一般论述转到具体揭露,指出当时强藩割据的危险:

> 彼之屈强者,带甲荷戈,不知其多少。其绵地则千里,而与我壤地相错,无有丘陵、江河、洞庭、孟门之关,其间又自知其不得与天下齿,朝夕举踵引颈,冀天下之有事,以乘吾之便。此其暴于猛兽穿窬也甚矣。呜呼,胡知而不为之备乎哉!

这一大段话,朴茂雄直,又是几层意思:“屈强者”的存在是一层意

思;它的危险是一层意思;它的野心是一层意思;然后归结到"暴于
猛兽穿窬"的比喻,与文章前面的比喻紧密呼应。这里用了语气健
举的长句,造成了步步进逼的迫人的声势。最后得出结论:

　　　贲育之不戒,童子之不抗;鲁鸡之不期,蜀鸡之不支;今夫
　　鹿之于豹,非不巍然大矣,然而卒为之禽者,爪牙之材不同,猛
　　怯之资殊也。曰:然则如之何而备之? 曰:在得人。

这里又继续杂出三个比喻。从内容上看,这里是说爪牙勇怯之不
同,决定斗争双方形势,最后生发出"在得人"的结论。这所谓
"人",具有两方面的特点:一是爪牙坚利,即有实力;二是好勇狠
斗,即有为朝廷战斗的勇气。而这里所用动物的例子,又是与前面
猛兽之例相照应的。全文主题鲜明,特别是通过比喻的运用把文
气贯连起来,起了集中主题的作用。黄震说:"谓诸侯于君,当为翰
蕃。譬之宅于山者施陷阱,宅于都者固扃镭,甚切。其后譬以'贲
育之不戒,童子之不抗;鲁鸡之不期,蜀鸡之不支',尤语工而意切。
国不得其人以预备之,虽强犹弱欤?"(《黄氏日抄》卷五十九)所以,
这前后的比喻有助于把文思凝聚到一个中心。而在文章结构的具
体安排上,却意思之间突转突起,不用过渡。张裕钊说此文"通体
转卸接换,断续起落,在在不测"(转引马其昶《韩昌黎文集校注》卷
一)。所以结构又并不局促,有一种不施羁勒、逸驾横出的形势,显
出英气奋发的精神。刘熙载评《庄子》文,说:"文之神妙,莫过于能
飞。《庄子》之言鹏曰'怒而飞'。今观其文,无端而来,无端而去,
殆得'飞'之机者。"(《艺概·文概》)韩文的结构,变化无方,生动奋
迅,也有一种"飞"的气象。不过它更多地表现为沉着痛快,心峻而
言厉,不像《庄子》有那么多的奇情异想,文思飘忽。

　　韩文的结构长短咸宜,他不拉架子。文章的安排视内容表达
而定。他的有些文章是不惜笔墨的。像《祭十二郎文》,只是个人
间的亲情,但铺叙开来,滔滔不绝,中间说自己悲悔交集、疑信参半

心情的一段,尽力铺扬,把感情表达得淋漓尽致。有些文章写场面,如《唐朝散大夫赠司勋员外郎孔君墓志铭》开头一段写孔戣之规劝昭义节度卢从史,《故幽州节度判官赠给事中清河张君墓志铭》之写张彻怒斥乱军而死等等,也都是笔酣墨饱,不惜文字。但有些文章却又惜墨如金,如《李元宾墓铭》,前面简叙身世及死事,后面著以铭语:

> 已乎元宾!寿也者,吾不知其所慕;夭也者,吾不知其所恶。生而不淑,孰谓其寿;死而不朽,孰谓之夭。已乎元宾!才高乎当世,而行出乎古人。已乎元宾!竟何为哉!竟何为哉!

他如此对李观之死再三叹息,又给予这么高的评价,但前面却用笔极简洁,并没有写什么具体事情。实际上,正是这种"空泛",显出了李观才高名拙、一事无成的悲哀。方苞分析说:"荆川疑此文太略,非也。元宾卒年廿九,德未成,业未著,而信其不朽。'竟何为哉!竟何为哉!'则痛惜者亦至矣。若毛举数事,则浅之乎视元宾,而推大痛惜之意,转不少见。"(转引马其昶《韩昌黎文集校注》卷六)李观卒年很早,在贞元十一年(七九五)。提倡"古文"他也是较早的一人。后来有人甚至以为他的才能不在韩愈以下。韩愈在墓铭中对他极力推重,正是用这种简括的笔法体现了他的深意。与之相似的,还如前已提到的《殿中少监马君墓志》,对于墓主马继祖,只著族出、历官、生卒年,一事未记,下面叙述自己一身而哭祖孙三世的经历。这种"省略",也是为了表达主题。韩愈的不少议论文学,几乎一句一意,文思高度凝聚提炼,真正是尺水兴波,与江河比大。言虽简峻,而规模宏阔。韩愈也有些文字,看似信笔直书,如《梓人传》、《与崔群书》,但其中也很重剪裁,波澜意度,也很讲究。有些传记文如《唐故江西观察使韦公墓志铭》,似乎是平铺直叙,但实际在记叙中有大小繁简之别,亦有提笔振迅之处,并不是松散冗杂的。总地说来,由于中国古典散文是尚简的,韩愈也不例外;不过优秀作家主要在"洁"字上用功夫,而不是刻意减少字句。韩愈在结构上长短咸宜,同时又非常简洁清楚。在这一点上,他发扬了中国文学的好传统。

我们这里讲的结构,是散文的外在形式。如何安排结构,是纯技巧的问题。我们一般说形式是内容的形式,与内容不可分,这是艺术创作的辩证法。但形式又有其独立的一面,技巧有其独立的发展。韩愈写"古文"标举"明道",但他重视形式与技巧。今天我们读他的文章,只要稍加留意就会发现,他的一篇篇文章,每一个具体的开头、结尾,每一处材料、语言的安排,都下了多大的功夫。如果我们再加深入研究,还会发现他的每一篇文章在具体技巧上又是如何借鉴前人,又是如何创新的。他没有因为强调内容而轻视形式。他的重"文",除了重视文学的特殊规律、重视"古文"文体等含义之外,还包含着重视文学技巧的内容,这里也包括像结构这样的写作纯形式的方面。

讽　　刺

韩愈文章善于说辞,长于讽刺。他以讥戏的文笔表达严肃的社会内容,往往嬉笑怒骂,皆成文章。讽刺带有一种道义力量,又流露出高踞于被讽刺者之上,对之加以批判的自信心。用奇崛的文笔来讽刺,也是造成文气雄直的一个因素。韩愈散文中独特的讽刺技巧,是他在艺术上的一个收获,一个特长,值得专门讨论。

早在他年轻的时候,他在朋辈中就有"以文为戏"的名声。裴度《寄李翱书》据考证是贞元年间所作,其中说:"昌黎韩愈,仆识之旧矣。中心爱之,不觉惊赏。然其人信美材也。近或闻诸侪类云:恃其绝足,往往奔放,不以文立制,而以文为戏。可矣乎!可矣乎!今之作者不及则已,及之者当大为防焉尔。"(《全唐文》卷五三八)

后来朱熹批评他"欲去陈言以追《诗》、《书》、六艺之作,而其蔽精神、糜岁月,又有甚于前世诸人之所为者……今读其书,则其出于谀谄戏豫、放浪而无实者,自不为少"(《读唐志》,《晦庵先生朱文公文集》卷七十)。这里所谓"谀谄",即指韩文中有些溢美不实之处,倒确是缺点;但所谓"戏豫",即使用喜剧性的嘲讽笔法,则不能加以否定。中国传统儒家的文艺观,讲究"温柔敦厚"、"雅正"、"无邪",讥戏嘲讽的文笔常被批评。因此,韩愈创作的这个方面,也就常常为人们所诟病。实则韩愈的善用讽刺,不但增强了文学的批判性,而且体现出一种特殊的生活情趣和乐观精神。

　　按照鲁迅先生的说法,讽刺的生命是真实。但一般地揭露真相,描写实事还不是讽刺。讽刺是要把掩盖在庄严、美好的外表下的鄙陋、丑恶揭露给人们看,揭开被讽刺事物的内容与形式、本质与现象之间的矛盾,从而把它否定掉,对它加以鞭挞。这种文字,作者往往不必另加评论,自会表现鲜明的爱憎,收到强烈的抨击效果。而做到这一点,首先作家得有认识社会、透视人生的敏锐、深刻的洞察力,能在一般人看作是"庄严"的事物之中发现其本质的可鄙可笑之处;同时也有技巧问题,就是要善于使用一定的表现方法造成强烈的讽刺效果。韩愈无疑在这些方面是有眼光、有能力的。这也证明他在实践中并不总是盯着"圣人之道",而是两眼常常向着现实的。

　　这样,讽刺首先是艺术上的一种发现。官场当中的因循、势利以及在腐败的吏治之下人才的被埋没,这是唐代当时以至整个封建社会的普遍的事实,但这个事实太普通了,又掩盖在庄严温恭的形式之下,人们很难看出它的腐朽可笑之处。但韩愈在《蓝田县丞厅壁记》开头一段写出县衙日常生活的一个小小的场景,通过签署文书这一件小事,揭示出县衙中的人事关系,却暴露出当时官场的庸腐,在庄重的外貌下掩盖的是强权、机诈、虚伪与卑琐。韩愈看出了严肃外表下的可笑可鄙之处。张裕钊说:"此文纯以诙诡出

之,当从傲睨一切中玩其神味。"(转引马其昶《韩昌黎文集校注》卷
二)韩愈正是采取了居高临下的嘲弄态度,以细节的真实,来揭露
事物的实质。《送李愿归盘谷序》写得志的"大丈夫"与奴颜婢膝的
小人,是纯用白描笔法。"大丈夫"盛骑从,多宾御,凭喜怒赏罚,养
大群姬妾,这都是普遍的事实。但"大丈夫"仅如是而已,利国之举
何在? 利民之功何在? 以至仁爱之德何在? 作者没有写,实在也
写不出。不要另加评语,就表现出了作者的讽刺态度。对那些卑
微小人的描写,只写出"足将进而趑趄,口将言而嗫嚅"两个动作,
就使人物神态毕现,刻画到他们的灵魂。这是极其尖锐的艺术眼
光,也是讽刺技巧。另外,如《送殷员外序》写到一些官僚"适数百
里,出门惘惘,有离别可怜之色。持被入直三省,丁宁顾婢子语,刺
刺不能休",《试大理评事王君墓志铭》写王适生平沦落,不得官职,
只好以欺骗手段娶侯氏女,也都是以锐敏的眼光发现的生活中的
讽刺喜剧。

　　韩愈的讽刺常常又是一种暗示,即使用旁敲侧击的方法。这
是《诗经》以来讽谕传统的发挥。有意用曲笔,并不是追求表达的
曲折深晦,而是为了通过言外之意更强烈地表现真实,更有力地进
行抨击和嘲讽。这与一般的用曲笔或掩抑收敛不同。这是一种似
隐实显的办法。例如《重答张籍书》,讲到佛教的流行,这样说:

　　　　今夫二氏之所宗而事之者,下乃公卿辅相。

"下乃公卿辅相",那么上则是皇帝了。皇帝应当"法天行道","代
天理物",却到佛那儿求福祐,这本身就够具讽刺意味的了。而以
"下"来暗示"上",则又指出了朝野君臣佞佛如狂的情形。《送许郢
州序》与《送崔复州序》一样,也是为送一位到于頔治下任职的刺史
而作,其中有一段对于頔的赠言:

　　　　凡天下之事,成于自同,而败于自异。为刺史者,恒私于
　　　其民,不以实应乎府;为观察使者,恒急于其赋,不以情信乎

> 州。繇是刺史不安其官，观察使不得其政，财已竭而敛不休，
> 人已穷而赋愈急，其不去为盗也亦幸矣。

这里本是讲官府横征暴敛之害，是有为而发，告诫于頔的。但作者却讲了一套"同则成，败则异"的道理，说刺史"私于其民"，观察使"急于其赋"，由于上下之间不能相通，因而造成了问题。这样，就避免对于頔的行政做出直接正面的攻击，实际上又明明白白地指出了他不察下情，不恤民隐，没有尽到一个观察使应尽的责任。何焯说："讽刺之辞，却语语平恕，蔼如也。"（《义门读书记·昌黎集》卷三）但这"蔼如"的语气却并未掩盖其讽刺的锋芒，所以何焯又说："善为说辞，长于讽谕，本是不恤民命，却只讽他不通下情，妙甚！"《送石处士序》是借石洪入乌重胤幕来表现藩镇问题的，表面上是为石洪送别，称赞乌重胤得士，实际上暗喻朝廷之不能得人，并望乌重胤尽力转输，以助成朝廷讨伐王承宗之功，不可如卢从史阴与之相通。这里集讽刺与规箴为一体，行文尽狡猾之能事。这篇文章作为赠序，不能斥言被送的人与行人所行之处，如此立言很为得体，但言外的讽意却又很明显。《与鄂州柳中丞书》是赞扬和督促鄂岳观察使柳公绰对抗淮西的。其中说淮西镇：

> ……以靡弊困顿三州之地，蚊蚋蚁虫之聚，感凶竖煦濡饮
> 食之惠，提童子之手，坐之堂上，奉以为帅，出死力以抗逆明
> 诏，战天下之兵。

但就是这样，结果却使得"丞相、公卿、士、大夫劳于图议"，握兵之将不肯前行，只有柳公绰出为鄂岳观察使，扬兵界上，有用兵之志。在这番叙述中，并没有直接写朝廷的腐败与对藩镇的处置失策，也没有指斥朝廷内外文恬武嬉的现状，然而在对比之中，读者自会清楚地领会这些内容。而自恃权威的中央王朝，对强藩的逆乱跋扈竟无可如何，一个观察使"扬兵界上"都被视为难能可贵之举，这里的讽意也很显然。《答陈商书》讲为文与仕进的关系，先肯定陈商

文章"语高而旨深",中间设齐王好竽而操瑟以往的比喻,归结到他"文虽工不利于求"。表面上看是安慰之词,规诫之语,是在批评陈商的迂腐,实际上是讽刺当时的文风与士风,也就是指斥统治阶级不能重用真正的人才。所以,韩愈这种暗示的方法,是让读者透过现象去追求更本质的真实,并在现实生活的实际矛盾中发现另外更深的含意,取得强烈的表达效果。

韩愈还善用反语表讽刺。这是使用一种正言反说的方法,使讽刺含意现于言外。例如有名的《进学解》,设为与太学生的对问。太学生不佩服自己的说教,对自己加以讥嘲。他们先肯定自己有如何如何的成就,"先生之业,可谓勤矣","先生之于儒,可谓有劳矣"等等,但却得到个半生沦落的际遇:

> 然而公不见信于人,私不见助于友,跋前踬后,动辄得咎。暂为御史,遂窜南夷;三年博士,冗不见治。命与仇谋,取败几时。冬暖而儿号寒,年丰而妻啼饥,头童齿豁,竟死何裨! 不知虑此,而反教人为?

这是批评讥嘲的语气,但实际上又是一种肯定,正流露出韩愈的自负,揭示了像自己这样一个人才所处的矛盾地位。后面是韩愈的一大段辩解之词:

> 今先生学虽勤而不繇其统,言虽多而不要其中,文虽奇而不济于用,行虽修而不显于众。犹且月费俸钱,岁靡廪粟,子不知耕,妇不知织,乘马从徒,安坐而食,踵长途之促促,窥陈编以盗窃。然而圣主不加诛,宰臣不见斥,兹非其幸欤! 动而得谤,名亦随之;投闲置散,乃分之宜。

> 若夫商财贿之有亡,计班资之崇庳,忘己量之所称,指前人之瑕疵,是所谓诘匠氏之不以杙为楹,而訾医师以昌阳引年,欲进其豨苓也。

这看似完全是自解自慰之词,是在为现实辩护,但实际却更强烈地指出了现实的不合理。而后面的比喻,更涉笔成趣,加强了主题。全篇文章在正反虚实中间,用笔变化莫测。孙樵说:"……韩吏部《进学解》,……莫不拔地倚天,句句欲活,读之如赤手捕长蛇,不施控骑生马,急不得暇,莫可捉搦;又似远人入大兴城,茫然自失。"(《与王霖秀才书》,《孙可之文集》卷二)这确乎是韩愈这篇文章给人的印象。《送穷文》是另一篇讽刺名作。它是戏仿扬雄《逐贫赋》的,其中设为主人与穷鬼的问答。主人起初是要按民间习俗"送穷"的,其中在转述穷鬼与主人相依相随的一段话以后,是主人对穷鬼情状的揭露:

> 主人应之曰:"子以吾为真不知也耶!子之朋俦,非六非四,在十去五,满七除二,各有主张,私立名字。捩手覆羹,转喉触讳,凡所以使吾面目可憎、语言无味者,皆子之志也。其名曰智穷:矫矫亢亢,恶圆喜方,羞为奸欺,不忍害伤;其次名曰学穷:傲数与名,摘抉杳微,高揭群言,执神之机;又其次曰文穷:不专一能,怪怪奇奇,不可时施,只以自嬉;又其次曰命穷:影与形殊,面丑心妍,利居众后,责在人先;又其次曰交穷:磨肌戛骨,吐出心肝,企足以待,置我仇冤。凡此五鬼,为吾五患,饥我寒我,兴讹造讪。能使我迷,人莫能间,朝悔其行,暮已复然,蝇营狗苟,驱去复还。"

这里所写的"穷",显然不是穷通之"穷",实际上是指作者不随流俗、矫亢傲世的品格,并借此批评社会,发泄自己的牢骚。所以,穷鬼带来的"智穷"、"文穷"等等,正是真正的智慧与文章等。那么接着下面君子固穷的结论,也就是表示坚持操守、不改初衷的决心了。他用讥戏之词所描绘的五个穷鬼的形态,实际是自己所赞许肯定的为人处世的优良品格。这种品格使他在社会上陷于穷途,四处碰壁,正是社会腐败、黑暗的表现。全文明说自己的命运,实则批判社会的锋芒很尖锐。后来有人批评他"讥戏不近人情",实际是没有看到文章的真意。以上两篇是通篇用反语的。其他在文字中间用反语处也不少,如以褒为贬,似抑实扬的笔法,在以上举过的文章中已谈过一些。又比如《送董邵南序》是以送行表劝止的,《送幽州李端公序》是以赞许表告诫的。

　　韩愈还多用夸诞之词。这些夸诞之词,往往貌似狂傲无检,不着边际,实则包含着严肃的用意。而这种表现形式,正流露出一种特殊的讽刺与幽默的机趣。《进学解》和《送穷文》的运笔都是夸诞的。《进学解》在与太学生对话中对自己的一扬一抑,都用了极其夸张的笔法。《送穷文》的立意出于奇肆的想象,对五个“穷鬼”的刻划写的是现实中人的品格,也极尽夸张之能事。不但在这种“游戏”文字里,就是在一些严肃郑重的文字中,韩愈也不免戏豫夸肆。这可能也是他被指责为“以文为戏,不以文立制”的原因罢。三篇《上宰相书》是他贞元十一年“三选于吏部卒无成”之后所作,是年轻时求仕干禄的作品。当时的宰相是赵憬、贾耽、卢迈,在政治上都是庸懦之辈,朝政又恰值贞元后期混乱腐朽状态,他们不能引拔后进。韩愈这三封信,虽然是求进乞援,但高自位置,自占地步,实际是通过自己的体验,对当时朝廷用人之道进行描述,对当政者提出批评。这其中他用了夸诞之笔。一方面夸饰自己,自誉自扬,以与现实处境形成对比;一方面夸饰对方,极尽褒美,以显示其名声、地位不符合实际。例如第一书中说:

> 今有人生二十八年矣,名不著于农工商贾之版。其业则读书著文,歌颂尧舜之道,鸡鸣而起,孜孜焉亦不为利。其所读皆圣人之书,杨、墨、释、老之学,无所入于其心。其所著皆约六经之旨而成文,抑邪与正,辨时俗之所惑,居穷守约,亦时有感激怨怼奇怪之辞,以求知于天下……

对自己的这一段描述,显然是大大美化了。例如我们知道,他所读并非尽“圣人之书”,作文亦不尽合“六经之旨”,亦并不安于“居穷守约"。第二书中用陷水火而求救的比喻,形容自己如何"蹈于穷饿之水火,其既危且亟矣,大其声而疾呼矣"等等,又是从另一方面对处境的夸张。至于信中用《诗经·菁菁者莪》的"乐育人材"推扬对方,用周公握发吐哺来比拟对方,更是有意地溢美,来达到批评的目的。所以,这三篇表面上是干禄乞援之作,实则也有一定的批判意义。当然,如有人说"须具绝大心胸读之,此中真有海涵地负之势",也是评价太高了。如果从文章笔法看,这种夸诞的方法,使自己超脱了卑微乞怜的地位,显出一种佯狂傲世的姿态,也加强了文章奇谲的语气,写作技巧是很有特点的。《应科目时与人书》情况也相似。这是贞元九年(七九三)应博学宏词试时为通"关节"(或谓受书人为韦舍人)而作。但一开头却翻用《国语》龙为水之怪的典故,说:

> 月日,愈再拜。天池之滨,大江之濆,曰有怪物焉,盖非常鳞凡介之品汇匹俦也。其得水,变化风雨,上下于天,不难也。其不及水,盖寻常尺寸之间耳,无高山大陵旷途绝险为之关隔也。然其穷涸不能自致乎水,为猵獭之笑者,盖十八九矣。

这个开头,比喻自己为失水的蛟龙,由于不得援救而处于困顿之中。这就把自己推扬到"常鳞凡介"之上,自处是多么狂傲。而下面写到对方拔济自己于穷途只需"一举手一投足之劳",以及自己将"烂死于沙泥"等等,也都是极力夸写的。这样夸诞的言辞,很可以表现他对现实的不满与不屈服的精神。另外,如《与孟尚书书》中在讲了一大套儒道危机、佛教猖獗的严重形势之后,大言不惭地表示要"使其道由愈而粗传";《答吕毉山人书》说自己远在信陵君之上,"如仆者,自度若世无孔子,不当在弟子之列";以至《师说》中以师道自认,柳宗元批评他是"抗颜而为师"(《答韦中立论师道书》,《柳河东集》卷三十四),如此等等,都有意表现出一种狂傲姿态来面对当时的社会,对现实都有所讽刺。正是这种笔法,使韩愈

文章显得恃强好胜,有一种纵横家诡奇博辩的风姿,而没有儒家圣
贤应有的那种温恭儒雅气度。

　　韩愈还写了一些游戏文字。这是继承前代俳谐体的传统,用
谐谑的笔法来反映严肃的社会内容。它们奇纵自恣,抒写胸中之
奇,横逸大胆,表现出作者的才情。苏轼诗有云:"退之仙人也,游
戏于斯文。谈笑出奇伟,鼓舞南海神。"(《顷年杨康功使高丽还奏
乞立海神庙于板桥仆嫌》)指的是韩愈的《南海神庙碑》。这篇文章
记述岭南节度使祀南海神事,写事神所以表治人,实际也是表现作
者的政治思想。其中写祀神场面,风云变幻之中,仪式那样庄严热
烈,大海中百灵秘怪纷纷来享。这一切都用幻想笔法表现出来,写
得宛如神话。他在《毛颖传》中所写的"毛颖君",是毛笔的拟人化。
作者戏拟为"太史公"的语气为之作传。从它的族出写起,写到秦
始皇时大将军蒙恬得毛颖,封诸管城,日被亲幸,善随人意,担任纂
录记注之职,拜中书令。但后来由于老而发秃,摹画不能称上意,
终被弃置。这篇文字对史传体是一种戏仿,写法完全用影射,达意
则另有讽喻。一方面讽刺文人的屈节事人,一方面批评当权者的
刻薄寡恩。所以这虽是鲁迅所谓"幻设为文",却又很有思想意义。
中间写到被疏弃一段:

　　　　后因进见,上将有任使,拂拭之,因免冠谢。上见其发秃,
　　又所摹画不能称上意。上嘻笑曰:"中书君老而秃,不任吾用。
　　吾尝谓君中书,君今不中书耶?"对曰:"臣所谓尽心者。"因不
　　复召,归封邑,终于管城……

这里人物描摹,神情如画,是小说笔法;而使用了"中书"的谐音,更
巧妙地造成了讽刺效果。方成珪说:"叶石林云:'退之此传,本南
朝俳谐文《驴九锡》、《鸡九锡》之类而小变之耳。俳谐文虽出于戏,
实以讥切当时封爵之滥。退之致意,亦正在中书君老不任事,今不
中书数语,不徒作也。'按驴九锡封庐山公,鸡九锡封浚稽山子,系

宋袁淑《俳谐集》文,见《艺文类聚》。"(《韩集笺正》卷四)他指出了
这篇文章的历史渊源,也肯定了它的思想性。再如《石鼎联句诗
序》,假托道士轩辕弥明自衡山来,与进士刘师服、校书郎侯喜夜间
联句赋诗。文章模拟当时的传奇文,全用戏笔,夸张地刻画轩辕弥
明的形容、动作、言谈,联句赋诗的场面更写得生动逼真,穷形尽
相。其中赋诗咏石鼎,或以为暗指称为"鼎鼐"的三公。其中弥明
的诗句率直浅俗,如"龙头缩菌蠢,豕腹胀彭亨"等等,显然是一种
愤世嫉俗的讽刺之语。现在对这篇文章是否为讥刺时相大臣以至
确定针砭何人(如李吉甫或皇甫镈等),都难以定论,但在戏谑的文
笔中有所讽刺则是肯定的。此外如《鳄鱼文》、《送穷文》等,也都有
俳谐的内容。以谐谑来行讽刺,也是韩文的一个手法。

　　把讽刺和与之相关联的谐谑、幽默笔法用之于散文之中,是韩
文艺术上的一个特征,也是他对散文艺术的一个贡献。他在这方
面发展了中国古代文学的讽喻传统,又广泛汲取了以前讽刺文学、
俳谐文章以至传奇小说的艺术手法,把讽刺艺术大大丰富和发展
了。讽刺,不但加强了作品的思想力量,同时由于它特有的美感内
容,也可以增强艺术上的感染力。唐代"古文"发展到韩愈,口口声
声讲"明道",而文章终究不是道学的义疏,而成为艺术,运用这种
富于美感的讽刺手法也是一个重要因素。当时韩愈不顾"以文为
戏"、"好驳杂无实之说"的批评、指责,坚持发展了这种讽刺艺术,
也表现了他在艺术上的真知灼见。韩愈答复张籍的责难,起初说:
"此吾所以为戏耳,比之酒色,不有间乎?"(《答张籍书》)态度还较
消极。但不久就进了一步:"驳杂之讥,前书尽之,吾子其复之。昔
者夫子犹有所戏。《诗》不云乎:'善戏谑兮,不为虐兮。'《记》曰:
'张而不弛,文武不能也。'恶害于道哉!"(《重答张籍书》)韩愈自负
是圣人之徒,所以他搬出孔子来为自己辩护。他说谐谑戏笑的喜
剧讽刺文笔不但无害于道,反而是有益的。今天我们看来,韩愈的
这种说法主观上是保持了"文以明道"的理论的严整统一,客观上

却是维护了讽刺笔法的地位,看到了讥嘲手法的作用。在这一点
上,他的主张恐怕离儒道很远,倒主要是借儒道为自己的旗帜的。
韩愈的这种做法,在当时曾引起过争论。《毛颖传》传出后,那些文
艺观点平庸守旧的人一片哗然。时柳宗元贬永州,有些人从北方
来,与他谈起《毛颖传》,不能举其辞,"独大笑以为怪"。后来柳宗
元谈到这篇作品,对它给以高度评价,特别是从艺术上、美学上肯
定了这种俳谐体讽刺作品的价值,写了一篇《读韩愈所著〈毛颖传〉
后题》。他指出,读《毛颖传》,给人的印象是"若捕龙蛇,搏虎豹,急
与之角而力不敢暇,信韩子之怪于文也"。这是一种艺术上的创新
带来的强烈的感染力。他说正因此,这种文章也就不能为"世之模
拟窜窃、取青媲白、肥皮厚肉、柔筋脆骨而以为辞者"所了解和接
受。他着重论述了"俳又非圣人之所弃",认为它是"有益于世"的。
他说,艺术应当"尽六艺之奇味以足其口","俳"也是一种风格,应
有其存在的价值。他批评那些不了解、不满于《毛颖传》者是"贪常
嗜琐"之徒(《柳河东集》卷二十一)。柳宗元这篇文章是中国文学
批评史上的一篇重要的讽刺文学专论,是对韩愈讽刺艺术的精辟
的解释。他与韩愈共同倡导"古文",在这一点上是互相理解的。
参照柳宗元的文章,我们会更充分地认识韩愈讽刺艺术的价值,以
及在当时文坛上的地位和作用。韩愈的讽刺,使他的散文更突显
出一种奇情异彩,成为他的雄奇风格的一种表现。而在讽刺中表
现的刚肠嫉恶之心,以及对生活的乐观与自信,还有他的丰富的生
活情趣以及品格中豪纵不恭的方面,也都增加了他的作品的光彩
与分量。

比　　喻

　　韩愈的另一个习用并善用的艺术手法,是比喻。
　　比喻,或称譬喻。从修辞上作为修辞格的比喻到写文章取譬

立意的寓言，都可以叫作比喻。所以，广义的比喻范围是很宽的。我们谈韩愈的比喻艺术，就指广义的比喻。也就是说不管是语言上，还是文意上，只要是用具体、形象的事物为比来作为表现手段的，统统包含在我们讨论的范围之内。而韩愈散文在这个方面确乎有着突出的长处。比喻的大量运用，增强了他的散文的具体性、形象性。例如韩愈文章不少是说理的，往往由于用了比喻，在逻辑推理论证之外，增加了形象，使整个文章的面貌大大改观了。

笔者前曾作文谈唐代"古文运动"与佛教的关系（参阅《唐代"古文运动"与佛教》，《文学遗产》一九八二年第三期）。其中有一浅见，就是以为唐代"古文"的发展受到佛教译经的影响，而譬喻的运用则是重要表现之一。韩愈虽然严于辟佛，但其善喻却直接或间接接受了佛典影响。佛典是大量用譬喻的。据梵、汉文对照，汉译的"譬喻"或"喻"，在佛教梵文原典中是四个有意义联系但又有区别的词。一个是 upamā，原意是比较，类似，这是指修辞上的比喻。第二个是 aupamya，原意为比较，类推，这是以假想的事实做喻，如《法华经》中"火宅"、"化城"之喻。第三个是 dṛṣanta，这是指实证，例证，是以真实的事实为喻。龙树《大智度论》卷三十五中说："譬喻有二种：一者假以为喻，二者实事为喻。"就指出了第二、第三两种情况的区别。但这两者用比喻都是逻辑上的比喻论证，属于说明问题的方法。第四个是 avadāna，原意为英雄行为、伟业，是指专门的譬喻经，这是以寓言形式表现的专门的佛典①。佛典"譬喻"名下这丰富多彩的比喻方法，对中国文学的影响是巨大的。韩愈"古文"就是很突出的一个例子。当然，肯定这一点，也并不否定韩愈继承了中国文章与文学中固有的比喻传统。如在先秦诸子里和《战国策》、《国语》等史书记载的纵横家的言论中也是多用比

①参看荻原云来主编《汉译对照梵和大辞典》（增补改订版）和岩本裕《佛教说话研究》第二卷第五十四页。

喻的。韩愈对这些也是多有借鉴的。如前述《杂说》第四篇中的所谓《马说》，素材就取自《战国策·燕策》；而有些具体比喻，更直接取自古代典籍。

以下，我们由简趋繁，来具体讨论一下韩愈的比喻技巧。

首先，看看韩愈所用的修辞上的比喻。这在韩文中比比皆是。特别是一些议论文字，用了比喻修辞，就显得特别生动、形象。例如《与孟尚书书》中讲到汉朝以后儒学中衰，用了两个比喻："百孔千疮"，"一发引千钧"。前者说明其残破，后者说明其延续的危殆。对前者，有"群儒区区修补"相照应；对后者，有"绵绵延延，浸以微灭"来渲染。这就把对形势的认识说得非常清楚、鲜明。《答尉迟生书》讲到写文章，用植物生长做比喻，说："实之美恶，其发也不掩，本深而末茂，形大而声宏。"用植物的果实与根本的关系来比喻创作成果与个人素养的关系，实际上说明了世界观对于创作之重要，把道理说得很深刻。《答张籍书》谈到忽然收到久绝音问的朋友的书信的愉快心情："脱然若沉疴去体，洒然若执热者之濯清风也。"这也是两个比喻。"沉疴去体"，暗示对友人久想成疾，一收到来信，如大病痊愈；"执热者之濯清风"，形容心情极其轻松愉快。这是用具体的比喻来说明感受的。所以，韩愈无论是说理、叙事还是抒情，都能巧妙地运用比喻。他在发展比喻的方式上还有两个突出的成绩。一个是所谓"博喻"、"杂喻"，即几个比喻贯穿起来用，从而对一个比喻对象从几个不同的方面加以说明。这种比喻方式是佛典中常用的。中国古典散文中则自韩愈大量使用，以后苏轼多用。正如洪迈所说："韩、苏两公为文章，用譬喻处，重复联贯，至有七、八转者。"(《容斋三笔》卷六)黄震说："杂喻形容，亦曲尽文字之妙。"(《黄氏日抄》卷五十九)。以下例子是研究者常引用的。如《送石处士序》：

　　……坐一室，左右图书，与之语道理，辨古今事当否，论人高下，事后当成败，若河决下流而东注，若驷马驾轻车就熟路而王良、造父为之先后也,若烛照数计而龟卜也⋯⋯

《韦侍讲盛山十二诗序》:

> ⋯⋯夫儒者之于患难,苟非其自取之,其拒而不受于怀也,若筑河堤以障屋溜;其容而消之也,若水之于海,冰之于夏日;其玩而忘之以文辞也,若奏金石以破蟋蟀之鸣,虫飞之声,况一不快于考功盛山一出入息之间哉!

《送高闲上人序》:

> 苟可以寓其巧智,使机应于心,不挫于气,则神完而守固,虽外物至,不胶于心。尧、舜、禹、汤治天下,养叔治射,庖丁治牛,师旷治音声,扁鹊治病,僚之于丸,秋之于弈,伯伦之于酒,乐之终身不厌,奚暇外慕⋯⋯

这里用作比喻的,有事物、有现象、有历史人物,比喻的组织变化多方。张裕钊评《韦侍讲盛山十二诗序》中那一段话说:"'夫儒者'以下,从天而降,惊吓凡庸,昌黎本色。"(转引马其昶《韩昌黎文集校注》卷四)杂沓的比喻,设想奇突,使人应接不暇,有助于造成一种声势。如果说这是众多比喻的横的排列的话,那么韩愈还善于把一个比喻做纵深发展,这是他的又一种比喻技巧。例如《答李翊书》说文气与言词的关系,作比喻说:"气,水也;言浮物也。"接着由此引申:"水大而物之浮者大小毕浮。"由此以说明气盛言宜的道理,这就是由一个比喻来加以引申,把所要说的道理更不断推进。他的《后十九日复上书》中说到自己的处境:

> 愚不惟道之险夷,行且不息,以蹈于穷饿之水火,其既危且亟矣,大其声而疾呼矣。

这里的"道"本意为"处世之道",是抽象的,引申为"道路",所以才有"险夷",进而引申到"行且不息""蹈于穷饿之水火""大其声而疾呼",也是顺着比喻意,把文意一步步加深了。如下面的比喻,发

挥得更加恢宏灵活,给人的印象也更为深刻,《送王秀才序》:

> 夫沿河而下,苟不止,虽有迟疾,必至于海。如不得其道也,虽疾不止,终莫幸而至焉。故学者必慎其所道。道于杨、墨、老、庄、佛之学,而欲之圣人之道,犹航断港绝潢以望至于海也。故求观圣人之道,必自孟子始。今埙之所由既几于知道,如又得其船与楫,知沿而不止,呜呼,其可量也哉!

又《答窦秀才书》:

> ……虽使古之君子,积道藏德,遁其光而不曜,胶其口而不传者,遇足下之请恳恳,犹将倒廪倾囷,罗列而进也。若愈之愚不肖,又安敢有爱于左右哉! 顾足下之能足以自奋,愈之所有如前所陈,是以临事愧耻,而不敢答也。钱财不足以贿左右之匮急,文章不足以发足下之事业,捆载而往,垂橐而归,足下亮之而已。愈白。

前一段文字先用沿河而下必至于海作喻,说明治学必有正确的方向。然后从反面说,如果方向不对,"道于杨、墨、老、庄、佛之学",那就如航行于"断港绝潢",走的是死路;然后再从正面引申,如果方向对了,再"得其船与楫",那么前程就不可限量了。他讲的实际就是治学应避免"南辕北辙"的道理,但比喻很新鲜,运用与组织的方法也很巧妙。后一段是对窦秀才的求教表示谦虚欠欠。前面说"积道藏德",暗用如仓库一样积蓄之意,把"道"与"德"也具体化了,所以下文有自己愿意"倒廪倾囷"和对方将"捆载而往,垂橐而归"的话。中间又加上解释与说明,使层次递进的比喻意思更明确了。这样,韩愈使用比喻修辞,在形式上是向横的方面与纵的方面发展了,手法更多样,效果也更突出。

　　其次,是用事实,主要是古人古事为喻。这涉及到用典问题,在逻辑上这是一种比喻论证。如果从形式逻辑的角度看,单纯使用比喻论证,还不能使结论确定不移。因为比喻与被比喻的事物之间并没有必然的联系,在运用中只是取二者的相似。因此西方谚语说"任何比喻都是跛足的"。但用在文章中,特别是用在文学散文中,这却可以成为强有力的表现手段。像《师说》中用了三大段比喻。最后写到"圣人无常师",又用了"孔子师郯子、苌弘、师襄、老聃"为喻。《送孟东野序》,在树立了"不得其平则鸣"的论点后,用了"草木之无声,风挠之鸣"等一系列比喻,从物说到人,全文就是用比喻组织起来的。《答刘正夫书》提出文章贵奇的主张,先用"百物朝夕所见者,人皆不注视也,及睹其异者,则共观而言之"来作比,然后又引述历史事实:"汉朝人莫不能为文,独司马相如、太史公、刘向、扬雄为之最。"如这类例子,都还是以事实来简单地打比方,作例证。韩愈在使用这个表现方法当时,又是有所发展,有很多变化的。一是比喻的事实同时作为陪衬出现,起衬托作用。例如《送杨少尹序》,这是为送别友人杨巨源致仕还乡而作。这次送别集会韩愈并未到场,文章从汉代疏广、疏受辞位还乡写起:

> 昔疏广、受二子以年老,一朝辞位而去。于时公卿设供张,祖道都门外,车数百两。道路观者,多叹息泣下,共言其贤。汉史既传其事,而后世工画者又图其迹。至今照人耳目,赫赫若前日事……

然后转写杨巨源,用"不知"提出疑问加以关联。这是以古今情事做比,利用衬托致慨叹之意。唐顺之说:"前后照应,而错综变化不可言,此等文字,苏、曾、王集内无之。"(转引马其昶《韩昌黎文集校注》卷四)茅坤说:"以二疏美少尹,而专于虚景簸弄,故出没变化不可捉摸。"(《唐宋八大家文钞·韩文公文钞》卷六)《送王含序》的写法也相似。王含"以直废"而还乡,韩愈为他写赠序。先写他的先世王绩,再联想到历史上的阮籍、陶潜,对这些不遇者又做了评论。这种写法,过去人们赞扬是"空中起步,来去无踪"。然后才入送行的正题,只是简单的交待和赞许。这是所谓"正衬"。再是以比喻的事实来反衬,如上宰相书的最后一封——《后二十九日复上书》,一开始用周公典:"愈闻周公之为辅相,其急于见贤也,方一食,三吐其哺,方一休,三捉其发",这里写周公的急于用贤,用以比喻当政者应如何尚贤,起一种反衬的作用。《送高闲上人序》,说明艺术创作应"神完而守固,虽外物至,不胶于心",先用了"尧、舜、禹、汤治天下"等一系列比喻,然后用"张旭善草书,不治他伎"。张旭的例子是对高闲的一个反衬,文章反对佛教徒离世超俗的用意就从这个反衬中表现出来。《答吕毉山人书》前后都用信陵君好士与自己的情况相对比,先是辩解对方加给自己的"不能如信陵执辔"的指责,又批评六国公子只是"有市于道",再证明当前情况"不得以信陵比"。信陵君这个典故起了反衬作用。第三就是用比喻来暗示,实际在比喻中有讽谕意味,如《送董邵南序》中关于河北之士感慨悲歌的比喻。

再有,就是以虚构的事实为比喻。著名的例子如《送温处士赴河阳军序》,其一开头就说:

> 伯乐一过冀北之野,而马群遂空。夫冀北马多天下,伯乐虽善知马,安能空其群邪? 解之者曰:吾所谓空,非无马也,无良马也。伯乐知马,遇其良辄取之,群无留良焉。苟无良,虽谓无马,不为虚语矣。

如前所说,这一段的情节,完全是作者的臆造,是架空而谈。用虚拟的故事作比喻的材料,来确定自己的立意。同样,《送权秀才序》开头的两个比喻:"伯乐之厩多良马,卞和之匮多美玉",这也是作者编造的,用以比喻"卓荦瑰怪之士,宜乎游于大人君子之门也"。《为人求荐书》也是以相马为喻,开头说:

> 某闻木在山,马在肆,遇之而不顾者,虽日累千万人,未为不材与下乘也。及至匠石过之而不睨,伯乐遇之而不顾,然后知其非栋梁之材、超逸之足也⋯⋯

这里也是一种设想的境况,用以比喻自己的处境,直到后面说到"昔人有鬻马不售于市者,知伯乐之善相也,从而求之。伯乐一顾,价增三倍",这个故事,也是查无典据,是作者为表达自己的意思而编造的。又例如《答陈商书》是做国子博士时为答复求进的陈商所作,陈商的文章"语高而旨深,三、四读尚不能通晓",以此求利禄于世,当然不能达到目的,作者用一个"工于瑟而不工于求齐"的故事作比:

> 齐王好竽,有求仕于齐者,操瑟而往,立王之门,三年不得入。叱曰:吾瑟鼓之能使鬼神上下,吾鼓瑟合轩辕氏之律吕。客骂之曰:王好竽而子鼓瑟,虽工,如王不好何?

《韩非子·内储说上》有"滥竽充数"的故事,说:"齐宣王使人吹竽,必三百人。南郭处士请为王吹竽,宣王说之,廪食以数百人。宣王死,湣王立,好一一听之,处士逃。"韩愈这个比喻除了借用齐王好竽这个事由而外,下面都是他编的。这种"自我作古",使得意奇语新,词锋尖锐而有机趣。这种文章,很得战国策士遗风。古代诸子与纵横家们在议论时使用比喻,有些或出自民间,有些当是随时编造的。

再有一种文章就是完全以比喻立意,像《杂说》中的第四篇,从伯乐与千里马的典故加以生发,来讨论人才问题。又如第一篇:

> 龙嘘气成云,云固弗灵于龙也。然龙乘是气,茫洋穷乎玄间,薄日月,伏光景,感震电,神变化,水下土,汩陵谷:云亦灵怪矣哉!
>
> 云,龙之所能使为灵也。若龙之灵,则非云之所能使为灵也。然龙弗得云,无以神其灵矣。失其所凭依,信不可欤。异哉!其所凭依,乃其所自为也。
>
> 易曰:"云从龙。"既曰龙,云从之矣。

全文就是从《易·乾卦·文言》中"云从龙"一句加以发挥,用云龙相需的关系,以说明一个人立身行事必有所依凭。有人以为这是指"君臣际遇",有人以为是指朋友交谊,解释似不必拘泥。因为这种文章,立意较宽泛,是难以用确切的证据给以定解的。《杂说》中的另两篇情形也大体相似。《应科目时与人书》也是以一个比喻统御全文:

> 月日,愈再拜。天池之滨,大江之濆,曰有怪物焉,盖非常鳞凡介之品汇匹俦也。其得水,变化风雨,上下于天,不难也。其不及水,盖寻常尺寸之间耳。无高山大陵旷途绝险为之关隔也。然其穷涸不能自致乎水,为猵獭之笑者,盖十八九矣。如有力者哀其穷而运转之,盖一举手一投足之劳也。然是物也,负其异于众也,且曰:"烂死于沙泥,吾宁乐之。若俯首帖耳、摇尾而乞怜者,非我之志也。"是以有力者遇之,熟视之若无睹也。其死其生,固不可知也。
>
> 今又有有力者当其前矣,聊试仰首一鸣号焉。庸讵知有力者不哀其穷,而忘一举手一投足之劳,而转致之清波乎?其哀之,命也;其不哀之,命也;知其在命,而且鸣号之者,亦命也。愈今者实有类于是,是以忘其疏愚之罪,而有是说焉。阁下其亦怜察之。

整篇文章把自己比喻为困于穷涸的蛟龙,希望得到别人的援引而解脱困境。虽是乞怜之词,又多激切之语,但并不做衰馁之态。其中,"烂死泥沙"与"俯首帖耳,摇尾而乞怜"两种人生态度的对比,举手投足之劳与"熟视之若无睹"的对比,都很鲜明有力。自己"仰首一鸣号"的呼吁,更表述了情势的紧急与心情的焦虑。整篇文字的形象是统一的,含意是清晰的。这种文章虽说是个人诉穷之词,也不能说全无社会意义,而在表达上则是很有特色的。实际上,如果广泛地说,如《感二鸟赋》、《祭田横文》等篇,也都有比喻的性质。

如以上所述的种种比喻,远远超出了修辞学上的比喻辞格,而是一种广泛地使用具体、形象的事物来进行比况的写作方法。这些用来比喻的事物，可以是故事、典故，也可以是词藻；它可以是以前就有的，也可以是自己编造的。这更近似于汉译佛典上所说的广义"譬喻"或"博喻"的方法。这种比喻，是与创作的具体性、形象性相关联的。比喻的丰富多彩、方式多变又与形象的丰满与多样相关联。所以前面说，韩愈善于使用比喻，是他散文创作的一个大的特点，也是大的优点。中国古典散文不把创造典型形象作为自己的目的，讲学议政，论道言情，以这些为主要内容，自然决定了在形象创造上有很大弱点。而比喻的运用，恰恰是弥补着这方面的不足。同时多利用比喻又是先秦以来中国古代散文的特点，韩愈大大发挥了这个特长，在发展中国古典散文艺术传统上也是一个具体的贡献。

这一章讨论韩愈散文的具体的表现艺术，讲了四个方面。前两方面，立意与结构，是文章组织问题；后两方面，讽刺与比喻，是文章表达问题。这样大体上归纳出了韩文在艺术形式上的特征。韩愈在运用艺术技巧上成绩不只这些，这里只能举其荦荦大者，一般的或次要的特点限于篇幅，就不再讨论了。

第七章　文学语言

论及韩愈的散文写作艺术,不能不高度评价他在运用语言方面的巨大成就。他之能够确立一代文坛宗匠的地位,很重要的一个条件就是,他同时是一位语言大师。

韩愈是明确主张"辞不足不可以为成文"(《答尉迟生书》)的。从前面的论述中,已可以清楚地看出他对语言辞章的重视。后人评论他,也大多注意到他在语言运用上的成绩。如欧阳修就称赞他"笔力无施不可",是"雄文大手"(《六一诗话》)。黄庭坚论诗讲"点铁成金",就以韩愈为范例:"自作语最难。老杜作诗,退之作文,无一字无来处。盖后人读书少,故谓韩、杜自作此语耳。古之能为文章者,真能陶冶万物,虽取古人之陈言入于翰墨,如灵丹一粒,点铁成金也。"(《答洪驹父书》,《豫章黄先生文集》卷十九)对于他的这种理论应如何评价可做别论,从这种议论中也可以看出韩愈在语言的继承与创新上的工夫。还有不少人指责韩愈张皇道学和史法,实际上用力在文辞。如杨时说:"若唐之韩愈,盖尝谓'世无仲尼,不当在弟子之列',则亦不可谓无其志也。及观其所学,则不过乎雕章镂句,取名誉而止耳。"(《与陈传道序》,《杨龟山集》卷四)作为总的评价,这样的看法不无偏颇;但这其中确实说出了韩愈重视语言的提炼与使用的事实。

在这方面,韩愈的一个重大贡献还在于,他不仅从文章写作的角度努力革正文风,使写作中的一般语言表达更加准确、鲜明、生动；而且更在散文的文学语言的创造上做出了巨大的成绩。在语言学上，"文学语言"包括含义不同的两个概念，一是书面语、标准语；二是文学作品的语言。文学作品也是人们交流思想的形式，它用的当然是标准的民族共同语。但由于它作为特殊的意识形态，具有独特的内容和表现方式，因此语言上也有一定的特点。具有特点的文学语言的形成与发展，与文学的整个发展水平相关联。韩愈在散文文学语言方面所达到的水平，在一定意义上也标志着他的散文艺术的水平。从另一方面说，他长于使用文学语言，也是他的作品之成为具有高度艺术性的文学创作的一个条件。

　　韩愈的文学语言是非常富于创造性的。宋祁曾指出过："韩退之云'妇顺夫旨，子严父诏'，又云'耕于宽闲之野，钓于寂寞之滨'，又云'持被入直三省，丁宁顾婢子语，刺刺不能休'，此等皆新语也。"(《宋景文公笔记》卷中)张表臣另举例子："退之作《南海神庙碑》，序祀事之大，神次之尊，固已读之令人生肃恭之心……其造语用字，一至如此，不知何物为五脏，何物为心胸耶？"(《珊瑚钩诗话》卷一)何焯则说："昌黎文，无不根据经籍，而议论仍未尝袭前人陈言，故下笔如鱼龙百变。"(《义门读书记·昌黎集》卷四)而他的这种创造性，是一种适应文学表现规律的独创，而不是一般地熔铸新词或创作新的句式。他的语言运用是与作为艺术创作的文学散文的写作相配合的。它本身就是一种艺术上的创新。

　　前面第四章讲到韩愈改革文风的成绩，那里讨论的是他的写作的总体风格；其中也涉及到语言表达，主要是指一般文章写作方面。这一章是从散文创作艺术的角度，来探讨一下韩文语言的文学特征。

形　象　性

　　文学要对现实生活进行艺术概括，要利用形象来感染读者。

如小说、戏剧等,都要创造典型形象。抒情诗与散文中是不一定有完整的人物形象的,但其中仍有形象,特别要使用形象化的表现方法,其中包括形象化的语言。这是抒情诗与散文创造艺术美的必要前提。

创造文学形象和使用形象化的语言是有联系但却又是各不相同的两回事。拙劣的作者描绘形象,却可能使用概念化的、缺乏形象性的语言。这样创造出的形象自然不会鲜明、丰满。反之,有些理论或科学著作却可以使用形象化的语言,从而加强其表现力。优秀的作家应当把二者统一起来:用高度形象化的语言来创造高度典型性的形象。韩愈写的是散文,特别是那些说理、抒情的散文,是没有也不可能塑造完整的人物形象的。但它们却大量使用了形象化的语言,这就使作品也具有了一定的形象性。这也是使这些作品具有一定的文学性的前提条件之一。当然,韩愈也有不少写出了相当鲜明生动的人物形象的作品。

这种形象化语言的作用,可以用一个例子来说明。譬如儒道衰微的观念,在韩愈以前不少人讲到过,前面曾引述过谈到这个问题的李华等人的文章。但如李华、独孤及等人讲"道丧文弊",都是用陈述的语气,仅只一般地说明作者所看到的现象。使用的也是一般的叙述的语言。而韩愈在《与孟尚书书》中明道辟佛,文章意旨与李华等人大体相同,中间也谈到儒道衰微的情况,但用的却是形象化的、描写的语言:

> ……孟子虽贤圣,不得位,空言无施,虽切何补?然赖其言,而今学者尚知宗孔氏,崇仁义,贵王贱霸而已。其大经大法,皆亡灭而不救,坏烂而不收,所谓存十一于千百,安在其能廓如也?然向无孟氏,则皆服左衽而言侏离矣。故愈尝推尊孟氏,以为功不在禹下者,为此也。汉氏已来,群儒区区修补,百孔千疮,随乱随失,其危如一发引千钧,绵绵延延,浸以微灭……

前面讲比喻,曾引到这里的几句话。如果比较李华等人与韩愈的
文章,就会看到,除了韩愈多用比喻以及语言结构多变化外,很重
要的不同是韩愈把对象具体化了。他不只是叙述事实,而且还加
上了描写。说孟子"不得位,空言无施",这就有了一定的形象描
绘。下面谈儒道发展的情况,这本来是十分抽象的事物,但他用了
"坏烂而不收"、"浸以微灭"这样的描写,"廓如"、"绵绵延延"这样
的形容,"百孔千疮"、"一发引千钧"这样的比喻,以及"服左衽而言
侏离"、"功不在禹下"这样的典故,就使得抽象的事物变得十分具
体、形象了。他写的历史事实就像可以看得到、摸得着似的。这里
没有什么艺术形象,但语言是形象的,因而表达也是有形象性的。
这就是形象化的语言的功能。韩愈善于运用这样的语言,是他的
语言艺术的成就之一。

　　造成语言的这种高度形象性,首先是由于韩愈多用描述的语
言。那种具体的描述增强了语言的具体性、感受性,使他的文章真
成为所谓"善状事物者,读之如亲见"(《颍川语小》,《全唐文纪事》
卷六十八)。他的议论文字本以雄辩见长。这种雄辩的气势得于
逻辑推理的细密,也得自艺术表达的技巧。这技巧之一就是语言
富于形象性。如果拿他的《原道》与柳宗元的《封建论》相比,在逻
辑论理的细密上他显然逊柳一筹。但《原道》给人的印象却很强
烈,不次于《封建论》。《原道》一开头批判老子小仁义,说:

　　　　坐井而观天,曰天小者,非天小也。彼以煦煦为仁,孑孑
　　　为义……

这里先是用比喻把老者具象化,然后又用"煦煦"、"孑孑"这样的形
容语加以描绘。"煦煦",温和的样子,形容无原则;"孑孑",谨慎的
样子,形容小心畏惧。这就写出了老子学说的偏狭鄙浅。他不从
理论上批驳老子,却在"老者"的形貌上作文章,自有其揭露的力
量。接着讲佛道横流,入主出奴的情形,又具体化为各自的言论。

"老者曰"、"佛者曰"等等，如见其人，如闻其声。再下面讲"圣人者立，然后教之以相生养之道"，又罗列夏葛冬裘、渴饮饥食等一系列具体细节，好像复现了古代历史的真实情境。这种圣人创世的情境当然并非事实，但韩愈却把它当作实事一样细加描写，从而展现了一幅原始社会从草昧到文明的画图。所以，《原道》的本来较空疏的说理就显得相当形象化了。再看看他的《论佛骨表》，可以把它和傅奕的反佛章疏做一对比。二者体裁相同，都是表章；内容也大体相同，韩愈所持辟佛理由大致就是傅奕那些。但在语言表达上却有很大差异。傅奕用的是抽象的、说理的语言，例如说"生死寿夭，由于自然，刑德威福，关之人主"，因之"愚僧矫诈，皆云由佛，窃人主之权，擅造化之力"，"恐吓愚夫，诈欺庸品"（《旧唐书》卷七十九《傅奕传》）等等。这样的论述从道理上说不算不尖锐、深刻。韩愈写同样的内容，除了概括地说明和列举实例之外，还用了"百姓愚冥，易惑难晓"，"老少奔走，弃其业次"，"伤风败俗，传笑四方"之类具体的描述语言，这就生动地再现了当时朝廷内外佞佛如狂的具体情景。以下写自己的主张，认为：

　　　　夫佛本夷狄之人，与中国言语不通，衣服殊制，口不言先王之法言，身不服先王之法服，不知君臣之义，父子之情。假如其身至今尚在，奉其国命，来朝京师，陛下容而接之，不过宣政一见，礼宾一设，赐衣一袭，卫而出之于境，不令惑众也。况其身死已久，枯朽之骨，凶秽之余，岂宜令入宫禁！

这里用了想象笔法，虚构出佛陀来访问中国的场景；以至后面批评"今无故取朽秽之物，亲临观之，巫祝不先，桃茢不用，群臣不言其非，御史不举其失，臣实耻之。乞以此骨付之有司，投诸水火，永绝根本"等等，也都是非常具体、形象的。《论佛骨表》与傅奕的章疏给人以很不相同的印象，原因之一是韩愈用的是形象化的语言，他把自己的主张化为一个个情境印入读者的头脑之中。形象的语言是更易于被人接受的。这也是《论佛骨表》在历史上得以广泛流传的一个理由罢。他对一些社会现象的叙述往往成为形象的描摹，使得一般的、普遍的事实变成具体生动的、清晰可见的。例如中唐时期强藩跋扈的情形当时许多人都论述过，像陆贽的表章，言辞的激烈，揭露的深刻，都是很突出的。但韩愈写这个问题时，不但批判得具体、有针对性，语言也是形象的。前面引录过的《守戒》，描写藩镇猖狂的野心，除了用生动的比喻之外，还用了"带甲荷戈，不知其多少"，"举踵引颈，冀天下之有事"这样的形容。"带甲荷戈"，使我们如见其人，是那样剑拔弩张；而"举踵引颈"，更把藩帅的野心具体化，描摹得形神俱出。再看两篇《与鄂州柳中丞书》中写到淮西负固肆逆的情形。一篇说：

> 比常念淮右以靡弊困顿三州之地，蚊蚋蚁虫之聚，感凶竖煦濡饮食之惠，提童子之手，坐之堂上，奉以为帅，出死力以抗逆明诏……

另一篇说：

> 淮右残孽，尚守巢窟。环寇之师，殆且十万。瞋目语难，自以为武人，不肯循法度，颉颃作气势，窃爵位自尊大者肩相磨，地相属也。不闻有一人援桴鼓誓众而前者。但日令走马来求赏给，助寇为声势而已。

前一段写的是悍将乱兵抗拒朝命，私自易置将帅的情形；后一段则写出讨官军玩寇养奸、拥兵自重的问题。而在叙述中，都使用了形象的描绘语言。"感凶竖煦濡饮食之惠"，用"煦濡饮食"来表明这是口腹小利，写出了悍将与骄兵的关系。"提童子之手，坐之堂上，奉以为帅"，这是经过艺术想象的典型细节，把淮西镇悍将操纵之下的藩帅世袭情形表现得鲜明如画。实际上韩愈这样写是为吴元济留有退步的余地，并不符合历史事实。我们读到这段文字，好像吴元济真是个"童子"，随人摆布而被拥为"留后"。下面写诸镇出讨,拥兵不进,"助寇为声势",用了"瞋目语难"、"颔颅作气势"、"日今走马求相赏给"等形容,把全局的形势具体为人的个别行动来描写,给人的印象也就十分逼真、生动了。像上述例子,或议论,或叙述,都不是有意识地创造典型形象的;但韩愈使用了形象化的语言,用了描绘的写法,结果,文章仍然是富于形象性的。即是说,他的语言是形象化的,这也是文学语言的特点和优点之一。

韩愈的这种形象化的语言,又是个性化的。这里不是讲作家的创作个性,而是说他在表现具体内容时,根据内容的特征,所使用的语言也是各有特点的。文学要通过个别来反映一般,即要遵循典型化原则表现生活。尽管散文一般不要求塑造典型形象,但作为文学创作,它同样要遵循典型化的原则,就是说,也要通过个别来反映一般。一篇墓志记述一个人,如果仅止于写这个人,那是没有什么太大价值的;但通过这一个人反映社会现实的某个方面、某种问题,这就有了艺术概括的意义,也就有了一定的典型性。一个人的私人信件就其本意来说,并不要求对社会有什么价值;但书信体散文却通过给具体人的信写出了众人关心的某些内容,这已经是艺术创作了。总之,散文是要通过具有个性的艺术概括来反映社会,语言也必然应该是富于个性的。《祭十二郎文》用的是悲情宛转的抒情语言,真切质朴,琐琐如道家常;《张中丞传后叙》用的是激昂的论辩和慷慨的叙述的语言,气势磅礴,磊落顿挫;《原道》则用的是生动而又雄辩的说理的语言。一篇篇文章在作者总风格之中,造语用词以及语气文情都各有特色。就是在一篇文章中,根据写作内容的不同,各个段落的语言风格也可以不同。例如描摹人物,在《张中丞传后叙》中,写张巡与南霁云用笔就显然不同。写南霁云,如前面引述的,气尽语极,激昂悲壮,因为这是一个勇夺三军的武将;而写到张巡,则说:

> 巡长七尺余,须髯若神。尝见嵩读《汉书》,谓嵩曰:"何为久读此?"嵩曰:"未熟也。"巡曰:"吾于书读不过三遍,终身不

> 忘也。"因诵嵩所读书尽卷,不错一字。嵩惊,以为巡偶熟此
> 卷,因乱抽他帙以试,无不尽然。嵩又取架上诸书,试以问巡,
> 巡应口诵无疑。嵩从巡久,亦不见巡常读书也……

这是平缓的陈述,用语也很淳朴,衬托出张巡的雍容闲雅的儒帅风
度。《唐故河南令张君墓志铭》,写到张署任京兆司录:

> 诸曹白事,不敢平面视,共食公堂,抑首促促就哺歠,揖起
> 趋去,无敢閧语。

用诸曹官吏来陪衬张署,用几个词突显细节,表现出张署的威严。
如果我们再来对比《蓝田县丞厅壁记》中的崔斯立,写县吏抱成案
到他那里,拿着文书,"卷其前,钳以左手,右手摘纸尾,雁鹜行以
进,平立,睨丞",而他作为县丞,却"目吏"问可不可,署名惟谨。这
两种人的面貌,也用了不同的语言来加以表现。他写自然风光也
是如此。韩愈文章中写到自然风景的地方不多,但却有较高的描
写技巧。这种描写是很能突出景色的特征的,语言也是有个性的。
例如《送区册序》,写到广东阳山县:

> 阳山,天下之穷处也。陆有丘陵之险,虎豹之虞。江流悍
> 急,横波之石,廉利侔剑戟,舟上下失势,破碎沦溺者,往往有
> 之。县郭无居民,官无丞尉,夹江荒茅篁竹之间,小吏十余家,
> 皆鸟言夷面……

这是南荒山区僻远小县的情形。这里的自然景色是奇特的,高山
激流,险滩怪石,不同于北方的江河。因此韩愈在使用语词上也多
古奥奇僻。如"横波之石"、"廉利侔剑戟"、"破碎沦溺"、"荒茅篁
竹"等等,形容都很奇特,也很有表现力。如果对比一下适于隐居
的盘谷:

> 太行之阳有盘谷。盘谷之间,泉甘而土肥,草木丛茂,居
> 民鲜少。或曰:"谓其环两山之间,故曰盘。"或曰:"是谷也,宅

幽而势阻,隐者之所盘旋。"……

　　……穷居而野处,升高而望远,坐茂树以终日,濯清泉以自洁。采于山,美可茹,钓于水,鲜可食……

　　盘之中,维子之宫。盘之土,可以稼。盘之泉,可濯可沿。盘之阻,谁争子所。窈而深,廓其有容;缭而曲,如往而复……

这里写的也是一个少人迹的荒僻处所,但用了平顺质朴的语言,描绘出安逸宁静的环境。前者不但在情境中,就是在语言上也有一种雄桀不平之气;而后者在词语色采、语气文情上也是闲适雅致的。如果我们再看看他写的柳江(《柳州罗池庙碑》)和南海(《南海神庙碑》)等地风光,写法、用语也很不相同。以前人们称赞韩愈有"雕刻万物之能",做到这一点,也是依靠了个性化的形象语言。

　　韩愈语言的形象性还表现在他善于创造、使用形象的语汇。这里所谓形象的语汇,主要指利用比喻义所组成的语汇。这又与比喻修辞不同。例如《与孟尚书书》说到儒学衰微,说"百孔千疮","一发引千钧",这是修辞上的比喻,是把一种情形用具体的形象比喻出来;但他说"亡灭而不救,坏烂而不收",就不是用此事物比喻彼事物,用"亡灭"、"坏烂"这些形容具体事物的词来说明作为不可捕捉的意识形态的儒学,这是词义上的一种比喻的引申,是运用词语本身的比喻义来说明问题。韩愈特别善于使用这种技巧。他善于运用比喻义来组织新的词语,再巧妙地运用这些词语来表现内容。它们特别精粹、生动、有力量。例如他的《进学解》是以提炼语言见长的。其中就大量创造和使用了这类比喻性的词语。如其中说到人才的发掘与培养,用了"爬罗剔抉,刮垢磨光"八个字,其中六个动词,本来表示六种具体动作,但这里却说明对待人才的细致认真的态度(当然,文意是有所讽刺的)。"爬"原意是爬梳,这里以形容细致搜求;"罗"原意是收罗,形容努力搜集;"剔"和"抉"是用手拣选的两个动作,表示精心选择;"刮垢"、"磨光"本意用在治器皿,刮掉污垢,打磨光亮,这里却是用来说明对人才的培养、锻炼的。一般说来,这些词本不是用来形容人的,但韩愈这样用了,显得很新颖,很精炼,说明了发现与养育人才的苦心与细心。接着下面用"贪多务得,细大不捐"来形容学习的广泛与勤奋,"捐"是除去、舍弃,这也是个具体动作,他用来说明学习知识这样的抽象事物。又用"沉浸酼郁,含英咀华"来说善于广泛汲取前人长处。"酼郁"本来指酒味芳香浓厚,"英"与"华"都指花朵,"含英"从《楚辞》"秋餐落英之缤纷"演化而来。"沉浸"、"含"、"咀"也都是具体的动作,用来形容埋头钻研典籍并从中吸取知识,也是很生动的。利用比喻言辞有一个缺点,就是往往缺乏意义上的概括性与确切性,但这种弱点在文学作品中同时又变成了优点。由于词义具体,带有个别的、感性的特点,可以启发人的联想,给人以更鲜明的印象,又例如《送郑权尚书序》,这是送郑权的,在内容上有虚美隐恶的毛病,曾受到讥评;但其中一段写到岭南形势,用笔很好:

> ……控御失所,依险阻,结党仇,机毒矢以待将吏。撞搪呼号,以相和应,蜂屯蚁杂,不可爬梳,好则人,怒则兽。故常薄其征入,简节而疏目,时有所遗漏,不究切之,长养以儿子。至纷不可治,乃草薙而禽狝之,尽根株痛断乃止……

这里如"蜂屯蚁杂",可以释为"如蜂屯,如蚁杂","好则人,怒则兽"意为"好则为人,怒则如兽",这还都是比喻修辞;但"不可爬梳"、"简节而疏目","根株痛断"则不同,是用的词的比喻义。"爬梳"意为治理。"节""目"是指网上的节和孔眼,"简节而疏目"是指法令宽简。"根株"本义用来指草木,这里指扫除其根本。这种文章,谈及当时对待岭南少数民族问题,显然有所歪曲,但在运用语言的技巧上,确实是很精彩的。类似的表达方法,又如《郓州溪堂诗序》,其中表扬天平军节度使马总的政绩,有一段议论:

> ……然而皆曰郓为虏巢且六十年,将强卒武。曹、濮于郓州大而近,军所根柢皆骄以易怨。而公承死亡之后,掇拾之

　　余,剥肤椎髓,公私扫地赤立,新旧不相保持,万目睽睽。公于
　　此时能安以治之,其功为大……

这里,"虏巢"、"根柢"已是用了比喻义。接着下面写长期逆乱之后
的破败难治,用了"掇拾之余"。"掇"与"拾"是具体动作;"掇",劫
取之意,《史记·张仪列传》:"中国无事,秦得烧掇焚杅……"下面
形容遭受劫掠后的情况,又用了"剥肤椎髓","扫地赤立"。前者是
指方法,后者是指结果。"扫地"本来是打扫地面,用来形容诛求浮
尽,掠夺一空,非常形象、精确。这样,仅用了几个比喻性的词语,
就把当时民穷财尽的严重情形说得非常清楚、鲜明。有时候,这种
比喻性的词语只用一、两个,就使得行文顿生光彩。例如,写一个
官吏的勤谨,就说他"洗手奉职"(《唐故中散大夫少府监胡良公墓
神道碑》),"洗手"在这里是个比喻的、虚拟的动作,但用它来形容
一个官吏的廉洁恭慎,情态可掬。说一个人认真搞学问,就说他
"种学绩文"(《蓝田县丞厅壁记》)。"学"不可"种","文"不可"绩",
而这样比拟读书作文如种田织布,下了那样踏实、刻苦的功夫,文
意也就十分显豁。形容自己愿意尽其所能帮助对方,用"倒廪倾
囷"(《答窦秀才书》)。"廪"不可"倒","囷"也不可"倾",这本身就
是夸张的,用这个夸张词语的引申义,就充分表明了自己待人的无
私与热忱。像这样使用词语的例子,在韩文中比比皆是。它们不
同于一般的比喻用法,但由于词语非常形象、传神,又带有一定的
暗示作用,往往会使表达绘声绘影,非常感人。

　　韩愈的这种高度形象化的语言,有的取自古典,有的来自口
语,但更主要的是从日常生活实践中提炼出来的。韩愈政治思想
偏于保守,在观察社会问题上视野比较狭窄,这主要由于受到阶级
地位的束缚,但他作为一个艺术家,对生活实践的观察与探究,对
人情物态的认识与把握却又是很为杰出的。我们研究作家观察生
活的能力,要分开上面这两个侧面来考虑。前一个侧面,韩愈弱点
较大,例如中唐时的严重社会矛盾在他的作品中反映不多;而后一

个侧面,韩愈则是强有力的,充分显示了一个艺术家的观察力与表现力。他对生活中的各种各样的现象,人的各种各样的表现、行动有很敏锐的感觉,对于一些平常的事物,他都能发现其艺术表现上的作用与意义。而作品表达上的艺术性,包括语言艺术,很主要的是决定于作家在这个方面的成就。例如《答刘正夫书》中讲到写文章应当不循常规,有所创新,先用了一个比喻——家中百物,所珍爱者必非常物。这个比喻是从日常生活来的,直截,亲切。下面就用了两个词语,说搞创作必须"深探与力取之"。"探"与"取"是两个具体动作,与写作这种脑力劳动无关。用"深"来修饰"探",用"力"来修饰"取",以表现努力钻研,不惜功力。这就把抽象的活动具体化了。而这两个词语正是从生活中提炼出来的。在日常生活中,取得难得之物要"深探"、"力取",韩愈捕捉到这两个平常的动作,用来说明写文章,非常精彩。《祭十二郎文》中写到自己少年时的困苦生涯,用了"形单影只"这个词语。李密《陈情表》中有"茕茕孑立,形影相吊"的话,韩愈的用词就是由此蜕化而来。但能构成并使用这个鲜明而又富于感情的新词语,还由于韩愈有早年孤苦生活的人生体验。《答吕毉山人书》说到自己对吕毉的态度:

> ……足下行天下,得此于人盖寡,乃遂能责不足于我,此真仆所汲汲求者。议虽未中节,其不肯阿曲以事人者,灼灼明矣。方将坐足下,三浴而三熏之。听仆之所为,少安无躁。

这里的"汲汲求"、"灼灼明",都是比喻性的,很富于形象性。"三浴而三熏",蜕化自《国语·齐语》"三衅三俗"。古代替人薰香沐浴表示恭敬,韩愈在这里用在吕毉身上,当然是一种虚拟和夸张,对吕毉表示敬重与爱戴。像这样来自日常生活的形象的词语,在韩愈文章中比比皆是,如"大其声疾呼"(《后十九日复上书》)、"垂头丧气"(《送穷文》)、"死不闭目"(《潮州刺史谢上表》)等,都是人生日常现象,经过韩愈提炼加工,贴切恰当地用到文章之中,都显得特别富有表现力。

语言是思维的外壳。文学创作要利用所谓"形象思维",那么它的语言就应当是形象化的。这样,语言更为形象化,就是文学语言的一个重要标帜。语言形象化的水平,从而也就成为文学创作艺术性高低的一个标志。特别对中国古典散文来说,语言技巧在整个艺术表现中占有突出重要的地位。所以,韩愈在这方面的成就,不仅是发展散文语言上的贡献,也是他在散文艺术上的一大成绩,是他在创作上的一个突出优点,因而是弥足珍贵的。

主 观 性

有一位外国学者论及文学作品可以作为研究思想史与社会史的材料,做过一个巧妙的比喻,他说,那就像用风景画来表现地形,用植物写生来做植物学教材的插图一样。这个比喻很有助于我们了解艺术本身特别是艺术语言(对于文学创作来说就是文学语言)的特征。

风景画不同于地理书上的地形图,植物写生不同于植物学书上的解剖图谱。前者是艺术创作,是经过人的头脑艺术加工的产物。它们虽然也有"客观"的依据,但终归是人的"主观"创造的成果。对于表现对象,二者的要求是不同的。鲁迅先生年轻时在日本学医时画人体解剖图,一条血管位置不对,藤野先生立即给予改正,并告诉他"解剖图不是美术",不能为了好看而有些许"改换"。画地形或画图谱,要求绝对地客观忠实,绝不能带任何一点主观色彩。而风景画或写生就不同了,它们作为艺术创作,要通过个别来反映一般,要反映创作者自己的爱憎与审美态度。反映对象时可以而且应该有选择、有强调、有文饰、有加工。由于二者的要求与目的不同,它们对表现工具与手段的运用也不同。虽然同是利用线条、色彩、光影,同样讲究结构、布局,但地形图或解剖图限制在严格客观的框子里,而风景画和写生的技法却更为任意与多样。我们可以借用这个比喻来说明文学作品与科学著作的不同;文学语言与一般语言的不同。

一部历史小说与历史著作不同,这容易理解。历史小说的语言与历史著作的语言同为民族共同语,但前者又确有它的特点。它当然要遵守语言的共同规范,否则人们就看不懂,就不能起到发表意见和交流思想的作用,但它又有自己的特点。就是说,文学语言有其特殊性。前面讲到的富于形象性就是它的特殊性之一;再一点就是文学语言有强烈的主观性。

语言作为交际和交流思想的工具,它的内容是客观的。作为语言构成的基础的是词,每个词的内涵、外延都是固定的。这关系到概念的准确性问题。而概念不准确就无法正确地表达思想。文学语言的使用当然也要遵守这个原则。但文学语言又可以带有一定的主观任意色彩,赋予它一定的感情内容,以致词义带有一定的游移性、模糊性,甚至有意制造和利用语言的歧义,从而使语言更富于表现力。在语言的规范之中发挥这种主观性的特长,是作家语言艺术的一种重要表现。作家在这种矛盾中显示着他的语言技巧。韩愈在这个方面取得了突出的成绩。

韩愈散文语言的主观性,首先表现在他赋予词语以丰富的意蕴。语言中的每一个词本来只表达一个概念。在一般语言中,每个词本来是有明确的内涵的。但韩愈善于创造特定的语言环境,调动读者的想象与情感,使词语表达出比本来的意义更为丰富的内容,例如《伯夷颂》的第一句很有名:

　　　　士之特立独行,适于义而已……

"特立"、"独行",本来的含义,就是两个动作。"立"与"行"就是站立与行走。这里用的当然是比喻义。但用"特"来形容"立",用"独"形容"行",并以"适于义"为方向,那么这个"特"除了有独特的意义之外,还有奇特、超俗等等含义;"独行"的"独"除指独立外,还有独特、孤独等等意味。这样,丰富的含义暗示出一种精神状态:高尚、超群、自负、不随流俗。两个一般的修饰语表现了非常丰富的内容,而且在表达上又是形象生动的。同时,这"特立独行"不但内含的意义远远超出了字面,更表现了作者的主观评价。再如《送董邵南序》的开头:

> 燕赵古称多感慨悲歌之士。

这句话,暗用了《史记·刺客列传》荆轲与高渐离事,用语则来自《汉书》卷二十八下《地理志下》:"赵、中山地薄人众……丈夫相聚游戏,悲歌慷慨。"由于韩愈这句话暗含着这样丰富的历史内容,自然就可以引起读者的思古幽情,因而每个词语也就有了不同寻常的意义。燕、赵在这里不再是简单的地名,它们还暗示着古今历史的演变。"悲歌"使我们联想到当年荆轲出发去秦国前在易水作歌,同时又意味着历史上这里发生的许多可歌可泣的事实;而"感慨"也不只是形容人的感情激昂,还表现出作者的赞美感动之情。所以,这句话写了燕、赵旧俗,表现了当地人豪侠、忠义、勇武之风,同时又流露出作者对古代这种民风的赞叹与向往。而"古称"作伏笔,为下文风俗变移留下了余地,暗示了今天情况已不相同。所以这个"称"有"称说"、"称扬"之意,也有今非昔比的意思。这样,这句话的内容远比字面为丰富,加上语气一波三折,以至吴汝纶说"每诵此句,必数易其气而始成声"(《韩昌黎集点勘》)。这种利用事典来扩大语言含义的办法,也是韩愈常用的。韩愈还有些文章,其深刻寓意就是通过词语内容的丰富意蕴表现的。例如《赠崔复州序》中的一段话:

> ……虽然,幽远之小民,其足迹未尝至城邑。苟有不得其所,能自直于乡里之吏者鲜矣,况能自辨于县吏乎? 能自辨于县吏者鲜矣,况能自辨于刺史之庭乎? 由是刺史有所不闻,小

民有所不宣……

这是一段叙述文字,说明当时政治腐败、下情不得上达的情形,表现了韩愈个人的一种理解。这里用词很讲究。"幽远"的"幽"是幽深,"远"是遥远,表面看是写路程远,因而足迹不至城市,实际上也在暗示他们处在社会底层、无人顾及的卑下地位。"自直"、"自辩",是说自我辩解,这又暗示官府的威压,他们得不到外界的同情与支持,只能依靠自己。下面的"不闻"、"不宣",除了不被听闻,不能宣泄的意思之外,也说明了统治者根本无视下情。文章写"小民"的情况,看起来是客观陈述,实则是批评当政者,字里行间流露出讽刺与不满。从以上例子也可以看出,文学语言内容的丰富与它的形象性有密切关系。具体的形象往往给人留有联想的余地。一个具体细节可以包含不少"潜台词"。《试大理评事王君墓志铭》中说到王适处境:"诸公贵人既得志,皆乐熟软媚耳目者。""熟软媚耳目"写得非常形象,特别是"熟软"二字用来形容人,更是出语奇拔。狡诈多变、软弱、无特操……种种品质都在这个词中表现出来了。《王仲舒神道碑》写到当时社会情况,友人得罪斥逐后,其家亲知"过门缩颈不敢视"。一个"缩颈",一个"不敢视",两个动作表情,写尽了势力小人的神情。这两个词的内容也是非常丰富的,几乎难于用有限的词语解释清楚。这样,语言的形象增加了它的意蕴;丰富的意蕴又充实了形象。二者相互关联,语言就显得特别生动、丰满了。

谈到韩愈散文语言的主观性,还应当注意到他常常赋予词语强烈的主观感情色彩。这种感情色彩不是词语所固有的,即不是凭褒义词、贬义词的力量,而是在使用时附加的。即在一定的语言环境和词语组合中,使一个普通的词语带上强烈的主观感情。可以举一个例子,一个"笑"字,这是说人的普通的表情,但韩愈用起来却可以表现出不同的感情内容,如:

> 国子先生晨入太学,招诸生立馆下,诲之曰:……言未既,
> 有笑于列者曰……(《进学解》)
>
> ……又降霁云,云未应,巡呼云曰:"南八,男儿死耳,不可
> 为不义屈。"云笑曰:"欲将以有为也。公有言,云敢不死!"即
> 不屈。(《张中丞传后叙》)
>
> 道士哑然笑曰:"子诗如是而已乎!"(《石鼎联句诗序》)
>
> 巫医乐师百工之人,不耻相师。士大夫之族,曰师曰弟子
> 云者,则群聚而笑之。(《师说》)

这四个"笑"字,所描写的神情显然不同,作者表现的感情也很不相同。《进学解》中的"笑"是讽刺意味的笑,但作者对它又是否定的,"诸生"的讥笑显明地衬托出了自己的处境;《张中丞传后叙》中南霁云的笑表现出大义凛然、视死如归的气节,作者则贯入了赞赏的激情;《石鼎联句诗序》中道士的笑是一种讥嘲;《师说》中士大夫的笑是一种愚妄。这样,"笑"这个词语在具体运用中就带上了主观感情。至于韩愈的抒情文字,不但表达的内容感情饱满,就是所用的语言也是充满感情的。如《祭十二郎文》,写到少年时受鞠养于寡嫂郑氏夫人的一个细节:

> 嫂尝抚汝指吾而言曰:"韩氏两世,惟此而已。"汝时尤小,
> 当不复记忆;吾时虽能记忆,亦未知其言之悲之也。

"嫂尝抚汝指吾"六字,情境如画,其中表现出三人相依为命的多么深切的感情。写小孩子"不复记忆"、"未知其言之悲",正见其有记忆、能知者的可悲。后面讲到亲人亡殁后自己的不可挽回的反悔:

> 吾与汝俱少年,以为虽暂相别,终当久相与处,故舍汝而
> 旅食京师,以求斗斛之禄。诚知其如此,虽万乘之公相,吾不
> 以一日辍汝而就也。

这里的每一个用语,都注入了无限的沉痛。由于是"俱少年",所以

死亡才更出乎意料,而少年夭折就更为可悲;"求斗斛之禄",仅仅是为了利禄,而这利禄又那么微薄,为此而失去了亲人相依的可贵机会就更不值得。像这样的文字,人们评论说是字字血泪,是"听之有声,折之有棱"。不但它们所表达的感情动人,语言的运用,从词语、音节到语气,都是动人的。同样如上面引用过的《欧阳生哀辞》中的一段:

> 呜呼! 詹今其死矣! 詹,闽越人也。父母老矣,舍朝夕之养,以来京师,其心将以有得于是,而归为父母荣也。虽其父母之心亦皆然。詹在侧,虽无离忧,其志不乐也;詹在京师,虽有离忧,其志乐也。若詹者,所谓以志养志者欤……

这里哀悼欧阳詹有志未就,早年夭殁,留下年老的双亲无人照管安慰。文章用生离衬托死别,把感情写得一波三折。而文字更经过锤炼,表现出强烈感情。特别是虚词的运用,更是一唱三叹,意味无穷。至于韩愈记叙人物,也善于使用充满激情的笔墨,除了上举《张中丞传后叙》以外,如写到柳宗元、孟郊、张署等人,形象都栩栩如生,而用语也非常感人。这种赋予文字以强烈主观性的笔法,也是造成韩文文情生动的因素之一。

韩愈散文语言主观性的另一个表现,就是它本身带有强烈的美感,即语言本身就对事物进行了审美评价。这比一般地表达感情又进了一步。还可以举他的名作《送李愿归盘谷序》做例子。其中写到三种人,形象本身表现了作者的爱憎,所使用的语言也包含着审美的评价。这种审美的评价是文章表达思想的力量源泉之一。例如他写得志的"大丈夫",在做了一大套夸张的颂美之后,说"喜有赏,怒有刑",这短短的一句,上下形成强烈对比,表明他喜怒无常,赏罚任情,乖戾粗暴之态可见;又说他"道古今而誉盛德,入耳而不烦","入耳"二字有深意,突出其喜爱逢迎,骄矜自是;下面写姬妾"列屋而闲居,妒宠而负恃,争妍而取怜",六个动词即写出了妇女们的可怜地位,又暗示出"大丈夫"的腐朽生活。接着写到造成对比的第二种人:"穷居而野处,升高而望远,坐茂树以终日,濯清泉以自洁",这些词语本身就带有超逸的意味。像"升高望远",写出了人的超凡脱俗,志向远大,这四个词已有高洁的含义;"濯清泉以自洁"也是同样。下面写"采于山,美可茹;钓于水,鲜可食","采"、"钓",表明其自食其力的劳动的快乐;而以"美"指代山间野果;以"鲜"指代水中游鱼,评价的意味就更为明显。再看写第三种人,"伺候"、"奔走"、"趑趄"、"嗫嚅",词语本身包含着的评价意味更清楚。所以,像这样的文章,不仅形象本身表现出作者强烈的爱憎,语言的选择与使用也是带有审美意味的。韩愈往往选择一个词语,由于这个词语所带有的强烈的审美价值,使整个形象鲜活起来,使文章的用意更为显豁。前引《送殷员外序》中说某些朝官入朝夜直,放不下家事,"丁宁顾婢子语,刺刺不能休","刺刺"这一个词,写出了人的神态;《答崔立之书》说到自己参加科举考试,别人说他有美才且得美仕,但他取读自己的考卷,"乃类俳优者之辞,颜忸怩而心不宁者数月","忸怩"二字突出了自己的心理。像这样使用词语,审美评价的意味都很强烈。

文学作品的力量,来自思想与艺术,也来自作者的激情。文学作品必须表现出强烈的感情,才能动人心弦,引起读者的感应。好的作品,感情应当渗透到其字里行间。就是说,不仅作品的内容要饱含着强烈的激情,它的所有的艺术手段也都有助于表达这种激情。就语言来说,在文学创作的语言使用上应当是带有丰富的感情内容的。甚至是在那些并不以强烈激情为内容的作品中,也应当如此。韩愈在这方面是有成绩的。

六朝时代的"沉思"、"翰藻"之文也追求语言的美。但当时人的着重点偏于外在形式。例如骈文多用事典与词藻,这可以增加文章的表现力,但它们偏于表面;而且如果脱离了内容空求藻饰,则会流于形式主义。韩愈使用语言,则注重于追求和发挥它的内在的美,结合文学本身的特征发挥它表达内容的功能。这是他对以前的传统的批判的创新,也是他在中国汉语文学语言创造上的贡献。他的这个经验是值得借鉴的。

形 式 美

但是,韩愈也不是不注意语言的形式美。他对前人(包括六朝)在运用语言形式方面的成绩并没有忽视、否定,而是接受、消化、继承了的。这也是造成他在语言运用上的巨大成就的一个重要因素。当然,他对前人运用语言的技巧,特别是骈文的技巧,并不是机械地照搬,而是适应创新的"古文"的要求,把它们消化、改造、融化到"古文"的技法之中了。从而也就使那些甚至是僵化了的、形式主义倾向严重的语言表现方法焕发出新的生命力,真正做到了"点铁成金"、"化腐朽为神奇"。这样,韩愈虽然反对骈体"俗下文字"的形式主义,但他在散文形式上又很讲究,特别是他的散文语言也是带有高度的形式美的。他在使用语言上的这个方面的成就是值得研究的。

以下简单分析一下韩愈散文语言形式方面的几个特点:

一、错综变化的句式

韩愈创为"气盛言宜"之说,第一个把"文气"说具体化,把"气"与"言之短长与声之高下"联系起来。他看到了文章表达的力量与句式组织和声调抑扬的关系。他在创作中,更善于利用句式的错综变化、整散杂出来加强语言的表现力。吴汝纶说:"才无论刚柔,苟其气之既昌,则所为抗坠、诎折、断续、敛侈、缓急、长短、伸缩、抑扬、顿挫之节,一皆循乎机势之自然……"(《答张廉卿》,《桐城吴先生全书·尺牍》卷一)这句话,很可以借用来说明韩愈行文的道理,也可表示出他的特长。

在这个方面,他显然与以前的骈体相对立,而又有所继承的。

袁枚曾说过："然韩、柳亦自知其难，故镂肝铽肾，为奥博无涯涘。
或一、两字为句，或数十字为句，抑之，练之，错落之，以求合乎古。
人但知其戛戛独造，而不知其功苦、其势危也。误于不善学者，而
一泻无余。盖其词骈，则征典隶事，势难不读书；其词散，则言之无
物，亦足支持句读。吾尝谓韩、柳为文中王霸者此也。"（《答友人论
文第二书》，《小仓山房文集》卷十九）这里谈到学韩、柳文的流弊，
实际上也透露了骈文的问题。骈文要征典隶事，所以可以用事典
来添充整齐的对句，空洞的形式也可以拼凑成篇。韩愈打破骈体，
根据文章的内容，"循乎机势之自然"来熔炼文句，组织语言，语气
与文情相适应，从而使句式自然调利，长短随宜。所以刘师培说：
"观史迁论文，自取'曲终而奏雅'；昌黎诠道，亦谓'气盛则言宜'。
妙达此旨，方可言文。"（《文说》，《刘申叔先生遗书》）朱自清则解释
韩愈这句话说："'气'就是自然的语气，也就是自然的音节。他还
不能跳出那定体'雅言'的圈子而采用当时的白话；但有意的将白
话的自然音节引到文里去，他是第一个人。在这一点上，所谓'古
文'也是不'古'的，不过他提出'语气流畅'（气盛）这个标准，却给
后进指点了一条明路。"（《经典常谈》，《朱自清古典文学论文集》下
卷第七一四页）

　　韩愈善于组织雄健有力的长句。这种句子或议论，或叙事，或
抒情，大气磅礴，规模闳阔，而在组织上又往往用曲折顿挫、排比往
复的方式增加其拗折郁积，更增强了表达力量。如对比一下柳宗
元、韩愈造句的这个特点就更清楚。柳善用短句，劲峭俊洁，在斩
截处见力量，用字惜墨如金。韩愈则与他很不相同。如《柳子厚墓
志铭》中"呜呼！士穷乃见节义"以下，大段议论，排比士风浮薄、人
情冷暖的现象，似连不连，实际上是一大句话，正是在层层深入的
揭露中，表现出作者的愤慨。又如《送浮屠文畅师序》中写到道统
问题：

　　　　民之初生，固若禽兽夷狄然。圣人者立，然后知宫居而粒

食，亲亲而尊尊，生者养而死者藏，是故道莫大乎仁义，教莫正乎礼、乐、刑、政，施之于天下万物得其宜，措之于其躬，体安而气平，尧以是传之舜，舜以是传之禹，禹以是传之汤，汤以是传之文、武，文、武以是传之周公、孔子，书之于册，中国之人世守之。

这个长句，由"圣人者立"提起，到"是故"一转，"尧以是传之舜"又一转，直到"书之于册……"结束。前半横写圣人之功，后半纵写圣人之道之传。从"民之初生"写到后世，几层转折，几个侧面，把韩愈所理解的"圣人之道"及其传承的意义讲出来了。这样的句子，"理至而文自奇"，由于内容充实自然需要用这种长句；而磊落顿挫的长句又表现出儒道传递联绵不绝的形势及传继它的紧迫感。《原道》《与孟尚书书》中都有这类句子。另外如《圬者王承福传》最后一段：

愈始闻而惑之，又从而思之，盖贤者也，盖所谓"独善其身"者也。然吾有讥焉，谓其自为也过多，其为人也过少，其学杨朱之道者邪？杨之道，不肯拔我一毛而利天下，而夫人以有家为劳心，不肯一动其心，以畜其妻子，其肯劳其心以为人乎哉！虽然，其贤于世之患不得之而患失之者以济其生之欲、贪邪而亡道以丧其身者，其亦远矣。又其言有可以警余者，故余为之传，而自鉴焉。

这里连用了几个长句。因为其中有揭露、对比、批判、评价诸种意味，内容很复杂，这里的一句实际就是一段文章。所以这种长句从另一方面看又是非常凝练的。句子间的转折递接也很紧凑有气势。

这种长句也常常运用在记叙、描写与抒情之中。例如《送李愿归盘谷序》中李愿那一大段话，就是三大句。每一句描写一种人，竭尽形容，使人物神态毕现。《蓝田县丞厅壁记》自"文书行"到"漫

不知何事",写县丞签署文书一节,也是一句。长句子由短句组成,
逐渐递加地增强气势,使文情更为饱满。《唐故朝散大夫尚书库部
郎中郑君墓志铭》写郑群的为人品格用一大句话:

> 君天性和乐,居家事人与待交游,初持一心,未尝变节,有
> 所缓急、曲直、薄厚、疏数也;不为翕翕热,亦不为崖岸斩绝之
> 行;俸禄入门,与其所过逢,吹笙弹筝,饮酒舞歌,诙调醉呼,连
> 日夜不厌,费尽不复顾问,或分挈以去,一无所爱惜,不为后日
> 毫发计留也;遇其空无时,客至,清坐相看,或竟日不能设食,
> 客主各自引退,亦不为辞谢;与之游者,自少及老,未尝见其言
> 色有若忧叹者……

这样的叙述,细腻、亲切,极力铺扬,多方形容,一笔一笔地画出人
物完整的形貌,同时流露出作者赞叹不止的感情。《与崔群书》中
叙及自己交友情形也是一个长句:

> 仆自少至今,从事于往还朋友间,一十七年矣,日月不为
> 不久;所与交往相识者千百人,非不多;其相与如骨肉兄弟者
> 亦且不少,或以事同,或以艺取,或慕其一善,或以其久故,或
> 初不甚知,而与之已密,其后无大恶,因不复决舍,或其人虽不
> 皆入于善,而于己已厚,虽欲悔之不可,凡诸浅者,固不足道,
> 深者止如此……

这也是一气直下的尽力铺排,造成形势,从而与下文"唯吾崔君一
人"形成强烈对照。有上面的长句蓄势,就使下文出语更有力量。
又如《魏博节度观察使沂国公先庙碑铭》自"伏念昔者鲁僖公"以
下,《袁氏先庙碑》自"则谨条袁氏本所以出"以下,用长句叙述家
世,庄严郑重,又表现了对家世悠久的赞赏。在抒情之中,这种往
复曲折的长句更可以表现出复杂充沛的感情。《祭十二郎文》中就
多用长句,特别是中间写到疑悔交集的内心矛盾那一大段。《潮州

刺史谢上表》是对皇帝陈情的,所以那种"忠恳"之意也多用长句来
倾诉,如:

> 臣少多病,年才五十,发白齿落,理不久长,加以罪犯至
> 重,所处又极远恶,忧惶惭悸,死亡无日,单立一身,朝无亲党,
> 居蛮夷之地,与魑魅为群,苟非陛下哀而念之,谁肯为臣言者。
> 臣受性愚陋,人事多所不通,惟酷好学问文章,未尝一日暂废,
> 实为时辈所见推许。臣于当时之文,亦未有过人者,至于论述
> 陛下功德,与《诗》《书》相表里,作为歌诗,荐之郊庙,纪泰山
> 之封,镂白玉之牒,铺张对天之闳休,扬厉无前之伟绩,编之乎
> 《诗》《书》之策而无愧,措之乎天地之间而无亏,虽使古人复
> 生,臣亦未肯多让。

这种长句,恳恳而谈,造成了一种语气,把自己那种迫切心情表达
出来了。再如《鳄鱼文》的最后,逐层逆接的长句,造成义正辞严的
声势,也是很好的例子。

以上,是说韩愈在语言组织上善于用长句。但如李涂所说:
"司马子长文字,一二百句作一句下,更点不断。韩退之三五十句
作一句下。苏子瞻亦然。初不难学,但长句中转得意去便是好文
字,若一二百句三五十句只说得一句事则冗矣。"(《文章精义》)吴
德旋也说:"文章之道,刚柔相济,《史记》及韩文,其两、三句一顿,
似断不断之处极多,要有灏气潜行,虽陡峻亦寓绵邈,且自然恰好,
所以为风神绝世也。"(《初月楼古文绪论》)就是说,这些长句,内容
是丰富的,有机联系的,所以似断实联,但多用顿挫,由短句组成,
联中有断。长得其气势雄浑,短显其文风陡峭,长短相济,得凝练
峻洁与雄健绵长相济之妙。例如《原道》是多用雄辩的长句的,其
中写到儒道的危机:

> 周道衰,孔子没,火于秦,黄、老于汉,佛于晋、魏、梁、隋之
> 间。其言道德仁义者,不入于杨,则入于墨;不入于老,则入于

佛;入于彼,必出于此;入者主之,出者奴之;入者附之,出者污
之。噫! 后之人其欲闻仁义道德之说,孰从而听之?

这里的长句就是"似断不断"的,而组成长句的短句又十分凝练。
"火"、"黄"、"老"、"佛"都是名词作动词用,特别简劲峭拔;以"入"、
"出"表示惑于佛、老的情况;以"主"、"奴"来加以比喻;以"附"、
"污"来形容,都非常形象。这样的句子,虽然整句很长,但一个个
分句又很简劲,使人感到气尽语急,而不使人觉得拖沓冗长。《论
佛骨表》中揭露佛教危害那一段,《进学解》中铺叙自己道德、学问
那一段,都是长句,但也是用不少四字短句组成,语气急促,有力地
表达了文章的感情。韩愈也还有些文章则句式长短间杂,错落有
致;也有些文章多用精炼的短句,都是适应内容的要求,促进了表
达的效果的。

　　二、音情顿挫的节奏

　　桐城派刘大櫆以神气论文,并把音节作为传达文章神气的关
键。他说:"神气者,文之最精处也;音节者,文之稍粗处也;字句
者,文之最粗处也……神气不可见,于音节见之;音节无可准,以字
句准之。"又说:"文章最要节奏,譬之管弦繁奏中,必有希声窈渺
处。"(《论文偶记》)刘大櫆的这个见解,是窥见到唐宋"古文"特别
是桐城派所推尊的韩愈运用语言节奏的妙处的。

　　韩愈本人很重视文章节奏。他所谓"言之短长"也包括节奏
问题。就句子之间关系说有长、短句之分;在一句之中则有词语
的节奏不同。他提倡"正声谐韶濩,劲气沮金石"(《上襄阳于相公
书》)、"宫商相宣,金石谐合"(《送权秀才序》),以至在《进平淮西
表》里谦虚地提到自己的文章"丛杂乖戾,律吕失次"等,也都表现
出他对文章节奏的要求。不过他所要求的,并不是骈文的"一简
之内,音韵尽殊,两句之中,轻重悉异"(《宋书》卷六十七《谢灵运
传论》),但也不是口语的自然音节,而是经过提炼加工的、符合语
气文情的节奏。前面引及朱自清先生的意见,说韩文未脱"雅言"

的框子。他不写"白话",这是他的局限,是他在文体改革上的不可克服的不彻底处;但如果在另一个角度上看,他重视艺术加工,又未始不是一个优点。拿他运用节奏来说,正因为不是使用一般的口语,节奏经过提炼、规范,才使得他的语言音调铿锵,响震金石。

韩文的节奏运用的妙处,首先在于巧于奇偶的搭配。汉语是单音节语言,每一个字都可独立成词(除极少数例外),而词义又有虚实之分;后来又发展出大量双音节的联绵词。这就形成了音节的奇偶;写文章可以利用这个语音上的特点来造成节奏。单音节自由流便,双音节整齐凝重,二者搭配得好,可取两方面的长处,在节奏的重复与变化中又可以突出各种语气、情调。骈文在音节上有两个缺陷,一是用偶太多,一般的情况下一个四六句,就有四个双音节词;二是重复太多,少变化,四六句中的单音节词一般都是虚词,而且有固定的位置。这样,骈文的音节是僵化的。韩愈打破这种僵化的"程式",又并不绝对用散。他很了解奇偶相生的作用,在音节取其自然的前提之下,注意奇偶的搭配与变化,造成一种节奏鲜明、声调铿锵的音乐美,声以托情,情以引声,使文章读起来朗朗上口,口吻声气上都给人以美感。

如《进学解》、《送穷文》,用的是谐戏文字的语调,有意多用整齐的四字句,在节奏上还是比较板滞的。如《张中丞传后叙》就能奇偶兼重,整散并行,在浩气流行中自有顿挫,有提掇,音节很有助于表达激昂的感情,如这样的句子:

> 守一城,捍天下,以千百就尽之卒,战百万日滋之师,蔽遮江淮,沮遏其势,天下之不亡,其谁之功也?当是时,弃城而图存者,不可一二数,擅强兵坐而观者相环也……

这里的"守一城,捍天下"两句,是三字短句,用了"守"、"捍"这样的单音词来提顿,特别简洁有力。然后是七字、四字的对句。七字长句造成气势,四字短句造成顿挫。这前面都是用偶。一问之后,是一个长长的散句。这样,音节的变化本身就带有一种雄辩式式的口吻。又如《伯夷颂》的开头,是个很长的散句,但其中有"特立独行"那样整齐的短语,有"信道笃""自知明"的句中对,有"一家"、"一州一国"、"举世"的排比,虽文不对而意对,也是散中有整,在一气流畅之中见整齐凝练之美。又如《荆潭唱和诗序》中"夫和平之音淡薄,而愁思之声要妙"那一段,本来可以造成严格的对句,但有意加入虚词,改变句式,使整中有散,避免语气过于呆板。还有如《太学生何蕃传》:

> 惜乎! 蕃之居下,其可以施于人者不流也。譬之水,其为泽,不为川乎! 川者高,泽者卑,高者流,卑者止。是故蕃之仁义,充诸心,行诸太学,积者多,施者不遝也。天将雨,水气上,无择于川泽涧溪之高下。然则泽之道,其亦有施乎? 抑有待于彼者欤?

这里多用三字句,是多用奇的,但如果统观全局,其中又多对偶。这又是一种奇偶配合的方法。总之,韩愈在行文中有意造成音节的奇偶,句子的整散,错综变化,形成各种不同的声调节奏,来为表达内容服务。

韩文在节奏上也有求"奇"的一面,常常有意造成文句组织的拗折。例如《送穷文》中,"子知我名,凡我所为,驱我令去,小黠大痴",就是在文句上错杂成文,如按文意,二、三两句应颠倒过来。董迪说:"(欧阳修)尝评《田弘正碑》'衔训嗣事'为讹,必曰'事嗣',则语参错而杂比,故能起而振也。余读此碑,至'牛系轭下,引帆上樯',盖知简练差择,其精至此,信天下之奇作。然永叔谓'春与猿吟兮秋鹤与飞'[①]疑碑之误。此最退之用工处,不知何故,反于此疑

---

① 　按方嵩卿《举正》据石本正作"衔训事嗣",而"牛系轭下"二句出《送穷文》。

之。"(《广川书跋》卷九)这里举的都是词义错综从而也造成音节错综的例子。最后一例出《柳州罗池庙碑》,沈括意见相同,说"盖欲相错成文,则语势矫健耳"(《梦溪笔谈》卷十四)。程大昌也说:"若以常体论之,当曰'秋与鹤飞'。故超上一字,以取劲健,盖骚体也。"(《考古编》卷八)这句话的拗折的音节,很适合全文幽奇的情调。又如《答崔立之书》中"上希卿大夫之位,下犹取一障而乘之",《原毁》中"其应者,必其人之与也;不然,则其所疏远不与同其利者也;不然,则其畏也"等等。这一类句式,故意造成音节错综,情形大体也相似。

王文禄说:"韩昌黎本奇才,得节奏疾徐、参伍错综、回旋照顾、八面受敌之妙。故曰:为文必使透入纸背,如是则文厚而圆矣。"(《文脉》卷二)这里说出了节奏的表现力量。陈善又说:"韩以文为诗,杜以诗为文,世传以为戏。然文中要自有诗,诗中要自有文,亦相生法也。文中有诗,则句语精确;诗中有文,则词调流畅。谢元晖曰:'好诗圆美流转如弹丸。'此所谓诗中有文也。唐子西曰:'古人虽不用偶俪,而散句之中,暗有声调,步骤驰骋,亦有节奏。'此所谓文中有诗也。前代作者皆知此法,吾所谓无出韩、杜。观子美到夔州以后诗,简易纯熟,无斧凿痕,信是如弹丸也。退之之《画记》,观其铺排收放,字字不虚,但不肯入韵耳。"(《扪虱新话》卷一)这里所谓"诗中有文"、"文中有诗"问题,涉及方面较广。其中一个方面就是音韵节奏问题。古人评韩愈文中有诗,包含着肯定他的文章的节奏美的意思。在这一点上,韩愈在诸"古文"家中算是很突出的。

三、运用骈偶与声韵

方苞评《原毁》说:"管、荀、韩非之文,排比而益古,惟退之能与抗行。自宋以后,有对语则酷似时文,以所师法至汉、唐而止也。"(转引马其昶《韩昌黎文集校注》卷一)这个看法包含的这样一些意思是值得注意的:其一,韩文也用排偶;其二,这种排偶技巧,是先

秦诸子"古已有之"，非"时文"所专用；其三，运用这种技巧于"古
文"中，本身又有个技巧问题，就是说要消化，而不能模拟"时文"，
流为"时文"庸俗格调。关于后一点，早期的一些"古文"家们往往
有弊病，就是在他们的写作中，虽有意解散骈体，却又不免保存它
的一些体格与文句。而韩愈用骈偶，却是兼取偶俪之体，却绝非偶
俪之文。这又是他善于广泛地汲取古人艺术技巧而为我所用的一
个表现。

　　韩愈用骈偶与一般骈文作者用骈偶的一个很大的不同，就是
后者往往忽略内容而只重程式。不管是什么内容，甚至不管有没
有内容，都要填充到骈四俪六的格式之中，难免虚饰和重复。而韩
愈用骈偶则是为了表达内容的需要。他往往是为了从两个或更多
的侧面说明问题、描绘事物、抒发感情，所以要顺应内容自然地组
成对偶以至排比。这种句子，在精切的对偶中表达充实的内容，内
容与形式是结合的，因此也就不会给人留下雕饰的印象。例如《原
毁》全篇用对比，句式则多对偶，其中如"其责己也重以周，其待人
也轻以约"，"不以众人待其身，而以圣人望于人"，"取其一不责其
二，即其新不究其旧"，"强者必怒于言，懦者必怒于色"等等，以骈
偶行对比，就很有表现力。钱基博评论《进学解》说："只以《孟子》
之排调，运《论语》之偶句；而沉郁顿挫，原本太史；开阖排宕，肇开
老苏。"（《韩愈志》卷六）他又说："圆亮出以俪体，骨力仍是散文，浓
郁而不伤缛雕，沉浸而能为流转，参汉赋之句法，而适以当日之唐
格。"（同上）所谓"唐格"，意味着这是唐人创新的格调。《祭十二郎
文》则在抒情上用了大量对比和排比，像下面一段：

　　　　汝病吾不知时，汝殁吾不知日，生不能相养以共居，殁不
　　能抚汝以尽哀，敛不凭其棺，窆不临其穴，吾行负神明而使汝
　　夭，不孝不慈，而不得与汝相养以生，相守以死，一在天之涯，
　　一在地之角，生而影不与吾形相依，死而魂不与吾梦相接，吾
　　实为之，其又何尤，彼苍者天，曷其有极！

这一连串的对句,诉说着血泪真情。这是对偶的技巧,但又不单是技巧问题,这里又有强烈的感情为基础。而通过对偶,又把感情表现得更为强烈,以致使读者感觉不到作者在句子形式上有什么追求。

其次,韩愈提炼文句,造成对偶,在文章中常常作为警策出现。就是说,这种对句,往往是在内容精彩处,为了强调内容才加以使用的。这是用精美的形式来强化内容。例如,韩文中许多议论的警语都是对句,像"闻道有先后,术业有专攻"(《师说》),"业精于勤荒于嬉,行成于思毁于随","记事者必提其要,纂言者必钩其玄"(《进学解》),"学成而道益穷,年老而智益困"(《上兵部李侍郎书》),"高才多戚戚之穷,盛位无赫赫之光"(《与于襄阳书》),"学所以为道,文所以为理"(《送陈秀才彤序》)、"无望其速成,无诱于势力,养其根而俟其实,加其膏而希其光"(《答李翊书》)等等,这些句子内容都十分精辟,把它们纳入对句,必然要提炼、组织,使词义更精粹,在精美整齐的句式中使表达更为显豁。在一些叙事、抒情文字中,也往往在关键处出对句,如《张中丞传后叙》、《祭十二郎文》,都可以找到不少这样的例子。

再次,韩愈运用对句,是自然地组织到散行文字之中。骈、散二者融汇无间,整齐与流利各臻其妙。这样,他就保持了对偶的长处,而绝没有勉强拼凑的弊病。如《与孟尚书书》中这样的句子:

> 今天下不之杨,则之墨,杨、墨交乱,而圣贤之道不明,则三纲沦而九法致,礼乐崩而夷狄横,几何其不为禽兽也……

"三纲"两句不但是精致的对偶,而且又是当句对,但自然地组织到散行文字之中,全文语气是流畅的,又收到了警拔的效果。又如《上兵部李侍郎书》:

> ……性本好文学,因困厄悲愁,无所告语,遂得穷究于经传史记百家之说,沉潜乎义训,反复乎句读,砻磨乎事业,而奋

发乎文章……

这里"沉潜"以下是两组对句,层层递进,非常简洁有力。

再有,韩愈运用对偶多变化,往往"意对处,文却不必对;文不对处,意却著对"(李涂《文章精义》),有时又有意地造成松散的对偶,取流畅灵便的形势。例如《原道》开头"博爱之谓仁"以下四句,本来很容易造成整齐的对句,而韩愈却写成一句比一句加长的四个散句,意对文不对,似对不对。这种写法,反而加重了表达的语气。又如下文:

> 呜呼! 其亦幸而出于三代之后,不见黜于禹、汤、文、武、周公、孔子也;其亦不幸而不出于三代之前,不见正于禹、汤、文、武、周公、孔子也。

这也是大体作对。再如《师说》:

> 句读之不知,惑之不解,或师焉,或不焉。

《欧阳生哀辞》:

> 詹事父母尽孝道,仁于妻子,于朋友义以诚。

这是所谓意对文不对。《答李翊书》:

> 抑不知生之志,蕲胜于人而取于人邪? 将蕲至于古之立言者邪? 蕲胜于人而取于人,则固胜于人而可取于人矣;将蕲至于古之立言者,则无望其速成,无诱于势力,养其根而俟其实,加其膏而希其光,根之茂者其实遂,膏之沃者其光晔,仁义之人,其言蔼如也。

这一段话里,"无望其速成"以下,是三组精致的对句,但从整体看,两问两答,错综组织,文意又是相对的。《送孟东野序》的开头:

> 大凡物不得其平则鸣。草木之无声,风挠之鸣;水之无声,风荡之鸣,其跃也或激之,其趋也或梗之,其沸也或炙之;

> 金石之无声,或击之鸣。

这里文意也是相对的,但又有意造成奇句,中间又插入解释,成为奇数排句,取其奇拗不平的语气。

总之,韩愈把骈偶化入散行之中,不拘定格,变化多方,取得了很好的表达效果。

韩愈的"古文"当然不讲声韵。但在行文中,却注意到音调的流畅和谐,取其自然的抑扬顿挫。他的文章读起来大多是声调铿锵、朗朗上口的。林纾评论他的《唐故朝散大夫尚书库部郎中郑君墓志铭》,说他"不特取其字,亦兼取其声"(《书黄生札记后》,《畏庐续集》)。同时,他也有一些有意利用声韵以增强语气文情的文字。如《子产不毁乡校颂》这样的颂赞体,大体是用韵的。《上巳日燕太学听弹琴诗序》间杂用韵,又多用平声韵,因此造成一种和谐渊雅的情调。有时他又在散体中加入一些韵语,如《送齐皞下第序》:

> 盖其渐有因,其本有根,生于私其亲,成于私其身。

《送浮屠文畅师序》:

> 宜当告之以……天地之所以著,鬼神之所以幽,人物之所以蕃,江河之所以流而语之。

这样适当地在散文中用韵,作为一种特殊的技巧,也使行文更加流畅、醒目。

四、善用虚词

"文必虚字备而后神态出。"(刘大櫆《论文偶记》)这是总结唐、宋"古文"家的创作实践得出的经验。三代、秦、汉文字实词多,虚词少,文风显得古奥板重。唐人开始大量使用虚词,这反映了中古语言的变化,也是"古文"家们使文字比较接近口语的结果。刘师培说:"古代之初,虚字未兴,罕用语助之词。故典谟誓诰,无抑扬顿挫之文。后世以降,由实字假为虚字,浑噩之语,易为流丽之词。

文士互相因袭,致偶文韵词之体,亦稍变更,则文而涉于语矣。"
(《文章原始》,《左庵外集》卷十三)所以,虚词被大量使用,是唐宋
以后文章的特点,也是写作方法的一大进步。

　　林纾指出:"凡善于文者,用虚字最不轻苟。"(《春觉斋论文》)
韩愈不仅多用虚词,而且用得精确,妥帖,对于振起语气文情起很
大作用。方东树说:"好用虚字承递,此宋后时文体,最易软弱。须
横空盘硬,中间摆落断剪多少软弱词意,自然高古。此惟杜、韩二
公为然。其用虚字必用之于逆折倒找,令人莫测。"(《昭昧詹言》卷
一)这确实说出了韩文在用虚词上的优点。

　　如《杂说》第四则,仅一百几十个字,但表达得曲折奥衍,造成
尺幅千里的形势,虚词的运用起了很大作用。"世有伯乐,然后有
千里马;千里马常有,而伯乐不常有",这个倒装的反复句,文意上
有个大转折,中间这个"而"字,拗折有力,一字千钧。"故虽有名
马,只辱于奴隶人之手,骈死于槽枥之间,不以千里称也……食马
者不知其能千里而食也……"这里的"也"字并无实际意义,但它们
造成舒展绵长的语气,表示出无限的叹惋。接着的"是马也","也"
字的提顿,简劲有力,加深了感叹的口吻。结尾的"呜呼!其真无
马邪?其真不知马也!"两个表推量的"其"字,增强了自问自答的
语感,重叠出现,加深了感慨。这一百多字的文章中用了虚词四十
多个,丰富的感情,在很大程度上就依靠它们来表达。对于《祭十
二郎文》,费袞评论说:"文字中用语助太多,或令文气卑弱。典谟
训诰之文,其末句初无耶、欤、者、也之辞,而浑浑灏灏噩噩,列于
《六经》。然后之文人多因难以见巧。退之祭十二郎老成文一篇,
大率皆用助语。其最妙处,自'其信然耶'以下,至'几何不从汝而
死也'一段,仅三十句,凡句尾连用'邪'字者三,连用'乎'字者三,
连用'也'字者四,连用'矣'字者七,几于句句用助辞矣。而反复出
没,如怒涛惊湍,变化不测,非妙于文章者,安能及此?"(《梁溪漫
志》六卷)如果有意玩弄助词,确乎会使文格卑弱,但像《祭十二郎

文》这样的文字,是情之所至,悲慨随之,因此就要用这些虚词来表达充沛的感情。文与情相宜,使人们几乎感觉不到任何做作的痕迹,只觉得深沉的感慨是发自内心的。如费衮没有提到的:"吾年未四十,而视茫茫,而发苍苍,而齿牙动摇……"连用"而"字于句首,表示强烈的感触,同时情绪逐层递进,非常富于独创性。有人说韩愈的这个句式来自《庄子》"而容崖然,而目冲然,而颡頯然……"实际上《庄子》文中的"而"仅表接续,韩愈的用法与之全不相同。韩愈的三个"而"字是传神之笔,具有独特的情韵。

古汉语中的虚词多表示语气或文法关系,很少有实际含义。但韩愈运用起来,却常常在声气口吻之间流露出言外的深意。《送李愿归盘谷序》中说:"人之称大丈夫者,我知之矣。""者"本来仅表提顿,"矣"则表肯定。但这里二者一搭配,一种对"大丈夫""知之"深透的自负之心与对它的轻蔑之意油然而生。《与崔群书》中提到社会上贤不肖地位境遇颠倒,然后说:

> 不知造物者意竟如何? 无乃所好恶与人异心哉! 又不知无乃都不省记,任其死生寿夭耶! 未可知也!

"哉"、"耶"、"也"在这里都含有疑问意,但感情层次却各不相同,逐渐把感叹语气加重,形成对所谓"造物者",实际上是对社会的谴责。《答张籍书》中说到自己排佛道有年:

> 然从而化者亦有矣,闻而疑者又有倍焉,顽然不入者,亲以言谕之不入,则其观吾书也,固将无得矣。

这里写三种人,用了三种不同的语气,表达了作者三种不同的态度。像这些例子,都可以说明韩愈运用虚词在补充文意上的作用。

韩愈特别善用感叹词。这与他写作中的强烈感情有关。例如三篇《上宰相书》中的最后一篇《后二十九日复上宰相书》,在九个"皆已"之下,连用三个"者哉":

当是时，天下之贤才，皆已举用；奸邪谗佞欺负之徒，皆已除去；四海皆已无虞；九夷八蛮之在荒服之外者，皆已宾贡；天灾时变、昆虫草木之妖，皆已销息；天下之所谓礼乐刑政教化之具，皆已修理；风俗皆已敦厚；动植之物、风雨霜露之所沾被者，皆已得宜；休征嘉端、麟凤龟龙之属，皆已备至，而周公以圣人之才，凭叔父之亲，其所辅理承化之功，又尽章章如是，其所求进见之士，岂复有贤于周公者哉！不惟不贤于周公而已，岂复有贤于时百执事者哉！岂复有所计议，能补于周公之化者哉！……

这里用了排比，一路顿跌而下，文势如怒涛出峡，空穴来风，"者哉"的语气非常急切有力。再如《送董邵南序》中，两用"董生勉乎哉"，前一句侧重在勉励，后一句侧重在告诫，感叹的意味也逐渐加深。欧阳修写《五代史》，"发论必以呜呼，曰：此乱世之书也。"（陈振孙《直斋书录解题》卷四）韩愈也善用"呜呼"。《张中丞传后叙》中为许远辩诬，有这样一段话：

城坏，其徒俱死，独蒙愧耻求活，虽至愚者不忍为。呜呼！而谓远之贤而为之邪！

王若虚曾批评说："'而'字上著不得'呜呼'字。"（《滹南遗老集》卷三十五《文辨》）他指责文病，往往拘于定格。而韩愈在这里却是出于创意，在转折连词"而"之前加"呜呼"，造成一种拗折，特别显出笔力。其他用"呜呼"的，如《欧阳生哀辞》：

呜呼！詹今其死矣！詹，闽越人也……

《祭十二郎文》：

呜呼！其信然邪？其梦邪？其传之非其真邪？……

《柳子厚墓志铭》：

　　　　呜呼！士穷乃见节义。今夫平居里巷相慕悦……

《原毁》：

　　　　呜呼！士之处此世，而望名誉之光，道德之行，难已！

在这些地方，"呜呼"的用法、语气很不相同。它们为表现感叹，振
起文情，都起了一定的作用。

　　韩愈运用虚词时还有一个常见的方法，就是有意安排同一虚
词重复出现，以增强文章的表达口吻。有名的例子如《送浮屠文畅
师序》的结尾：

　　　　夫鸟俯而啄，仰而四顾；夫兽深居而简出，惧物之为己害
　　也，犹且不脱焉。弱之肉，强之食。今吾与文畅安居而暇食，
　　优游以生死，与禽兽异者，宁可不知其所自邪？夫不知者，非
　　其人之罪也。知而不为者，惑也。悦乎故不能即乎新者，溺
　　也。知而不以告人者，不仁也。告而不以实者，不信也。余既
　　重柳请，又嘉浮屠能喜文辞，于是乎言。

这里的"……者……也"五句，盛如梓《庶斋老学丛谈》评论说："结
句连下五'也'字，如破竹一段，功夫极大。"前面发语词"夫"的重
复，用法也很特殊，起了强调作用。相似的例子如《与孟东野书》：

　　　　吾言之而听者谁欤？吾唱之而和者谁欤？言无听也，唱
　　无和也，独行而无徒也，是非无所与同也，足下知吾心乐否也？

《送齐皞下第序》：

　　　　齐生举进士，有司用是连枉齐生，齐生不以云。乃曰：我
　　之未至也，有司其枉我哉！吾将利吾器而俟其时耳……若齐
　　生者既至矣，而曰我未也，不以闵于有司，其不亦鲜乎哉！吾
　　用是知齐生后日诚良有司也，能复古者也，公无私者也，知命
　　不惑者也。

前一个例子，"欤"重复一次，"也"出现五次。后一个例子，前面
"……也……哉"句式相照应，后面的"也"也是重复五次。前者表
达对友人的依恋和敬重，后者表示对后辈的安慰和劝勉，都造成一
种谆谆告谕的口气。叶寘指出："《左传》'秦用孟明，是以能霸也'，
此段凡用十'也'字，其后韩文公《潮州祭神文》，终篇皆'也'字。"
(《爱日斋丛钞》卷三)后来王禹偁写《黄州新建小竹楼记》，每一段
都用"也"字结尾。欧阳修《醉翁亭记》，连用二十一个"也"字句组
成文章。钱公辅《越州井仪堂记》，又规仿欧阳修的笔法。结果，这
种句法"议者或纷纷"(朱翌《猗觉寮杂记》卷上)。如有人说欧阳修
是"以文滑稽"(王若虚《滹南遗老集》卷三十六《文辨》)，又有人从
《易经·离卦》卦辞或《庄子·大宗师》中找渊源，说这种写法古已
有之。但如仔细比较韩文和宋人文章，确实可以看出自然与造作
的不同，无意而工和有意求工的区别。

　　总之，韩愈善用虚词，大大丰富了他的散文的语气文情。使它
们不仅增加了条理流畅之感，而且更得到一种拗折提顿的妙处。
这也是他在语言表现上有所发展、有所创新并影响于后人的方面
之一。

　　从以上四个方面看，韩愈在运用语言的纯形式方面是下了许
多工夫的。总结散文发展的规律会看到，不断地接近言、文一致，
从生动的口语汲取营养是发展语言艺术的条件。因此，评价韩文
的语言，也应当充分肯定作者在吸收和利用口语方面的成绩，并把
这一点看作是他提倡"古文"取得成果的一个原因。但是，文学语
言又不同于口头语言。它要经过艺术加工，包括在语言形式方面
的加工。这种加工，经过了千百年多少人艺术创造的实践，不断地
积累着人们在语言运用上的审美成果。在形式方面，它也要比一
般口语更精美。这种加工与言、文一致的口语化是又矛盾又统一
的。大作家们善于处理这个矛盾。他们注意二者的协调，取得了
两方面的长处。韩愈正是如此。他汲取当时活的语言的营养，同

时又十分讲究语言表达在形式方面的技巧,对前人在这方面的成绩批判地继承并加以发展了。

提炼词语

　　韩愈在文学语言方面的一个突出成就,还在于他善于提炼、创造、使用生动精炼的、富于表现力的词语。六朝骈文特别注意使用词藻。这种词藻成为一种修饰性的字面,形式华美,组织严整。但当时人所注意的多在形式,而较少考虑表现丰富、真实的生活实际,在使用上更流为"程式",形成了一种虚饰的套语。所以,虽然这种词藻不能说在艺术上没有价值,不能否定它在文学语言发展上的某种意义,但是由于它太偏重于形式而忽略内容,也就影响了它的表现力,以致大量使用词藻成为形式主义文风的一种表现。韩愈对这种创造和使用词藻的方法,是有所批判,有所继承,又有所创新的。他与六朝人一样重视词语的修饰、提炼,在词语的结构与组织方法上也有所师承,但他却是在内容与形式相统一的原则下创造和使用词语,从而在使用语言的方法与实际成果上都创出了新局面。

　　韩愈在语言上注重创造性。他所谓"惟古于词必己出"(《南阳樊绍述墓志铭》),所谓"为文有气力,务出于奇,以不同俗为主"(《国子助教河东薛君墓志铭》),都说出了这一点。袁枚说:"宋人好附会名重之人,称韩文杜诗,无一字没来历。不知此二人之所以独绝古今者,转妙在没来历。"(《随园诗话》卷三)这种评论,说法上自然不无偏激,因为语言不论怎样创新,总有继承关系,而韩愈又是一位善于广取博收前人语言成果的人;但指出韩愈在语言上的高度独创性,又是有一定道理的。韩愈即使是利用前人已有的语言成果,在内容、形式或使用方法上也往往有创新的因素。

　　韩愈散文的词语是非常丰富的。他的语言有个人风格特色,这在前面已指出过。但在个人统一的风格中又表现出多种多样的面貌。这也是艺术大家和语言大师共有的特征。例如他的不少文章流利畅达，合乎自然语气，这与他学习和汲取口语成分有关。但他同时不废古语、僻语、奇语、丽语，所谓"瑰怪之辞，时俗之好"，统统在他"旁推交通"之列。他是"奇辞奥旨，靡不通达"的。而在这丰富多彩之中，他又做到了规范与统一。孙奕说："艮斋先生谢公昌国……曰：'余少时读昌黎文，得四字，取为文法，平生用不尽。'乃跽而请曰：'四字谓何？'答曰：'奇而法，正而葩。《易》、《诗》之体尽在是矣，文体亦不过是。然文贵乎奇，过于奇则艳，故济之以法；文贵乎正，过于正则朴，故济之以葩。'"（《履斋示儿编》卷八）"奇"有独创性的含意，"法"则指规范性。二者结合起来，就是在独创中遵守规范。

高尔基曾说过："在言辞的朴素中，包含着最高的智慧。"韩愈的语言就是真正朴素的。但这里所谓"朴素"，有其独特的含义，即自然、贴切、不做作、少雕饰，能够确切地表达思想内容。这不是凡庸，不是简陋粗俗，而是新鲜生动，在自然流露中自有高妙意度。例如《祭十二郎文》，写的是平常事，叙的是骨肉情，用语明白如话，仿佛叙家常，其中也有修饰，也用词藻，有些修饰处还相当精严，但人们感到其中的一言一语都从肺腑流出，因而成了述哀文字的千古至文。他的《与崔群书》也有同样的特色。刘大櫆说："……此家常本色之言，中间感贤士之不遇，尤为郁勃淋漓。"（转引马其昶《韩昌黎文集校注》卷三）他的一些叙事、议论文字，也都有这样的优点。像《原道》讲的是哲学上的大道理，《师说》、《原毁》等进行一些原则问题的论辩，但从语言上看，无论是句式结构还是遣词用语都清通明白，毫不给人隔碍艰深之感。

但这种朴素，又与他的语言的浑浩万状、雄浑高古的特点处于矛盾统一之中。他在《南阳樊绍述墓志铭》中称赞樊宗师的文章：

　　富若生蓄，万物毕具，海含地负，放恣横纵，无所统纪，然

　　而不烦于绳削而自合也。

这也可以视作是他的夫子自道。就是说,他追求的不是古朴无华,不是雅淡无饰,而是在丰富多彩、万怪惶惑之中的浑朴自然。所以,它们不是朴拙的,而是精妙超群的。这里有《进学解》那种精粹含蓄的语言,在雄肆夸张之中自有幽默的情趣,连以"尚奇"著名的孙樵都说它"拔地倚天,句句欲活";这里有《与孟尚书书》、《论佛骨表》那样精确简洁、矫健有力的语言,虽然不做雕饰,但十分严谨精工,没有冗辞赘语。他的有些文章也用了不少华丽字面,如《殿中少监马君墓志》里的"鸾鹄停峙"、"瑶环瑜珥"那样的形容语。他还有些文章,用语新颖以至奇异,如刘大櫆说:"韩公琢句炼字,务在独造出奇,以惊人为能。董溪、房启、石洪、独孤郁数篇,约略相似。"(转引自马其昶《韩昌黎文集校注》卷六)又如《蓝田县丞厅壁记》最后写到:

　　　　博陵崔斯立,种学绩文,以蓄其有,泓涵演迤,日大以肆……则尽枿去牙角,一蹾故迹,破崖岸而为之……

这里造语极其奇拔。但如不这样奇拔就不足以写出崔斯立的性不谐俗与命运坎坷,因此这仍是真正的朴素。《南海神庙碑》写大海的神奇壮观:

　　　　海之百灵秘怪,慌惚毕出,蜿蜿蚴蚴,来享饮食。阖庙旋舻,祥飙送帆,旗纛旌麾,飞扬暗蔼。铙鼓嘲轰,高管嗷噪,武夫奋棹,工师唱和。穹龟长鱼,踊跃后先,乾端坤倪,轩豁呈露……

在这里,大海的恢宏景象和祝神仪式的热烈,是必须用这种奇辞丽语来表现的。《贞曜先生墓志铭》则有意规模孟郊的语言,用语奇崛劲峭:

　　　　先生生六、七年,端序则见,长而愈骞。涵而揉之,内外完好,色夷气清,可畏而亲。及其为诗,刬目怵心,刃迎缕解,钩章棘句,掐擢胃肾,神施鬼设,闻见层出。唯其大玩于词,而与世抹杀……

这种奇僻的用语,很好地表现了孟郊的性格与诗风。前人曾指出,韩愈志柳宗元,文词就学柳的雅洁;铭樊绍述,就学樊的怪怪奇奇;祭张署,由于二人同贬,同经山川险阻,患难与共,文字也雄肆奇险。总之,韩文语言是丰富多彩的,但它们真切地表达了文章的内容,又达到了真正的质朴。

韩愈的词语容量大,意蕴丰富,就是说,它们非常精粹。洪迈曾举例比较欧阳修的《醉翁亭记》与韩愈的《送李愿归盘谷序》之中语意有相似处,而"欧公文势,大抵化韩语也。然'钓于水,鲜可食'与'临溪而渔,溪深而鱼肥','采于山'与'山殽……前陈'之句,烦简工夫,则有不侔矣"(《容斋三笔》卷一)。欧阳修的文章自有它的长处,这里不去说它;如果就这里举出的例子来比较,那就不仅是繁简之差;韩愈不但用字少,而且更加质朴、新鲜,富于生活气息,即更为精粹。韩愈的整个文风的形成,与这种词语表达的极其精粹有直接关系。《与孟尚书书》讲了一篇儒学史,只用了二百多字,其中用了"空言无施","虽切何补","亡灭而不救","坏烂而不收","百孔千疮","随乱随失","一发引千钧","泯泯","廓如","绵绵延延"等极其精练而又有表现力的语言。《柳子厚墓志铭》的前半讲了一篇柳宗元的传记,也只用了几百字,其中有"俊杰廉悍"、"踔厉风发"、"汗滥停蓄"、"为深博,无涯涘"、"口讲指画"等精确生动的词语。《送穷文》中写五个"穷鬼"的形象,实际上是德、行、言、文的种种表现,每一方面只几个短语,几乎句句都是警策,《殿中少监马君墓志》在短短的文字中,写出了祖孙三代,勾勒人物形象如画,也是由于对每个人都用了极形象贴切的词语。《送董邵南序》、《杂说》等篇,深微曲折,高情远韵,表达上也与词语的提炼有关。韩文的名篇大抵都是奇辞俊语,络绎而出,这是因为他在求语言精粹上下了很大功夫。

前面说过，韩愈的许多词语，出于他的独创。这种创造性，固然反映了他在掌握语言上的卓越才能，同时更重要的是得自他对现实生活的深刻体察。语言既是思维的记号，那么语言的水平就反映了思维的水平，语言的创意也是思维的一种创造。例如韩愈在《平淮西碑》中形容中唐以后朝廷腐败，姑息强藩，养奸贻患，用了"文恬武嬉"这个词语，这是他对当时社会现象进行观察、概括的结果。《郓州溪堂诗序》中说马总治天平军，其地在割据动乱之后，"剥肤椎髓，公私扫地赤立，新旧不相保持，万目睽睽"，把一种境况写得那么具体，如果没有对民穷财尽、民不聊生的社会现实的深刻认识，那是写不出来的。许多词语是那么准确、鲜明，使人们不得不佩服韩愈对物态人情的把握。例如形容落拓求援，说"俯首帖耳，摇尾而乞怜"；形容一些人得志，说"志得意满"；说自己的困顿，用"跋前疐后""转喉触讳""动辄得咎"，等等，认识之清楚，观察之细微，都非一般人所能达到。所以，这些精彩的词语，并非凭空猜模而来，重要的还是依靠他对人生与社会的观察。

另一方面，他对前人留下的生动精粹的语言，又十分善于继承。这种继承，往往经过消化与改造，经他精心熔铸之后，面目全新。焦竑说过："至于马、班、韩、柳，乃不能无本祖。顾如花在蜜，蘗在酒，始也不能不借二物以胎之，而脱弃陈骸，自标灵采，实者虚之，死者活之，臭腐者神奇之。如光弼入子仪之军，而旌旗壁垒，皆为变色，斯不谓善法古者哉！"（《与友人论文》，《澹园集》卷十二）韩愈在运用古典上确实经过了一番推陈出新。许多古人用过的词语，经过他的笔墨点化，顿见精彩，可以举些例子：

跋前疐后　　《诗经·豳风·狼跋》："狼跋其胡，载疐其尾"。

下塞上聋　　《穀梁传》文公六年："上泄则下阇，下阇则上聋，且阇且聋，无以相通。"

　　坐井而观天　　　《庄子·秋水》:"井蛙不可语于海者,拘于虚也。"《尹子》:"井中视星,所视不过数星。"

　　一发引千钧　　　《列子·仲尼》:"发引千钧。"

　　补苴罅漏　　　《吕氏春秋·分职》:"衣敝不补,履决不苴。"

　　川不可防,言不可弭　　　《国语·周语上》:"召公曰:防民之口,甚于防川。"

　　三浴而三熏之　　　《国语·齐语》:"(鲁)庄公将杀管仲,齐使者请曰:'寡君欲亲以为戮。若不生得以戮于群臣,犹未得请也,请生之。'于是庄公使束缚以予齐使。齐使受之而退。比至,三熏三浴之。"

　　粉白黛绿　　　《战国策·楚策》:"张仪曰:彼郑周之女,粉白黛黑,立于衢间,非知而见之者以为神。"

　　耳擩目染　　　《仪礼·特牲馈食礼》注:"擩醢者,染于醢。"

　　空言无施,虽切何补　　　《史记·太史公自序》:"孔子曰:我欲载之空言,不如见之于行事之深切著明也。"

　　张皇幽眇　　　扬雄《解难》:"抗辞幽说,闳意眇旨。"

　　闳其中而肆其外　　　扬雄《法言·君子》:"或问君子言则成文,动则成德,何以也? 曰:以其弸中而彪外也。"

　　怀抱利器　　　《三国志·魏志·陈思王传》:"植常自愤怨,抱利器而无所施。"

　　断港绝潢　　　《吴郡名山录》:"登上方教院,至山之颠,即楞枷塔也。望太湖弥漫,石湖仅如断港。"

如此等等,例子还可以举出很多。从中可以看出,韩愈对古代语言的借鉴是十分广泛的,而方法又多种多样。有些基本用原来的陈语,稍加改造;有些则取其大意,而另铸新词;还有些是就原有的词语加以补充和发展。但只要经韩愈的手笔,形式是更精致了,含义也更精炼了。古人曾指出:"文章以不蹈袭为难。昌黎之文,如水

中盐味,包裹胶青。未尝不用事,而未尝见用事之迹。尽去陈言,
足起八代之衰。然或者又谓:'坐茂树,濯清泉',即《选》诗'饮石
泉,荫松柏'也,'飘轻裾,翳长袖',即《洛神》'扬轻袿,翳修袖'也。
昌黎岂肯学人言语,亦偶然相类。"(佚名《瑞桂堂暇录》)这里指出
韩文"不蹈袭"是对的,"未尝不用事,而未尝见用事之迹"也是事
实,但否定他"学人言语"亦没有必要。就韩愈的词语运用来说,学
习、继承与改造、创新也是矛盾统一的。

　　还有一点值得注意并应细致分析的,是韩愈特别善于熔铸那
些精粹而又富于表现力的短语。它们大多数由四字组成,这正是
继承了骈文句法。四字句音节整齐,又容易造成对偶以至当句对。
这些四字成语,利用汉语单音词,可以容纳四个概念,内容充实,容
量较大。把这些词语组织到散行文章中,便显得音情顿挫、语调流
利,起到很好的表达效果。它们有些是描述性的,如贪多务得,俱
收并蓄,语默无常,曲尽其妙,刺刺不能休……有些是比喻性的,如
跋前踬后,种学绩文,百孔千疮,蜂屯蚁杂……有些是形容性的,如
佶屈聱牙,泓涵演迤,俊杰廉悍,怪怪奇奇,杂乱而无章……这些词
语都很富形象性。它们不论是用在议论、叙事、描写或抒情中,都
会收到很好的表达效果。从这些词语的结构方法看,也是多种多
样的:

　　　　主谓结构　　川不可防,言不可弭,心事荦荦,面目可憎,
　　万目睽睽,一身而二任,细大不捐,命与仇谋,任重道远,影灭
　　迹绝,志满气得,神施鬼设,日失月亡,形单影只,耳擩目染,文
　　恬武嬉,海负地含……

其中后面一部分还是主谓结构的重叠。

　　　　动宾结构　　补苴罅漏,颠倒是非,回狂澜于既倒,愤世
　　嫉邪,张皇幽眇,含英咀华,校短量长,绝类离伦,种学绩文,剥
　　肤椎髓,倒廪倾囷,出群拔萃,好贤乐善,俯首帖耳,瞑目语

难,搜奇抉怪,引物连类,侧肩帖耳,栉垢爬痒,刿目惊心,
提约明故,携朋挈俦,去故就新,转喉触讳,抵掌顿脚,垂头
丧气,低首下心,伤风败俗,超今冠古,乘时逐利,摇尾而乞
怜,争妍取怜,窥陈编以盗窃,闳其中而肆其外,弃其旧而
图其新……

这里也有相当大的一部分是动宾重叠,其中有些是连动式。韩愈的短语中这类最多,因为它们以动词为中心,有"行动性",因而也有较强的表达效果。

定语结构　　钩章棘句,同工异曲,粉白黛绿,千端万绪,
小黠大痴……
状语结构　　动辄得咎,同然一辞,嚣嚣多言,罗列而进,
捆载而往,垂橐而归,浑然天成,累累随行,役役逐队,棘棘不
阿,怏怏无奈,诩诩笑语,半途而罢,俱收并蓄,特立独行,强学
力行,少安勿躁,参错重出,间见层出,踔厉风发,蝇营狗苟,易
晓难惑,雷厉风飞,朝令而夕禁,朝发而夕至……

这一类也较多,因为也是以动词为中心,前加修饰语,用起来很生动。其中不少也是结构重叠的。

补语结构　　语默无常,仰首促促,死不闭目,侥幸于万
一,跋前踬后,进寸退尺……

还有一种纯是词语重叠,如:爬罗剔抉,俊杰廉悍,贵重顾藉,油油翼翼,矫矫亢亢,伈伈睍睍,怪怪奇奇,戚戚嗟嗟……

以上这些例子,大体可以看出韩愈提炼那种比较凝固、精确的词语的方法。它们方式多变,但基本上体现了下面几个原则:一是多用单音词,这样就可以加大一个词语中的意义的容量,有的词语四个字是四个概念,甚至是两个完整意思的重复,因而它们十分凝练;二是多用动词,其次是形容词,又常常把名词、形容词做动词使

用,这就使词语富于动态和形象,这是造成词语生动的条件;三是
多用对偶,很多时候词语是成对出现的,在每一词语中往往自成句
中对,这种整齐和重复也加强了表达上的效果;四是词语中的每一
个单词都很注意选择,尽量运用鲜明、生动、新颖的词,从而使造出
的词语也是新鲜的。这样创造出来的词语,在运用到文章中时,在
组织上与意义上都有了相对的独立性。韩愈当时当然不会想到自
己在创造成语,但他在锤炼这种词语时非常精心,并把这当作一种
重要的艺术表现手段,则是很显然的。他的这些词语后来多数成
了汉语中的成语,以致今天还活在现代汉语之中,这也是其艺术成
就的很好的证明。

韩愈在语言运用上有一个大的缺点,那就是有刻意好奇的偏
向。这一点在某些篇章中表现得还很严重,以至有人认为专求奇
僻也是他的文风的一种。他的《与袁相公书》称赞樊宗师:

> ……穷究经史,章通句解,至于阴阳、军法、声律,悉皆研
> 极原本。又善为文章,词句刻深,独追古作者为徒,不顾世俗
> 轻重……

樊宗师文章尚奇以致难以句读,专用生造的新语而不顾用语的规
范,韩愈却认为他深刻、超俗。由此可见他在《南阳樊绍述墓志铭》
中所谓"文从字顺"等等,恐怕另有一层意思。他自己写文章,常用
一些生词僻语,如"奋肆姁婨"(《河中府连理木颂》),"蜿蟺扶舆"
(《送廖道士序》),"怒颊豕狗"(《祭河南张署员外文》),"划劙云阴"
(《潮州祭神文》)等。《衢州徐偃王庙碑》形容庙貌是:

> 梁桷赤白,陜剥不治,图像之威,氤昧就灭,藩拔级夷,庭
> 木秀缺……

《本政》中描写古代社会:

> 曰逐古之初,暴孽情,饰淫志,枝辞琢正,纷紊纠射,以僻

民和，以导民乱……

《曹成王碑》写李皋讨李希烈：

> 哀兵大选江州，群能著职，王亲教之抟力勾卒赢越之法，曹诛五界，舰步二万人，以与贼遌。嘬锋蔡山，踣之，剀蕲之黄梅，大鞣长平，铍广济，掀蕲春，撇蕲水，掇黄冈，笑汉阳，行跐汉川，还，大膊蕲水界中，披安三县，拔其州，斩伪刺史。标光之北山，瓵随光化，搢其州，十抽一推，救兵州东北属乡，还，开军受降。

像这样的文字，一是专门使用生僻词语，二是句子结构不循常格，即茅坤所谓"生割"。这种形式上的奇并不是为了表达内容的需要，而是流于险怪难解了。方以智说这种文字"皆对《广韵》抄撮，而又颠倒用之，故意聱牙，鹿门以为'生割'，甚为退之不取也"(《通雅》，转引《全唐文纪事》卷五十八)。魏禧也指出"昌黎易失之生撰"(《日录论文》)。茅坤《唐宋八大家文钞》论《唐故相权公墓碑》："直叙中多句字生塞处。"评《赠太尉许国公神道碑铭》："中多险棘句。"这种"生塞"、"险棘"句法，亦见于董溪、房启、石洪、独孤郁等人墓志。另外，韩愈又常常有意用古体字，上举例子中已有一些，又如以"敚"为"夺"："四时之相推敚。"(《送孟东野序》)以"际"为"视"："其先明际。"(《毛颖传》)等等。这样，尚奇超出了一定限度，反而不利于内容的表达，这在韩愈也是一个教训。

总的说来，韩愈在文学语言的建设方面成就是巨大的。

民族共同语的一般发展，循着词汇逐渐丰富、语法逐渐复杂、表达方式也逐渐多样的路子，越来越增强其表达与交流思想的功能；而文学语言的发展，则在民族共同语发展的基础上，越来越增强其艺术性和美学价值。文学语言也是民族共同语，但它又有自己的特点，有其特殊的规律。文学语言的发展，会直接丰富民族共同语，它的许多词语和句法形式会逐渐在一般语言中使用。从这样的角度来看韩愈散文语言的成就,就会发现,他创造"古文"语言的努力,首先是循着汉语民族共同语的规律的,同时,这又是文学语言的发展与创新。他在语言方面的创造,从文学史上说,是丰富和发展文学语言的巨大贡献;而在汉语史上,又是丰富和发展民族共同语的巨大贡献。他所创造的文学语言的丰富成果,已大量融汇到民族共同语之中。他所提炼、创造的许多词语、句型、表现方法,已成为以后汉语文以及现代汉语的有机组成部分。检阅汉语发展史,我们会发现,今天使用的不少成语是韩愈创造的,不少句型是韩愈经常使用的。可以毫不夸张地说,古今中外,就一个人对整个民族语言所产生的巨大影响来说,韩愈是很少有人可以企及的。他不愧是汉语文的大师。

再者,这种文学语言上的成就在他整个散文艺术成就之中,占有非常巨大的分量。也可以毫不夸张地说,他的有一些文章在艺术上有价值,主要是因为它们的语言。中国古典散文本来有重视语言运用的传统。韩愈把这个传统巩固了,发展了。在重视语言艺术上,韩愈今天仍可作为我们的典范。

余论:影响与功过

前面七章,概述了笔者所认识的韩愈在散文写作艺术上的主要成就。作为余论,还应当谈谈他在这一方面对以后散文发展的影响及其功过评价的一些问题。

韩愈在中国散文史上的影响是巨大的。他承前启后,在中国散文发展中结束了一个时代,又开创了一个时代,成为里程碑式的人物。在他以后,中国的散文家们无不直接间接、或多或少地承受他的滋养。这特别表现在艺术方面。魏了翁说:"有韩子者作,大开其门以受天下之归,反刊划伪,堂堂然特立一王之法则,虽天下之小不正者,不于王,将谁归?史臣以唐文为一王法,而归之韩愈之倡。是法之,惟韩愈足以当之。"(《唐文为一王法论》,《鹤山先生大全文集》卷一○一)这个评价,固然不无夸饰,但确也说出了一些真相。

然而,正如许多贡献巨大的历史人物一样,韩愈对后世的影响,有积极的方面,也有消极的方面。而且第一,这两个方面往往是交织在一起的,例如他以儒家"圣人之道"反佛,这是积极的,有历史进步意义的;但他对儒道的提倡与发挥,又使他成为宋明理学的先驱,而宋明理学正是封建社会后期统治阶级统治人民的精神武器。第二,这积极方面与消极方面表现在不同领域中,不同问题上又是很不平衡的。例如表现在哲学思想上,他就存在着较严重的唯心、保守的倾向,对后人的影响也就表现为消极面较大,而在散文艺术上，他的成绩是巨大的，影响则主要是积极的。对具体问题要具体分析，不可一概而论。第三，研究和评价历史人物造成的影响，我们还应看到，这固然与他本人的成就和局限直接相关联，但二者又有区别。后人接受他的遗产，有当时的条件，当时的目的，因而就有当时的理解，当时的发挥。鲁迅先生论"拿来主义"时说过，昏愦的人终究不会从前人遗产中取得好的东西。就拿韩愈的散文艺术来说，到他的弟子，同样亲受师承，已显然分出以李翱为代表的平顺条畅和以皇甫湜为代表的"尚奇"两派，以后从宋代欧、苏到明代"唐宋"派、清代桐城派，不少人标举学韩，但各走各的路子，从韩愈的遗产中所取各不相同，而取来之后加以消化、发挥更各有差异。这样，我们评价韩愈，就不能把后人的认识与理解加到他的身上。当然，这不是说后人的认识与发挥与他毫无干系。我们站在今天的立场上谈韩愈的历史影响，对以上三个问题应取分析的态度。

以下，仅就散文艺术的几个侧面，略论他的影响与功过。

第一，文体问题。

韩愈提倡"古文"，他在文章上的革新，首先是以改造文体为标志的。后人评价他，也往往首先推重他在文体变革上的贡献。历代"古文"家们都很重视文体。黄庭坚说："荆公评文章，常先体制而后文之工拙。"（《书王元之〈竹楼记〉后》，《豫章黄先生文集》卷二十六）这代表了"古文"家们的共同态度。文体分骈、散，是汉语文中特有的现象，是个行文形式问题。但从最初提倡"文体"复古的人开始，就不把它单纯看作是行文形式，而与表现内容紧密联系起来。正因此，直到清末，文体之争形同水火，不可调和。

韩愈在文体改革上的贡献，总括起来主要有三点：一是他以散行文字代替了骈体，从而实现了文体的解放，与此相联系，他提倡文体"复古"，也就在一定程度上恢复并发扬了先秦、盛汉文章高度思想性与现实性的传统；二是他在批判严重骈俪化的"无用之文"

的同时，不仅汲取了骈文的许多艺术表现技巧，而且在行文体制上继承与发展了魏、晋以来流行起来的各种文章体裁，从而也巩固了单篇结集的著述形式。唐、宋以后，这种著述形式成为一种传统。这种独特的著述形式，对中国以后的学术发展以及文风都产生了重大影响；三是他倡导"古文"，一方面是文体改革，另一方面又是散文的革新。"古文"这个文体，为散文发展提供了一个很好的表现工具。从他本人的作品看，这所谓"古文"基本上已完全不同于古代的著述之文，而是有意识的文学创作，表现出强烈的艺术追求。以上这三点，就确立了他在中国文体发展史和散文史上的地位。以后直到"五四"新文学革命以前，历代散文家不论有多么大的贡献，多么富于独创性，如欧阳修、苏轼直到章太炎，在文体上没有跳出韩愈这个圈子。而且他所创造的"古文"文体一直影响到现代。从行文方式到著述体制以至文学散文的表现特点等方面，韩愈所创造的历史传统在今天的散文创作中仍然保存着它鲜活的生命力。所以，韩愈文体革新的意义重大，影响深远，功绩是不可低估的。

但是，他在提倡与创作这种新型"古文"时，也留下了两个问题。一是他要求"文以明道"，从而使"古文"与儒道结下了不解之缘。在他个人的理解与实践中，重"道"的思想性与创作的现实性虽然相矛盾，而在主观上又是努力把二者统一的。并且这后一方面常常表现得很突出，因而使他的作品多有富于社会内容和现实意义的篇章。但后人继承他的这种观念，却各做不同的发挥。特别是宋代理学兴起，"道"的观念加强，论文章由"明道"而"载道"，由重道而不轻文发展到以文为道的附庸。这种理论逐渐在"古文"写作中占了统治地位，结果大大限制了作品内容和艺术技巧的发挥。欧阳修讲"道胜言文"，二程更讲"因文害道"，到清代"桐城派"讲义法，表面上是文道并重，实际上程、朱学行是韩、欧文章的核心。这里就存在着问题，一方面是这个"道"是否正确，是否经得起现实的检验;另一方面是文章是否只能做先验的道的图解与义疏。这两个方面的问题不解决好,"古文"家们就自觉不自觉地被"圣人之道"束缚住了。实际上这是宋代以后理学控制文人思想的一种表现。

二是韩愈进行文体改革,本来有改革行文体制与革新散文两个内容。前已着重指出,他是"重文"的,在实践上发展了以前的散文传统。但在理论上,他的"古文"主要指散行文章。就是说,他没有在一般文章与文学散文之间划出清楚的界线。他论"古文",虽然多涉及文学散文创作问题,但却没能从根本上明确文学散文的性质和特征。这又使以后中国的散文与一般著述结下了不解之缘,散文的文学特征没有充分发挥,独立的文学散文不得充分发展。陈澧曾指出:"仆尝叹天下之言文者谁不称昌黎,虽三尺童子谁不读《进学解》,而五、六百年来,文士学昌黎,登其堂而哜其胾者几人哉!昌黎诚不易学,而亦实无学昌黎者故也。何也?吟六艺、披百家者有人,而为说经考据之学;观圣人之道自孟子始者亦有人,而为道学。是二者,多薄文章而不为。其为文章者,既不专学昌黎;学昌黎者则又多以摹仿为事……"(《与周孟贻书》,《东塾集》卷四)屠隆则说:"昌黎氏盖所谓'文起八代之衰'者。今读其文,仅能摧骈俪为散文耳。妍华虽去,而淡乎无采也;酞腴虽除,而索乎无味也;繁音虽削,而暗乎无声也。其气弱,其格卑,其情缓,其法疏。求之'六经'、诸子,是遵何以哉!"(《文论》,《由拳集》卷二十三)而晚清新"文笔论"的提倡者阮元等人更认为以后的"古文"家们所写不能称之为"文":"唐、宋'古文',以经、史、子三者为本。然则韩昌黎诸人之所取,乃昭明之所不选"(《扬州隋文选楼记》,《揅经室二集》卷二);"自唐、宋韩、苏诸大家,以奇偶相生之文为八代之衰而矫之,于是昭明所不选者,反皆为诸家所取。故其所著者,非经即子,非子即史……"(《书梁昭明太子〈文选序〉后》,《揅经室三集》卷二)。以上这些指责,对象与着重点不同,看法也不一样,同时议论也不无偏颇,但从侧面都透露出韩愈创作"古文"时文学的自觉尚有缺陷、而这一点后来的许多"古文"家又有所发展的事实。韩愈倡导"古文",发扬了传统儒家论文重思想内容、重道德教化、重实际事功的传统,这是一个成绩,是中国散文的特点与优点,但也带来了比较忽略散文的文学特征的缺点。

第二,"古文"写作艺术技巧问题。

正如前面分析的,韩愈在"古文"写作上表现出很高的艺术技巧,从写作手法到语言运用都多有创造。特别是他在理论上,又总结出不少具体的写作方法,其中很多是得自成功的创作实践的经验之谈,对于指导当时的"古文"运动,对于以后中国散文的发展,都产生了重大的积极作用。他创造了散文艺术的一个高峰,从而也为后人树立了一个典范。人们学习他,从他身上汲取了许多有益的东西。特别是他在理论上对"古文"写作的一些具体方法论述细致、指示详明,多深中肯綮的真知灼见,使得后人的学习也就易于得到门径。这恐怕也是他在后来造成巨大影响的原因之一。

然而正如清代刘开所指出:"盖文章之变,至八家齐出而极盛;文章之道,至八家齐出而始衰。"(《与阮芸台宫保论文书》,《孟涂文集》卷四)这也是个历史发展的事实。就是说,中国古典散文自唐、宋"古文"家出现后,就走了下坡路;历代学韩的人不少,都再也不能达到韩愈的水平。究其原因,主要是封建社会从总体看已到后期,反映没落的经济基础的文化、文学,主要是封建正统文学的诗、文,也不可能脱离出这个江河日下的潮流之外。从散文的具体发展说,又有极盛难继的问题,有善学不善学的问题,即后人所谓非八家之弊古文,而是学八家者弊古文。但也应当承认,自韩愈开始,唐、宋"古文"们也确实在方法上加给写作一些限制。韩愈指点作文的方法多精彩之语,如上所说,这是他的成就;但是一切好的方法都在一定条件下发挥效用,不会是包治百病的灵丹妙药,适于万世的永恒的准则。而韩愈以及他的继承者们,正是要为"古文"寻求准则。他们打破了骈体的"程式",又在树立"古文"的新"程式"。这在韩愈本身并不明显,以后却发展得相当严重了。

宋代的《诗人玉屑》采录苏轼的话:"书之美者莫如颜鲁公,然书法之坏自鲁公始;诗之美者莫如韩退之,然诗格之变自退之始。"(《诗人玉屑》卷十五)这是论韩诗。何景明套用这个意思论韩文,说:"夫文靡于隋,韩力振之,然'古文'之法亡于韩;诗弱于陶,谢力振之,然古诗之法亦亡于谢。"(《与李空同论诗书》,《何大复先生全集》卷三十二)何景明是所谓"秦汉派",因此论文贬低韩愈。但他的这个看法却被后来的不少人所接受与重复,表明了他是说出了一定的道理的。韩愈在文章的"法"的问题上确实是有局限、有失误的。

这一方面是所谓有法无法问题。文章有法而无定法。法是实现目的的手段。所以不能讲教条,讲"死法",学习前人的方法也不应墨守成规。韩愈的"古文"本是一种文体的解放,他学习前人的好的艺术方法,是取其精粹,出以新意;他本人创作的一个特点,就是不受固定绳墨的限制,直行曲施,无不得宜,因而被称赞为文之"横"者,他的文章也就给人"浑大广远难窥测"(吕本中《童蒙诗训》)的印象。但他又确实给人设定一些"死法"。贾开宗指出:"古文自'六经'而后,《左》、《国》、《庄》、《列》以及《史》、《汉》及贾谊、扬雄诸文,皆胸有所见,据事直书,如白云在天,兀然而起,兀然而止,无定法也。至唐之韩愈、柳宗元,始创为法;以及宋之欧阳修、苏洵父子、王安石、曾巩,首尾虚实,不可移易。"(《侯朝宗〈古文逸稿〉序》,《壮悔堂文集》附录)在这个问题上,韩愈本人表现得还不突出。以后的"古文"家对"法"愈加讲究,也就有不少人从韩文中找"定法"。因而有人说"文字之规矩绳墨,自唐、宋而下,所谓抑扬开阖、起伏呼应之法,晋、汉以上绝无所闻,而韩、柳、欧、苏诸大家设之"(罗万藻《代人作韩临之制艺序》,《此观堂集》)。造成这个现象,责任不全在韩愈,但追本溯源,韩文又确乎是以后程式化"古文"的滥觞。

另一方面，正因为韩愈有求"定法"的偏向，演变成以后"古文家"以技巧来掩饰内容空虚的流弊。骈文的要害是形式脱离内容；韩愈反对骈文，改革文体，首先是给文章以充实的内容。但他又试图确立"定法"，也就容许用一定的"法"来结构文章，而不顾及内容。他的文章中正有一些架空虚说的作品。后来，"古文"家把这个缺陷发展到很严重的程度，这就是前引李兆洛所说的："文之有法，始自昌黎。盖以酬应投赠之义无可立，假于法以立之，便文自营而已。习之者遂藉法为文，几于以文为戏矣。"（《答高雨农》，《养一斋文集》卷十八）

从以后的散文发展看，由于前一个方面，以后不少写"古文"的人在字、词、句、章上找"定法"，守"死法"，流为形式主义；由于后一方面，用"古文"来酬应赠答，也就失去了积极的社会内容。从而使"古文"在一定程度上走上了当年骈文演变成为"无用之文"的道路，卓越的艺术技巧发展成僵死的"程式"。这是当初韩愈始料所不及，责任更不能全归于他，但他在一定意义上又确实是开了这种倾向的肇端的。

第三，文风问题。

这个问题，在前面的论述中已多有涉及。韩愈的文风改革上的成就，一方面表现在他所创造的新文风本身：他提倡行文准确、鲜明、生动，从而矫正了骈文的含混与陈腐；他追求表达上的雄奇，从而改变了骈文的柔靡华艳。另一方面他论文尚"奇"，又有出新、重视创造性的含义。这样，他在文风问题上的主张与实践，对于开创散文创作新局面，对于以后的散文以至整个文章写作，都有重大的积极影响。

但他的尚"奇"的局限一面也表现得很清楚。他确实写了一些不是他在《答刘正夫书》中所谓的"能自树立，不因循"的"非常"之"奇"，而是刻意求形式语言之奇的作品。特别是在语言上重奇词奥旨，偏颇更为明显。这与他创作思想上的矛盾有关。他所谓"文以明道"，主导方面是强调写作的思想性与现实性，但又有假借道学自张旗号的成分。例如他明确地主张文章要为王公大人广声望、造名誉。这显然是与文学的现实性原则相矛盾的。而他的那些"生割"、"奇险"的作品，大多是内容空洞的应酬之作，往往是借形式、语言之"奇"便文自营的。

他的"尚奇"的这个偏向造成了两方面的后果：有些人在他的偏颇的道路上再加发展，形成"奇险"一派，从而离开了散文发展的康庄大道。这是没有出路的，走这条路的人较少。另一些人则力矫他的偏向，走平顺雅正的路子。其中有些人如明代的"秦汉派"对他的文风是持否定态度的。这样，他在文风建设上的成绩在后代没能得到更大的发挥。究其原因，也有他本身的毛病。

总括以上几个大的方面，可以看出，他在继承、改造和发展中国散文艺术上成就巨大，而后人继承和发扬他的传统则局限较多。这与他本人成就的侧重点有关：他既往的才能与功力巨大深厚，而在开来上能力则远不相及。这与中国封建社会正发展到后期有直接关系。在唐代，封建文化的灿烂成果发展到它的高峰，以后封建地主阶级再也没有能力在总体上全面超越它了。散文的发展也是如此。韩愈在散文创造上的得失，不过是历史大变动在文化领域中的一个表现而已。结果延宕而下，到近代"新文化运动"兴起，提倡白话文，揭橥打倒"桐城谬种"旗帜，"韩皂欧台"则成为代表应打倒的旧传统的恶谥了。

但对于历史人物来说，分析其局限、教训固然是必要的，而更重要的是要看到他在历史上有什么建树，给后人留下了什么新东西。历史人物做出的一点一滴的贡献，对后人都是弥足珍贵的。中华民族的文化宝藏，正由这无数的一点一滴积累而成。从历史发展上看，这些贡献又成为后人创造新的物质文明与精神文明的基础。韩愈凭着所取得的成就，包括散文艺术的成就，足堪列入中国文化史上的伟人的行列。他的遗产是值得我们珍惜、发掘、研究与借鉴的。

1986 年版后记

这是笔者论述唐代"古文"运动的第三本书。前已出版的《唐代古文运动通论》(百花文艺出版社,一九八四年)是一个概述;《柳宗元传论》(人民文学出版社,一九八二年)和本书则是专论。这本书在写法上,私意是想补前两书的不足的。当初,人民文学出版社的编辑同志在审阅《柳宗元传论》原稿时曾提出意见,以为其中对柳宗元创作的艺术方面谈得太粗略,这对于论述一个文学家的成就来说显然是一个很大的缺陷。后来在修订中虽有所补充,但仍然很不够。这本书论韩愈,主要讲他的散文艺术,希望能与《柳宗元传论》互相补充。笔者自知学问素养十分浅薄,书中的缺点和错误一定不少,仍抱着一贯的心情,敬请大家不吝指教。

以前笔者对于所研究的古典散文的艺术方面探讨不足,主要是受到主观水平的限制。一是认识水平,对古典文学遗产的艺术方面重视不够;二是个人能力还不能深刻地认识、体会古代散文大师创作艺术的妙处,并把它细致地分析和清晰地表述出来。本书在后一点上能否有所改进、能做到怎样的程度,殊无把握;在前一点上,自认为在看法上是有所提高的。如果找客观原因为自己辩护的话,那么应该承认,忽视古典文学的艺术性的研究也是学术界长期存在的一种偏向。论及古典作家和作品,把主要注意力放在它们的思想价值与社会意义方面,而轻视、忽略它们的艺术性,实际上不可能认识它们的真正价值,也不利于总结文学发展的历史经验并引为今日的借鉴。在文学创作实践中，思想内容与艺术形式是有机地结合在一起的；写什么与怎样写是密切相关的。没有离开形式的内容，正如没有离开内容的形式一样。文学家之所以成为文学家，是因为他的思想、感情即他所把握的内容是用文学的形式表现出来的。从这个角度看，没有一定的艺术形式就没有文学。这与在一定条件下考察文学作品要首先看它的思想倾向进步与否是两码事。而且，就是从社会效果说，作家的思想也是要通过他的艺术来表现的，缺乏艺术性的作品绝不是好作品；而对于继承与借鉴古典遗产以为今日创作的滋养来说，古代作品的价值更主要在艺术方面。所以，笔者以为，对古典文学可以从不同的角度来研究与批评。譬如对韩愈，可以把他的作品当作社会史的材料，看它们反映了哪些社会历史问题，又是怎样反映的；可以把它们当作思想史的材料，看它们在思想史上的地位与价值；也可以把它们当作道德伦理史的材料，看它们在历史上、在当前有什么教育作用或有什么毒素，如此等等。这各个角度的研究可以并行不悖地进行，可以做出各自的评价，都可以提供对于韩愈的为人与作品的某一方面的认识。这也算做是研究工作中的"百花齐放，百家争鸣"的一种表现。而在当前的古典文学研究中，艺术方面的研究特别需要加强。作者想通过本书，在发掘古典散文艺术的成就上做点尝试。由于水平所限，这只能是一个尝试。提出一些问题，引起大家的批评与讨论。做到这一点则我心足矣。

现在讲选拔人才，有一句话叫"金无足赤，人无完人"。我们论古人，态度上更要讲一点"恕道"。这不是否定原则性。用科学的语言说，就是要更好地坚持历史唯物主义。记得二十世纪五十年代末期在大学读书时搞科研"大跃进"，批"厚古薄今"，先划出几条杠杠，例如写没写阶级斗争，是否揭露民间疾苦，是否宣扬爱国主义等等，就轻易地把一大批古典作家、作品否定掉了。今天看起来是幼稚可笑的，而后果则是可悲的。用今天的思想来要求古人，可

以很容易地找到否定他们的理由。然而这样的"研究",实在没有
什么价值可言。拿韩愈来说,这几十年的遭遇也是很不公平的。
新中国成立以来他的作品出版甚少。惟一的一个普及性选本——
童第德先生的《韩愈文选》完成于一九六二年,竟到选注者逝世后
的一九八〇年方能出版。对他的为人、为文也多有苛评。在过去
的历次政治运动中,他也受到不少"冲击"。对韩愈的整个评价恐
怕也是否定过多。这里有两个客观存在的情况应正确对待:一是
韩愈的哲学、政治思想作为宋、明理学的先驱,在封建社会后期起
了很大的作用,他的作品更被走向没落的封建地主阶级文人所推
重和发挥,这样,近代民主主义革命风潮兴起,出于政治斗争与思
想斗争的需要,也就把他当作了批判对象。严复曾著论《辟韩》;
"韩皂欧台"、"桐城谬种"同为五四运动打击的对象。但是,出于现
实斗争需要的这种"借古讽今"的批判在一定时期是必要的、有意
义的,但它只能在一定范围、一定条件下使用,与科学的历史分析
更是两码事。例如毛泽东主席在批判《白皮书》的著名文章中论及
所谓"民主个人主义者",顺手举出韩愈的《伯夷颂》,说伯夷当年反
对周武王革命,韩愈颂错了,就是这种批判的例子。《伯夷颂》是一
篇名文,在旧中国知识分子中有广泛影响。毛主席以它为例子说
明现实政治问题,很是生动、亲切;毛主席对这篇文章主题的解释
更别具只眼,给人以启发。但我想绝不能以此代替对《伯夷颂》和
韩愈为人的整个评价。这个解释只能是在毛主席文章提供的环境
中才是合理的、精彩的。再一点是韩愈的思想及其影响十分复杂,
研究者从客观材料出发,进行历史分析,见仁见智,高下抑扬,是正
常现象。不是说韩愈不可否定。例如,可以根据韩愈的生平、活
动、思想,结合对当时社会阶级斗争、思想斗争等等的分析,认定他
在政治上是进步的、保守的或反动的,他是保守的官僚地主阶级的
代言人或中小地主阶级知识分子的代表等等。只要有充分的材料
做依据,有实事求是的科学态度,研究者可以得出各自的结论。这

些结论应当并存,应当自由讨论,也许都包含着真理的某一方面。
但在前一时期的韩愈研究中,确实有不少脱离历史实际的"苛求"。
例如对于《原道》的评论,这是众所公认的反映韩愈思想的纲领性
的文章。有人抓住他说的"臣不行君之令而致之民,民不出粟米麻
丝、作器皿、通货财以事其上,则诛"一段,论定韩愈宣扬"诛民哲
学"。实际上如果统观韩愈全部诗文,要求重视民生、救民疾苦的
文字相当不少;《原道》中也明确论述他所原之道是以仁义为核心
的"相生养之道"。他在其中所描述的封建等级压迫关系,不过是
当时普遍存在的现实的反映而已。对他的社会历史观、政治思想
或褒或贬都无不可,说他主张"诛民",恐怕是深文周纳,不合他的
原意。另外在提倡"古文"上拿他与柳宗元相比,柳宗元政治上、思
想上自然比他激进得多。柳宗元自有他的长处,有其独特的贡献,
但不能因此就压低韩愈在"古文运动"中的位置。韩愈倡导"古文"
比柳宗元为早,理论上也更为自觉与系统,在当时文坛上影响与号
召力也更大。这是历史事实。只要对两个人的文学活动和作品文
字稍加比较,这些自然会很清楚。但在有些论著中却不承认这个
历史事实,甚至在安排文章章节上把韩愈放在柳宗元之后。笔者
所谓讲点"恕道",主要是针对这一点。列宁早就提出过,评价历史
人物,要根据他在历史上提供了什么新东西。笔者依据自己的理
解冒昧地加一句解释:那就是不能根据他与今人相比差了什么东
西。一个历史人物,给历史提供了一点一滴的贡献都是不容易的,
是弥足珍贵的。正是这无数的一点一滴,集合为我们民族、国家的
灿烂的历史,融入整个人类的伟大的文明。应当大力发掘、表扬我
们祖先的贡献、长处、精华,展现祖国历史的光辉,让五千年悠久而
灿烂的文明成为今天建设社会主义文明的借鉴。对于韩愈这样在
中国文化史、文学史上作出重大贡献的人物,更应当着重总结他的
宝贵成绩与成功经验。

　　至于具体到古代作家艺术成就的研究,笔者在认识与方法问

题上都颇为踌躇,几经考虑,有这样几点肤浅认识:

第一,研究古典文学的艺术成就,能不能、应不应当总结具体的写作方法?许多大作家历来是反对提出什么"写作方法"的;从本书的论述中也可以看出,韩愈在艺术上的成功正表现为对成法"程式"的突破。艺术无定法,这是千真万确的定律。就拿对韩文的研究来说,明、清以来的不少评点家从中找起承转合、埋伏照应的规律,往往不得韩愈为文精义,支离破碎,鄙陋肤浅。也许正因为有这个教训,因此很长时间不少研究者论及古典作家艺术方面只讲几条大的原则,如形象性、典型性、结构严谨、语言精练之类。但实际上这些大的原则的讨论是文学理论范畴的事。一个具体作家的成就,正在于他在实现这些原则上有自己独特的技巧、方法。所以文学创作论的研究与一般文学理论的研究任务各有不同。它应当着重研究技巧与方法。然而借用宋人论诗的概念,就是要讲"活法"而不讲"死法"。即是说,我们应当探讨一个作家为了实现文学创作的客观规律使用了哪些具体的艺术手段。在这里,一般规律作为文学理论的原则是论述前提,探讨的重点正应该是具体艺术技巧。应当研究一个作家在艺术技巧上有什么新的发展,或者是在使用已有的艺术技巧上做了什么新的发挥。但这不应当成为"程式",不能作为某种不可变动的规范。所以,对于古典作家艺术性的研究似应避免两个偏向,一个是以空洞的理论教条代替具体艺术技巧的分析,一个是纯形式地追求繁琐、凝固的公式。只有这样,才能发现一个作家在艺术发展历史中的真价值与真贡献。

第二,研究古典作家的艺术成就时,怎样对待他本人的理论主张?本书一开始就说过,韩愈创作"古文"的一个重大优点,就是在理论上有强烈的自觉性。这也是他的"古文"创作和倡导"古文"运动得以成功的一个原因。但在实际上,一个作家的创作理论与创作实践又往往不相契合,甚至是矛盾的。拿韩愈来说,他的理论主张本身就多有矛盾,理论与实践的枘凿不合处也不少。例如"文以明道"是他创作和提倡"古文"的纲领,但他不仅对"道"的内容常做不同解释,而且在写作中他也不是时刻以"明道"为目的的。然而这个观念对于他又是非常重要的。在一定时候又确实制约着他的创作。这就需要分析。这样,评价古典作家的艺术成就,理论主张上有什么意见归理论,具体写作上有什么成绩归实践,理论如何指导实践、二者又有什么矛盾更应当另做分析,并从中总结经验教训。绝不可以把作家在理论上说的与实践上做的混同起来,根据一个方面来论定另一方面。否则就会犯片面性的毛病。对于像韩愈以及白居易这样理论上很有建树的作家的研究,要特别注意这一点。

　　第三,在探讨古代作家艺术成就时,研究者应怎样对待自己在艺术欣赏上的兴趣? 每个人都有自己的艺术趣味,都会对某些作家、作品有所偏爱,这是客观存在的一种情况。在文学普及工作中也要写一些欣赏性的文章,就作品的某一方面凭印象进行阐发,而可以不顾及作家、作品的整个评价,这又是一种情况。但在科学研究中,研究者的偏爱与欣赏趣味虽然在所难免,但应努力保持冷静的科学态度。就是说,对作家的艺术分析不是艺术欣赏。读诗,你可以喜欢韩愈的奇险或白居易的平易;读词,你可以喜欢苏轼的豪放或李清照的婉约。你可以写文章表扬你所喜爱的,可以扬此抑彼。这是欣赏的态度,而不是研究者应取的方法。欣赏文章对于读者加深对作品的理解是有益的,优秀的欣赏文章包含着科学的认识,对科学研究有参考、借鉴价值。但科学研究不是欣赏,不能等同于欣赏。除了理论深度不同之外,科学研究要实事求是,避免个人的好恶。拿韩愈来说,他在文章中表现的为人作风、口吻声气是许多现代人不喜欢的。即以笔者本人来说,在韩、柳、欧、苏四大家中,总觉得韩愈的性情与自己最不相近。但总要避免因为这一点而影响对韩愈的公正评价。现在在古典作家评价中的争论,包括对韩愈的争论,恐怕有些是由于欣赏态度不同而引起的。就是说，没有把欣赏与研究区别清楚。

以上三点肤浅的认识，是笔者在写作本书时努力遵循的。认识是否正确，处理是否得当，也请读者批评。

在完成本书稿时，笔者必须向日本神户大学伊藤正文先生、山田敬三先生表示诚挚的谢意。我于一九八四年十月初来日，应聘执教于神户大学文学部。来时携带了本书草稿，准备抽暇修订。伊藤、山田等诸位负责文学部教学的先生们，为了保证我的研究工作，减少了我的教学时间，为我提供了很多方便。伊藤先生不仅根据笔者需要与图书馆联系购置图书，而且主动惠借本人藏书给予参考。这样，使我能在半年中把书稿改定。日本学者的这种热忱，是我永志不忘的。

我也要再一次感谢支持和帮助本书写作的前辈、同志、学生和亲友。我的点滴工作，只有在大家的帮助下才能进行。南开大学出版社的同志帮助本书出版，亦一并表示谢意。

孙昌武
一九八五年三月十日
于日本神户六甲山麓